Hermann Multhaupt

Das Geheimnis der Buchmalerin

Hermann Multhaupt

Das Geheimnis der Buch-Malerin

Historischer Roman

benno

Dieses Buch erschien erstmals im Jahr 2006 unter dem Titel „Das Geheimnis des Mönchs“ im St. Benno Verlag.

Bibliografische Information der Deutschen Nationalbibliothek
Die Deutsche Nationalbibliothek verzeichnet diese Publikation in der Deutschen Nationalbibliografie;
detaillierte bibliografische Daten sind im Internet unter http://dnb.dnb.de abrufbar.

ISBN 978-3-7462-6174-4

Umschlaggestaltung: Ulrike Vetter, Leipzig
Umschlagabbildung: © mauritius images/Peter Horree/Alamy Stock Photos
Gesamtherstellung: Kontext, Dresden (B)

Es ist nicht sehr weit her mit diesem Mann“, sann der *Prior* und blickte aus dem Fenster auf den Fluss, der unter dem Regen der letzten Tage stark angestiegen war und sich gurgelnd in seinem braunen Bett wälzte. Noch zwei, drei Tage dichter Regengüsse und die unteren Lagen im Wirtschaftsgebäude der Abtei mit den Vorräten an Getreide, Leinwand und Lebensmitteln mussten geräumt werden.

„Ich kann mir noch kein endgültiges Urteil erlauben“, erwiderte der *Abt*. Er saß an einem klobigen Tisch, eher an einem kantigen Eichenblock, der ihm als Arbeitsplatz diente, und spielte versonnen mit der Gänsefeder. Vor ihm lagen einige Pergamentstücke und sorgsam gebundene Bücher, denen der tägliche Gebrauch anzusehen war.

„Theophilus Presbyter. Woher kommt dieser Theophilus?“, seufzte der Prior. Er war ein kräftiger Mann, etwa vierzig, breit in den Hüften. Das schwarze Mönchsgewand spannte an allen Ecken und Kanten des starken Körpers. Sein Gesicht war stets gerötet, es verriet eine feurige Wallung des Blutes. Das blonde Haar fiel ihm buschig über die Augen, die so strahlend blau wie ein rein gewaschener Frühlingshimmel waren. Prior Altfried ging mit schweren Schritten vor der Fensterfront auf und ab, die Arme verschränkt, den Blick starr auf den Holzfußboden gerichtet. Die Gefahr des steigenden Wassers unterhalb des Klosters schien ihn nicht annähernd so zu beunruhigen wie die ungeklärte Herkunft des unlängst in den *Konvent* eingetretenen Mitbruders. „Vielleicht hätten wir die Probezeit um einige Monde verlängern und unsere Zustimmung nicht sogleich erteilen sollen.“

Abt *Thietmar* erhob sich. Seine schlanke Gestalt stand in auffälligem Kontrast zu der geballten Kraft des Priors.

Thietmar, der sechste Abt von *Helmarshausen*, war jetzt fünfundzwanzig Jahre im Amt, und sie hatten ihn gelehrt, weise und zurückhaltend zu sein, wenn rasche Entscheidungen nicht unmittelbar gefordert waren. Sein Gesicht war bleich und schmal, mit kantigen Backenknochen und einer betont vorspringenden Nase, die das auffällige Merkmal seiner ganzen Erscheinung war. Die Augen blickten sanft und dunkel wie die eines Rehs, und oft lag ein verschwommener Ausdruck in ihnen, der den Abt weit aus dem Kloster fortzuführen schien in ein Land der Träume oder einer noch nicht gestillten Sehnsucht. „Ich traue mir zu, die Menschen zu kennen“, lächelte er. „Und ich habe nicht den Eindruck, dass wir einem Hochstapler aufgesessen sind.“

„Was ich ebenfalls nicht behaupten möchte, Vater Abt.“ Die Antwort des Priors kam pfeilschnell, viel schneller, als es die schwerfällige Behäbigkeit des Mannes vermuten ließ. Beide standen sich wie zwei gegensätzliche Mächte gegenüber, uneins manchmal in der Beurteilung von Menschen, die ihnen anvertraut waren, doch einig in dem Bemühen, die Ruhe und Sicherheit des Klosters zu wahren.

„Theophilus ist ein Mönch, der nicht viel sagt, weil er unnötiges Reden vermeiden will. So hat er einst bei der Ablegung des Ordensgelübdes gelobt“, sagte der Abt. „Vergiss nicht, Pater Prior, woher er kommt und wohin ihn sein Lebensweg bereits geführt hat.“

„Ein sehr merkwürdiger Lebensweg, wenn ich mir diesen Einwand gestatten darf, Vater Abt. Seine Herkunft ist möglicherweise Byzanz. Studiert hat er wahrscheinlich im Kloster Stablo. Er soll in Köln in Sankt Pantaleon gearbeitet haben. Und sein letzter Aufenthalt war vermutlich ein Kloster im Rhein-Maas-Gebiet.“

„Frag doch in *Corvey* nach, wo er unter Abt Marcward mit den Hirsauer Bräuchen vertraut geworden sein soll“, empfahl Thietmar.

„Corvey, schon wieder Corvey! Eher werde ich mir die Zunge abbeißen, bevor ich mich dort erkundige!“, trumpfte der Prior auf. „Also gebe ich mich mit der vagen Umschreibung eines wahrlich nicht mit vielen Worten bespickten Lebenslaufes zufrieden."

Abt Thietmar lächelte. „Das ist richtig. Dieser Lebenslauf passt nicht in unser Alltagsbild. Wir sind Mönche meist einer Region, wir sind an Weser und Diemel aufgewachsen, unsere Mitbrüder kommen von der Leine, von dem Fluss, den unsere Northeimer Vögte so liebten, und wir haben uns entschieden, an einem, nämlich diesem Ort, zu leben und zu arbeiten, wie es die Regel unseres Vaters Benedikt vorschreibt. Das sind klar umrissene Markierungen. Und nun kommt ein Mann allem Anschein nach aus dem Fernen Osten, aus einem uns unbekannten Land mit anderen Sitten und Gewohnheiten und dazu mit einer außerordentlichen Begabung, und schon wird unser Weltbild erschüttert. Kein starkes christliches Fundament, auf dem unsere Mitmenschlichkeit begründet ist, nicht wahr, Pater Prior?"

„Und warum kommt er ausgerechnet zu uns?", fragte Altfried. Seine Augen waren plötzlich schmal wie zwei zuckende Striche. „Warum ist er nicht in eine bekanntere Abtei eingetreten? Etwa in das Mutterkloster unseres Reiches – Corvey, das er ja augenscheinlich kennt?"

Der Abt wusste, dass Altfried die Gründung der Brüder Adalhard d. Ä. und Wala, zweier Vettern Karls des Großen, noch immer als die stärkste Konkurrenz zu Helmarshausen betrachtete. Corvey – das Juwel unter Deutschlands Klöstern, mit dem sich keine andere Niederlassung messen konnte und das sich wie keines seinesgleichen im Glanz der Wissenschaft und Gelehrsamkeit sonnte, war im Besitz der Reliquien des hl. Stephanus und des hl. Vitus und so mancher Privilegien, von denen man in Helmarshausen nur träumen konnte.

„Manchmal ist es besser, im Schatten der Erste, statt in der Sonne der Zweite zu sein", antwortete der Abt vieldeutig. „Ich vermute, dass das große Interesse der Paderborner Bischöfe an byzantinischer Kunst den griechischen Mönch Theophilus von der Maas an die Pader und von dort an die Diemel geführt hat. Bedenkt, dass Bischof *Meinwerk* von Baumeistern aus Byzanz die Bartholomäuskapelle im Norden des Domes von Paderborn errichten ließ und dass die engen Beziehungen zwischen Paderborn und Helmarshausen dazu beitrugen, dass unser neuer Mitbruder auf unser scheinbar abgelegenes Kloster aufmerksam wurde. Ich spüre, wie seine Anwesenheit zum Segen für uns wird."

„Du vermutest – und du spürst. Wissen tust du es nicht", sagte der Prior bitter. „Es wäre deine Aufgabe herauszufinden, wer sich hinter dem Namen Theophilus verbirgt. Ein einziger fauler Apfel ist in der Lage, einen ganzen Korb voll gesunder zu verderben."

„Gegen solche Vorwürfe muss ich Theophilus in Schutz nehmen!", erklärte der Abt mit Nachdruck. „Vielleicht hat er vom guten Ruf unserer Klosterwerkstätten gehört und möchte sein künstlerisches Handwerk und seine Erfahrungen hier nutzen – es wird unser Schaden nicht sein."

Da der Prior schwieg, fuhr der Abt leise fort: „Theophilus hat seinen alten Namen abgelegt und bei der Einkleidung den Namen Rogerus empfangen, wie er es gewünscht hat. Er ist nach meinen Beobachtungen ein ungewöhnlicher Mann, nicht nur seiner Herkunft, sondern auch seiner Begabung nach. Ich weiß, was du jetzt sagen willst, lieber Altfried", ergänzte Abt Thietmar beruhigend, als er sah, wie der Körper des Priors sich wie nach einem Peitschenhieb aufbäumte. „Wir Mönche sollen einander gleich und eine einträchtige Gemeinschaft von Brüdern sein, uns nicht hervortun, es sei denn durch den Eifer des Gebetes und Chorgesanges. Und doch ist Rogerus ein Mann, den Gott mit besonderen Gaben ausgestattet hat. Nicht nur sein Wissen überrascht. Das, was unter seinen Händen gedeiht, ist von Adel. Seine einzigartigen

Goldschmiedearbeiten mehren den Ruf und den Verdienst der Abtei, Pater Prior, und wie du weißt, können wir in der augenblicklichen Lage unseres Klosters durchaus auch eine außerordentliche Finanzspritze gebrauchen."

Der Prior sah auf und für wenige Sekunden traf sein Blick die Augen des Abtes. Thietmar lächelte abermals, und auch das verdunkelte Gesicht des Priors entkrampfte sich. Das aufbrausende Rauschen des Wassers unterhalb des Klosters zwang sie, eine andere Vorsorge zu überdenken. Wenn die *Diemel* weiterhin die Böschung hinaufstieg, gerieten die Vorratskammern in Gefahr, überflutet zu werden. Bruchsteine und Sandsäcke lagen bereit, dem Wasser den Weg zu verwehren, auch ein Einstich in die Wiesen konnte vorübergehend für den Ablauf in die Niederungen sorgen, doch bei anhaltendem Regen waren diese Hilfsmaßnahmen vergeblich. Die Flut war hartnäckig wie ein rückfälliger Sünder. Sie kam regelmäßig im Frühjahr, vornehmlich nach der Schneeschmelze, suchte sich ihren Weg durch Ritzen und Spalten und drang als Grundwasser sogar in die ebenerdigen Stallungen und in die Räume der Klosterschule, wo die *pueri oblati*, die „Kindermönche", die Vorfreude auf die gestrichenen Lateinstunden nicht verhehlen konnten. Hospital und Klausur lagen geschützter, ebenso der Edelhof des Stifters sowie die Abteikirche, die allerdings bis auf die Außenmauern und einige Stützen die Brandkatastrophe vor einigen Jahren nicht überstanden hatte und jetzt neu aus altem Gemäuer erwuchs. Sie war das eigentliche Sorgenkind des Abtes, denn die Bezahlung der Bauarbeiten bereitete ihm Kopfzerbrechen, trotz der Hand- und Spanndienste, zu denen er die Bauern heranziehen konnte, und der nicht unerheblichen Mittel, die die adeligen Eltern der Klosterschüler, sowie die, die zur Abgabe des Zehnten verpflichtet waren, leisteten.

Die Kirche war das Herz der Abtei gewesen, eine achtjochige Pfeilerbasilika ottonischer Prägung. An das Langhaus schloss sich im Osten wie im Westen eine halbrunde, nur wenig eingezogene Apsis an. Den etwas erhöhten Westchor betrat man über Treppen vom Mittelschiff aus. Unter ihm befand sich eine von vier starken Säulen getragene Krypta. Haupt- und Seitenschiffe waren flach gedeckt. Knapp hundert Jahre erschallte in der Abteikirche das Gotteslob, als das Feuer sie im Innern verzehrte. Der große Paderborner Bischof Meinwerk hatte sie 1011 zu Ehren der Heiligen Dreieinigkeit, des Heilands, des heiligen Kreuzes, der heiligen Maria, des Apostels Petrus und aller Apostel und Heiligen geweiht, wobei die Gottesmutter und der Fürst der Apostel besondere Verehrung genossen.

„Ich werde wohl eine ständige Wache am Ufer aufstellen müssen, die das Steigen des Wassers beobachtet", unterbrach der Prior die Stille. „Gebe Gott, dass der Regen nachlässt."

Abt Thietmar nickte. „Eine Überschwemmung unserer Klosteranlagen wäre das Schlimmste, das uns jetzt widerfahren könnte. Sind wir in jüngster Zeit nicht genügend gebeutelt worden?"

Altfried lachte schallend auf, unterdrückte jedoch sogleich die Laute. Der Abt sah ihn verwundert an. „Ein solches Wort aus deinem Munde zu hören, Vater Abt, lässt mich hoffen, dass du den weltlichen Dingen noch nicht gänzlich abgeschworen hast und dich nicht nur mit den Segnungen des Himmels tröstest."

Der Abt drohte mit dem Finger. „Du verkennst meine Gedanken, guter Prior. Ich sorge mich unermüdlich um diese Abtei und habe dabei nicht nur das Seelenheil der mir anvertrauten Mönche im Blick. Ich weiß, dass ein Herz, das betet, auch einen gefüllten Magen braucht. Im letzten Jahr ist uns das Saatgut verdorben, die Gersten- und Hopfenlieferungen sind zurückgegangen. Wir können die Zahl unserer Schutzpatrone nicht noch mehr vermehren, um uns auf die Gaben und Spenden der frommen Besucher zu verlassen, obgleich …"

„Obgleich was?"

„Ach, nichts, Pater Prior. Lass mich mit meinen Überlegungen eine Weile allein. Mir kam soeben eine Idee. Vielleicht vermessen, aber, wie mir scheint, wie ein Blitz aus heiterem Himmel."

„Heiter ist dieser Himmel nicht", knurrte der Prior und sah aus dem Fenster. Thietmar trat hinter ihn und schob ihn mit sanfter Gewalt zur Tür. „Ich muss nachdenken, Altfried. Auch über Rogerus und das, was du von ihm gesagt hast. Und doch habe ich den Eindruck, dass uns dieser Mann im rechten Augenblick geschickt worden ist."

„Meinst du?" Die Frage klang leise und zweifelnd. „Ja. Ein Mönch, der die Schöpferhände Gottes hat", sagte der Abt versonnen. „Geh nun. Und melde mir, wenn die Diemel auch in die Wohnung des Abtes Einlass begehrt."

Der Prior verneigte sich steif und entfernte sich mit schweren Schritten, sodass die Holzbohlen unter seinen Füßen ächzten.

Der Abt kehrte an seinen Arbeitsplatz zurück. Wer macht das Wetter, steuert den Regen? Wer lässt Überschwemmungen zu, die zur Gefahr für Mensch und Vieh werden? Wer gestattet es, dass selbst das Haus Gottes abbrennt? Ist Gott seiner Schöpfung überdrüssig, weil die Menschen sich in Sünde von ihm abkehren, entzieht er sich ihrem Blick? Nein, eine zweite Sintflut würde es nicht geben, das war versprochen. Der Klostervorsteher verwarf seine Gedanken als vermessen und kleingläubig. Er bekreuzigte sich. Dann nahm er ein Buch auf, das ihm erst vor wenigen Tagen in die Hand gekommen war. Es handelte von der magischen Kraft der Steine und stammte aus der Feder von Bischof Marbod von Rennes. Der *Liber lapidum* behandelte volkstümlich in lateinischen Versen die verborgenen Eigenschaften von sechzig Edelsteinen. Nahm man während des Gebetes einen Saphir in die Hand, so bewirkte das nach Darstellung des gelehrten Bischofs eine günstigere Antwort Gottes. Wickelte man einen Opal in ein Lorbeerblatt, so wurde sein Träger unsichtbar. Ein Amethyst machte unempfänglich für Gift und ein Diamant unbesiegbar. Abt Thietmar schloss das Buch.

Die Welt war voller Rätsel, doch niemand vermochte sie zu lösen. Nicht die Astrologen, die aus den Gestirnen die Zukunft zu deuten vorgaben, noch die großen Theologen, die behaupteten, ihr Ohr dicht am Throne Gottes zu haben. War nicht am Ende jeder auf sich selbst gestellt, mit dem unerforschlichen Ratschluss Gottes allein? Wieder ertappte Abt Thietmar sich bei seinen häretischen Gedanken, es reizte ihn, manches Wort der Kirche kritisch zu hinterfragen – wenn auch nur in seinen geheimsten Überlegungen. In Wahrheit hielt er sich für ihren treuen Sohn, bereit, für ihre Lehren in den Tod zu gehen. Doch war so vieles unklar, verschwommen, mit vagen Vorstellungen behaftet, wo doch schon zur Zeit der Griechen angeblich klarere Erkenntnisse geherrscht hatten. Kreisten die

Planeten nun um die Erde, wie manchmal durchsickerte oder auch beweiskräftig behauptet wurde? Oder war die Erde, die große Scheibe, nicht doch Mittelpunkt des Universums? Die Fixsterne, so hatte Abt Thietmar einmal gelesen, in ein kristallenes Firmament eingelassen und von göttlichen Verstandeskräften gelenkt, drehten sich als eine wohlgesteuerte Schar um die Erde. Mittelpunkt und Glanzstück des Weltalls war nach dieser Auffassung der gleiche Mensch, den die Theologen als elenden und von der Erbsünde behafteten Wurm darstellten und in der Mehrheit zu Höllenqualen verdammten. Dabei hatte doch Herakleides Pontikos vier Jahrhunderte vor Christus schon die Ansicht geäußert, dass die anscheinend tägliche Umdrehung des Himmels als Drehung der Erde um ihre eigene Achse zu erklären sei. Warum hatten die semitischen Gelehrten über solche Erkenntnisse offen gesprochen, die christlichen aber den Schleier der Vergesslichkeit gebreitet? Herakleides hatte noch Wagemutigeres geäußert, dass nämlich Merkur und Venus sich um die Sonne drehten. So jedenfalls berichteten Macrobius und Martianus Capella. Johannes Scotus Eriugena hatte diese Behauptung im achten Jahrhundert aufgegriffen und auf Mars und Jupiter ausgedehnt. Das heliozentrische System war auf dem besten Wege, den Sieg davonzutragen, aber diese umwerfende Hypothese gehörte zu den Schätzen, die in einer späteren Zeit verloren gingen. Blieb also die Erde Mittelpunkt der Weltbühne, so wie man es gelehrt und für lange Zeit angenommen hatte?

1091 beobachtete Walcher von Lothringen, den man später zum Prior der Abtei von Malvern wählte, in Italien Mondfinsternisse mit dem *Astrolabium* – es war der erste bekannte Fall beobachtender Astronomie im christlichen Westen. Ja, die Wissenschaft wird am besten durch Beobachtungen gedeihen, schoss es Abt Thietmar durch den Kopf, und nicht durch das Studium von Büchern oder durch philosophische Spekulationen. Aber bot ein Kloster den Raum, von dem aus man das Weltall beobachten und begreifen konnte?

Der Abt löste sich mit innerem Ruck von seinem Schreibtisch, wo er sich gern seinen Studien hingab, er verließ das Arbeitszimmer und durchquerte den Kreuzgang, um Rogerus aufzusuchen. Der Mönch leitete seit Kurzem die Kunstwerkstätten des Klosters, wozu die Erlaubnis nicht ohne bohrende Nachfragen von Seiten des Konvents erteilt worden war. Jedoch Bruder Mauritius kränkelte, die Verantwortung für Werkstatt und Lehrlinge war ihm schon längst über den Kopf gewachsen. Wenn der aufblühende Ruf der Goldschmiede von Dauer sein sollte, bedurfte es einer straffen Führung, die nicht nur zu leiten und zu organisieren verstand, sondern die Handwerker und Kunstschaffenden auch mit neuen Ideen begeistern konnte.

Rogerus blickte nicht auf, als Abt Thietmar die Werkstätten betrat. Vielleicht hatte er seinen fast lautlosen Schritt nicht gehört, möglicherweise war er auch so tief in das Konzept für einen kleinen Reliquienschrein vertieft, dass er den Besucher an der Tür nicht wahrnahm. Nun stand der Abt vor der Schiefertafel und blickte dem Mönch über die Schultern.

„Lass dich nicht stören“, nickte Thietmar, als er in die überraschten Augen des Künstlers sah.

„Das ist so einfach gesagt“, lächelte Rogerus. „Ein neuer Gedanke bringt einen aus dem Gleichgewicht oder ein neugieriger Besucher. Mit beiden muss man sich erst anfreunden, wenn man weiterarbeiten will.“

„Ich bitte um Verzeihung“, sagte der Abt, „auch wenn es die Regel erlaubt, dass der Klostervorsteher jederzeit unangemeldet die Räume betreten darf, in denen seine *Konventualen* beschäftigt sind.“

„Ich weiß“, nickte Rogerus, „ein Amt, dazu ein offizielles, erlaubt fast alles, was einem einfachen Menschen nicht gestattet wird.“

„Du bist kein einfacher Mensch“, stellte Thietmar mit erhobener Stimme fest. „Gott hat dich mit besonderen Gaben ausgestattet, und ich hoffe, dass du sie zum Wohle des Klosters mehrst.“

Der Mönch Rogerus legte die Kreide beiseite, mit der er sich kreuzende Linien und figürliche Formen auf die Schiefertafel gezeichnet hatte. „Du wirst fragen wollen, woran ich gerade arbeite? Nun gut, ich werde es dir sagen, obgleich ich nicht gern darüber spreche. Denn, Vater Abt, verzeih, was noch im Werden ist, unterliegt der Veränderung. Mein Plan ist, einen Reliquienschrein in Form eines Tragaltars zu konzipieren. Es soll ein verhältnismäßig kleines Kästchen aus Eichenholz mit vier Metallfüßen sein, das mit verzierten Metallplatten und Leisten überzogen wird. Auf den Seitenflächen gedenke ich bewegte Szenen von Heiligenlegenden und Geschichten von Märtyrern darzustellen. Entschuldige, Vater Abt, davon ist hier freilich noch nichts zu sehen. Ich stelle mir vor, erzählende Bilderfolgen zu entwerfen wie ein lebendiges Figurenspiel, sie mit abstrakten Motiven und schmückenden Ornamenten zu vermischen – das alles in vergoldete Kupferplatten graviert. Die dunkle Kastenwand des Tragaltars soll als beruhigender Hintergrund erscheinen.“ Rogerus machte eine kleine Pause und blickte fragend zum Abt. Thietmar lächelte in seiner gewinnenden Art, was er oft tat, wenn er noch unschlüssig war und eine Antwort hinauszögern wollte.

„Verzeih“, sagte Rogerus, „ich drücke mich wohl nicht präzise aus.“

„Genau genug, um sagen zu können, dass du mit großen Dingen beschäftigt bist“, antwortete der Abt salomonisch.

„Sieh“, ereiferte Rogerus sich und schob einige Entwürfe vom Tisch, „hier ist das Auftragsbuch. Fast täglich kommt eine Anfrage aus einem entfernten Kloster oder von einem adeligen Hof. Wir haben vollauf zu tun.“

„Ich sehe es“, nickte Thietmar. Sein Blick wanderte durch die Werkstatt. Aus dem Nebenraum drang das Geräusch von feinem Hämmern und Feilen.

„Wer gab den Auftrag für den Tragaltar?“

Rogerus wies auf eine Eintragung: „*Bischof Heinrich II.* von Paderborn, der Graf von Werl.“

Der Abt zuckte unmerklich zusammen, doch den scharfen Augen des Mönches entging die Bewegung nicht. „Bist du nicht einverstanden, Vater Abt?“

„Aber gewiss doch, Bruder Rogerus. Was sollte ich gegen einen Auftrag einzuwenden haben, der zudem noch aus bischöflichem Hause kommt?“

Rogerus lächelte. „Ich werde das Bildnis des Bischofs in die Oberseite eingravieren. Das schmeichelt seiner Eitelkeit.“

Thietmar hob warnend den Finger. „Das sagst du von einem so erlauchten Herrn? Dann schreib auch dazu, dass dieses *scrinium* von Rogerus von Helmarshausen angefertigt wurde.“

„Meinst du?“

„Ich kann es dir nicht befehlen, doch ich lege es dir nahe. Eines Tages wird dein Ruf über die Grenzen unseres Gaues hinausgedrungen sein und man wird sich glücklich schätzen, eine Arbeit aus deinen Händen erworben zu haben. Ein Quäntchen deines Ruhmes fällt dann auf dieses Kloster zurück.“

„Du scherzt, Vater Abt. Du möchtest mich prüfen, ob ich bescheiden bin.“

„Das bist du, dafür habe ich einen Blick. Es ehrt dich, Rogerus, dass du hinter deine Arbeit zurücktreten willst, deinem Werk gleichsam den Vorrang gibst. Aber was wäre das schönste Bild, das herrlichste Kunstwerk ohne den genialen Gedanken und die geschickte Hand seines Schöpfers? Ich spüre, dass du begnadet bist.“

Rogerus blickte zu Boden. Er hielt das Kreidestück in der Hand und drehte es verlegen, bis seine Finger weiß wie Schnee waren. Dann griff er nach einem Tuch, wobei er unverständliche Worte der Entschuldigung murmelte.

„Ich hatte letzte Nacht eine Vision", sagte der Abt und blickte in die Feme, ohne den Klosterhof im Vordergrund und die Landschaft weitab vom Fenster wahrzunehmen. „Vielleicht war es auch nur ein Traum. Ich sah dich von vielen Vortrage- und Altarkreuzen umgeben. Du standest gewissermaßen in einem Wald von Kreuzen. Und alle stammten aus dieser Werkstatt. Diese Kreuze waren reich mit Edelsteinen besetzt. Die Rückseiten bestanden aus vergoldetem Kupfer- oder Silberblech, in das die Evangeliensymbole oder das Lamm Gottes, manchmal auch Rankenwerk und gelegentlich Bilder von Heiligen eingraviert waren. Auf der Rückseite eines dieser Kreuze war ein Heiliger dargestellt, den ich nicht einordnen konnte. Von ihm ging eine ungeahnte Faszination aus. Ich kann sie nicht beschreiben, Rogerus. Ich weiß weder seinen Namen, noch kann ich einen Zusammenhang mit diesem Kloster erkennen. Ich weiß nur, dass wir es mit diesem heiligen Mann zu tun bekommen werden – allerdings frag mich bitte nicht, auf welche Weise."

Der Mönch Rogerus hatte schweigend zugehört, doch während der letzten Worte des Abtes belebten sich seine Züge. Mit zitternder Stimme erwiderte er: „Eine ähnliche Vision hatte auch ich. Doch liegt sie schon eine Weile zurück. Sie suchte mich heim, als ich im Chor der Mitbrüder in einem Kloster an der Maas das kirchliche Nachtgebet verrichtete. Das Merkwürdige jedoch: Ich sah deutlich die Gebäude dieser Abtei, ohne ihren Namen zu kennen, und ich ruhte nicht eher, bis ich wusste, wohin der Heilige mich zog."

„Du hast den Ort gesehen, der dir bestimmt war?" „Ich meine Helmarshausen, ja. Im *Abdinghof* an den Quellen der Pader entdeckte ich Monate später durch Zufall ein Bild des Klosters, das mir in meinem Traum begegnet war. So fand ich hierher."

„Kein Zufall. Nenne es Führung und Fügung", rief der Abt. „Allerdings, davon hast du mir bisher nichts erzählt." Eine sanfte Röte hatte sich wie ein Schleier über sein Gesicht gelegt und nur die Nase unberührt gelassen. Thietmar war dafür bekannt, dass er seelische Erregungen unterdrücken konnte und Gefühle nicht preisgab. Jedoch der Bericht des Mönches erschütterte ihn sichtbar.

„An diesem Ort ist aus einem Theophilus ein Rogerus geworden. Und ein noch unbekannter Heiliger hat uns hier zusammengeführt. Ich sehe darin ein Zeichen des Himmels, das wir deuten müssen."

Es wird Zeit, dass wir das Heu hereinbekommen", brummte der Bauer Edi und blickte zum Himmel auf, wo sich wieder dunkle Wolken zu einem Haufen ballten. „Es wird ein Gewitter geben." Der Schweiß lief ihm in die Augen, als er den Hut aus der Stirn schob. Er nahm ein grobes Tuch und wischte sich durch das Gesicht. Peter, sein Sohn, spornte die Knechte und Mägde an, die zu beiden Seiten des Ochsenkarrens das getrocknete Gras zu langen Reihen zusammengeschoben hatten.

„Ob wir uns beeilen oder nicht, nass wird das Heu ohnehin. Ob der Gewitterregen es heute verdirbt oder ob es bei der nächsten Flut unter Wasser steht – es wird so oder so vor unseren Augen verfaulen."

„Du bist ein Schwarzmaler", widersprach Peter den Einwänden des ersten Knechtes. „Du findest leicht ein Haar in der Suppe."

„Verlass dich auf meine Worte", knurrte der Großknecht. „Schließlich bin ich schon ein paar Jahre länger auf dieser elenden Welt und habe mehr gesehen als du Spund."

„Haltet keine Maulaffen feil", rief der Bauer und klopfte an den Stiel seiner hölzernen Forke. „Das Gewitter fragt nicht, ob es kommen darf oder noch warten soll."

Die Männer spuckten in die Hände und gingen schweigend an ihre Arbeit. Die Mägde kicherten. Imma, der Tochter des Bauern Edi aus *Hundesburen* – Gottsbüren –, ging das Heurechen heute nur schwer von der Hand. Nicht allein die Schwüle machte ihr zu schaffen, sondern auch die Eintönigkeit der sich ständig wiederholenden Dienstleistungen für das Kloster. Tagein, tagaus dieselben Verrichtungen ohne Unterbrechung, ohne längere Pause. Aufstehen, wenn der Hahn den ersten Schrei tat oder die Sonnenscheibe glutrot über dem *Reinhardswald* stand, Morgengebet, die eigene Kuh versorgen, frühstücken, dann mit dem Vater und dem Bruder auf dem Ochsenkarren zum Kloster, melken mit den anderen Mägden, wintertags im Klosterstall, sommertags auf der Weide, und Feldarbeit. Mittags eine kurze Unterbrechung bei Grießsuppe und Kantenbrot, dazu ein Schluck Milch oder ein Trunk aus Blütenhonig. Wieder aufs Feld oder in die Gesindeküche. Wenn die Zeit reichte, einen Sprung in die Leutekirche zu einem „Vaterunser“ oder „Ave-Maria“, dann zurück nach Gottsbüren, wo die Mutter ihre Mithilfe im kleinen Familienhaushalt erwartete. Nach dem Abendbrot – meist eine Rübensuppe – schob die Mutter ihr den Nähkorb oder eine Strickarbeit zu. Oft fiel Imma schon vor neun todmüde ins Bett.

Ihr schien es, als gäbe es zwei Welten, und Gott hatte sie leider für die weniger gelungene geschaffen: die der vornehmen und gelehrten Priestermönche und die der einfachen Bauern, zu denen auch ihre Familie und sie selbst gehörte. Nun, die Laienmönche waren auch nicht viel besser dran als sie, sie mussten wie die *Hörigen* für das leibliche Wohl ihrer Mitbrüder sorgen, die über den dicken Büchern saßen, in Folianten blätterten, studierten und mit der Gänsefeder schrieben. Einmal, während der Vesper, als niemand in der Nähe war, hatte Imma einen Blick in das Skriptorium werfen können, wo große Pergamentstücke auf den Tischen lagen oder auf kleinen Staffeleien befestigt waren. Die geschwungenen Buchstaben und leuchtenden Farben tanzten noch heute vor ihren Augen, wenn sie nur an diesen Augenblick dachte. Die Mutter hatte Imma gerügt, weil sie in einen Bereich des Klosters vorgedrungen war, den die Klausur nur dem Konvent vorbehalten und zu dem eine Frau keinen Zutritt hatte. „Lass das nur nicht den Vater wissen“, beschwor sie ihre Tochter. „Was du getan hast, war eine große Verfehlung, die er dir nicht verzeihen wird, kommt sie erst ans Licht.“ Doch der Anblick der herrlichen Initialen in der Eleganz der Farben beflügelte Immas Herz so sehr, dass sie eine Strafe des Priors für dieses ungeahnte Erlebnis gern auf sich genommen hätte. Sie musste in den nächsten Tagen immer wieder an diesen Augenblick denken, der sie aus dem Dunkel und der Gleichförmigkeit des Arbeitsalltags emporgehoben hatte in eine lichte Sphäre, von der sie bisher nicht ahnen konnte, dass sie überhaupt bestand.

Es war Imma, als hätte sie einen Blick in einen Vorraum des himmlischen Thronsaals getan. Seither kehrten ihre Gedanken immer wieder an den Ort zurück, der ihr durch unverständliche Gebote verwehrt war, der aber doch die Erfüllung ihres Glücks bedeuten würde, dürfte sie ihn betreten wie die *Skriptoren.* Sie stellte sich vor, wie die Kopisten unbeweglich auf ihren Plätzen saßen und sich Buchstabe für Buchstabe unter ihren Händen formte, wie sie die Feder in die Tinte tauchten und den Texten in eleganten Bögen wunderschöne Initialen vorausschickten, an denen sie stunden-, ja, tagelang arbeiteten, bis ihre Formen vollendet und die Farben in harmonischem Einklang aufeinander abgestimmt waren. Woher sie diese Vorstellung von der Arbeit in einem Skriptorium hatte, wusste Imma nicht. Einmal hatte sie gesprächsweise erfahren, dass ein Kopist zum Schreiben von drei bis sechs *Folia* im Quartformat einen ganzen Tag und zum Abschreiben der Bibel ein Jahr benötigte. Manchmal waren fünfzehn Schreiber mit einem Werk beschäftigt. Ein guter Kopist, so erzählte ein anderer, soll es täglich auf dreißig Seiten gebracht haben.

Imma stellte sich vor, dass sie an der Gestaltung der *Psalter* und *Codices* gern mitwirken würde, denn das Zeichnen und Malen war schon in Kindertagen ihre Lieblingsbeschäftigung gewesen. Immer wenn sie ein Stück Kreide oder getrockneten Ton erwischen konnte, hatte sie die Kirchenmauern und die Außenwände des Getreidespeichers mit den Abbildungen von Wölfen und Bären, Kröten und Eichhörnchen verziert, sehr zum Leidwesen ihrer Mutter, die bei Dunkelheit mit Wassereimer und Bürste bewaffnet die Zeichenspuren ihrer Tochter mühevoll entfernen musste. Warum war es nur einer ausgesuchten Schar von Männern erlaubt, Dinge zu lernen, die auch ihr Freude machten, die die Erfüllung ihrer Träume bedeutet hätten? Nein, an diesem Abend musste Imma mit den Eltern reden. So konnte sie nicht weiterleben.

Das Heu war vor Abend eingefahren. Gerade noch rechtzeitig, bevor das bedrohliche Gewitter seine ganze Kraft entlud und der geschwärzte Himmel seine Schleusen öffnete, stand der Wagen auf der Tenne des klösterlichen Vorratsgebäudes, wo ihn Peter, Immas Bruder, und die Knechte entluden. Dann rauschte der Regen über die Vordächer und bildete Lachen und Pfützen in den Spurrillen der ausgefahrenen Wege und des lehmigen Klosterhofes.

Imma sah den Vater auf der Bank vor dem elterlichen Hause in Gottsbüren sitzen, die Ärmel noch immer hochgekrempelt, als wolle er sich gleich wieder in die Arbeit stürzen. Die Mutter brachte ihm einen Krug Bier und ließ sich für wenige Augenblicke neben ihm nieder. Aus dem Wolkenschleier blinkte der erste Stern. Es roch nach Feuchtigkeit und frisch geschnittenem Gras.

„Vater, warum kann ich nicht werden, was Hildebrand erlaubt wird?“, fragte Imma leise. Sie stand im dunklen Hausflur, die schmale Schulter gegen einen Türpfosten gelehnt.

„Was wird ihm denn erlaubt?“, fragte der Vater und drehte sich schwerfällig zu ihr um. Das fahle Licht zeigte ein müdes Gesicht.

„Dass er Lehrling werden darf in der Schreibwerkstatt von Helmarshausen.“

Bauer Edi war wortkarg und verschlossen wie viele Hörige, die den landwirtschaftlichen Dienst für das zwei Stunden entfernt liegende Kloster versahen und ein Stück gepachtetes Land für den Eigenbedarf beackerten. Er befehligte im Klosterbereich drei Knechte und zwei Mägde, denen er Anweisungen für den täglichen Dienstplan gab. Darüber hinaus hielt er sich mit Reden zurück. Imma musste sich einen Augenblick in Geduld fassen, bevor der Vater nur ein Wort sagte: „Weibergeschwätz!“

„Wer hat dir denn diese Flausen in den Kopf gesetzt?“, entsetzte sich die Mutter. Sie spürte, wie der abendliche Friede in Gefahr geriet.

„Das sind keine Flausen“, erwiderte Imma. Sie war groß und schlank und hatte langes blondes Haar, das zu einem Zopf geflochten war. Sie trat aus der Tür an die Seite der Eltern. „Ich würde gern ebenfalls ein Lehrling wie Hildebrand sein“, sagte sie.

„Du bist eine Frau“, brummte der Vater, „vergiss das nicht.“

„Das vergesse ich auch nicht, Vater“, ereiferte sich Imma. „Aber dürfen Frauen denn nicht Lehrling werden?“

Die Mutter schlug ein Kreuz. „Kind, versündige dich nicht. Du wirst heiraten und Kinder kriegen. Das ist Frauensache.“

Imma sah zum Himmel auf, an dem sich die Wolken lichteten, und entdeckte einen zweiten Stern.

„Ich möchte aber nicht heiraten“, sagte sie leise. „Ich möchte etwas lernen.“

„Dann geh ins Kloster – nein, besser nicht. Mit aufmüpfigem Gerede erschrickst du die Mutter Oberin.“ Der Vater nahm bedächtig einen Schluck aus dem Bierkrug.

„Hildegard, ich glaube, Imma ist nicht ganz gescheit“, wandte er sich an seine Frau. „Solche Ansichten hat sie doch nicht von uns. Da muss jemand anderes dahinterstecken.“

„Sie ist doch erst sechzehn.“ „Trotzdem. Mal fängt es ja an.“

„Irgend jemand hat ihr den Kopf verdreht“, grübelte die Mutter. „Aber frag mich nicht, wer.“

„Das werden wir noch herausfinden“, nickte der Bauer und stand auf. Er fasste Imma hart an. Ihre Arme waren nicht stark, fast schmächtig. Sie konnten in der Tat eher einen Pinsel denn volle Melkeimer tragen oder einen Bund Stroh durch das Futterloch stemmen. „Die Schreibwerkstatt – das ist nur was für Männer, verstehst du? Für Mönche. Sie verbreiten das Wort Gottes. Frauen nicht.“

Imma schüttelte den Kopf. Eine Träne rann ihr über die schmalen Wangen. „Ich zeichne doch so gern, Vater.“

„Was glaubst du, was ich gern tun würde“, knurrte Bauer Edi, „aber mir bleibt nur der Frondienst wie meinem Vater. Gott weiß, wozu er im Himmel nütze ist.“ „Kind, gib dich mit den Erklärungen deines Vaters zufrieden“, flehte die Mutter. „Er weiß, wovon er spricht.“

„Hast du denn nie etwas anderes gewünscht als das, was du tust?“, rief Imma. „Warst du mit allem zufrieden, was dir widerfuhr? Hast du nie darüber nachgedacht, welche Meinung die Mönche von den Bauern haben? Dass sie über sie lachen, weil sie so abergläubische Dinge tun wie bei Mondfinsternis nicht reden oder bei Vollmond nichts unternehmen?"

„Bei uns im Kloster lacht niemand über uns", sagte der Vater mit dumpfer Stimme, die nichts Gutes erwarten ließ, „nicht seitdem Herr Thietmar als Abt das Regiment führt."

„Imma, so kenne ich dich ja gar nicht", jammerte die Mutter. „Was ist denn in dich gefahren?"

„Es ist ein Vorurteil, Mutter, dass Frauen nicht in der Lage seien, sich um ihre Angelegenheiten selbst zu kümmern, wie alle Welt meint, und dass sie vor den Gefahren und Versuchungen der Welt beschützt werden müssten. Frauen sind auch keine zweitrangigen Mensehen, Mutter, die man willkürlich verheiraten und herumschubsen kann."

Der Mond trat aus den Wolken und ein silberner Schein fiel auf Immas Gesicht. „Ich bin ganz normal, Mutter, auch wenn du meinst, an meinem Verstand zweifeln zu müssen. Gibt es denn Menschen erster und zweiter Ordnung? Sind Männer mehr wert als Frauen? Dürfen Frauen nicht lernen, was Männern zugebilligt wird?"

Einen Augenblick herrschte Stille. Den Eltern verschlug es die Sprache, denn so hatte sich ihre Tochter noch nie gebärdet.

Imma fuhr fort: „Ich habe die Postulanten und Novizen beobachtet, die ins Kloster eintraten. Das schwarze Habit ist wie eine Uniform, ein weithin sichtbares Zeichen, das Hochachtung und Respekt erfordert. Ob die Ordenstracht es verdient – ich wage es nicht zu behaupten. Manchmal habe ich den Eindruck, dass das Standesbewusstsein im Kloster mehr gilt als die Nachfolge Christi. Das sind meine Fragen. Und wenn ihr sie mir nicht beantworten könnt, dann werde ich zum Vater Abt gehen und mich bei ihm erkundigen, warum das so ist."

Die Mutter fiel auf die Bank zurück, von der sie sich erhoben hatte. Sie presste ihre rechte Hand aufs Herz. „Nun ist sie total übergeschnappt!", rief Bauer Edi und wandte sich besorgt seiner Frau zu. „Sieh nur, Imma, was du angerichtet hast."

„Ich habe nur Fragen gestellt", antwortete die Tochter und wunderte sich, wie kühl ihre Stimme klang. „Ich habe gefragt, was eure Großmütter und Mütter schon hätten fragen sollen, sich aber nicht getraut haben: Sind Frauen weniger wert als Männer? Und dürfen nur Männer eine berufliche Ausbildung erhalten, Frauen aber nicht?"

Es schien, als halte die Welt den Atem an. Die Blätter der Bäume hörten auf zu flüstern, die Äste erstarrten, selbst der Wind duckte sich und rührte sich nicht mehr. Für einen Augenblick unterbrachen das schwere Atemgeräusch des Bauern und die gurgelnden Seufzer der Bäuerin die Stille. Ein Käuzchen schrie aus dem nahen Wald, zwei-, dreimal kam eine Antwort von jenseits der großen Wiesen. Die Eltern rangen nach Worten. „Glaubst du, dass mein Beruf so erstrebenswert ist, dass ich ihn dir als Ausbildung empfehlen würde?", fragte der Vater, sich zur Ruhe zwingend. „Ist es dir nicht in den Sinn gekommen, dass ich vielleicht auch gern etwas anderes hätte lernen wollen als Saaten ausstreuen, Kälber aufziehen, Ställe ausmisten und Ernten einfahren?"

„Dein Vater konnte wunderbar mit dem Schnitzmesser umgehen", unterbrach die Bäuerin ihren Mann. „Er hat mir zur Hochzeit das Bild der Jungfrau Maria geschenkt, eine kleine Figur, die bei einem Brand leider verloren ging."

„Wie schön. Vielleicht weiß ich jetzt, woher mein Verlangen kommt, mit meinen Händen etwas Künstlerisches zu tun. Warum, Vater", fuhr Imma fort, „hast du dich nie gegen dein Leben aufgelehnt? Und warum musste ich in deine Fußstapfen treten und bäuerliche Magd werden so wie mein Bruder Peter Knecht?"

„Das ist Aufstand, du versündigst dich gegen Gott!“, schrie der Bauer und hob die Hand. Der Bierkrug polterte zu Boden. Die Bäuerin fiel ihrem Mann in die Arme. „Nicht schlagen, bitte, nicht schlagen!“, jammerte sie. „Kind, was führst du für gottlose Reden!“

Bauer Edi sank plump wie ein Kartoffelsack auf die Bank. Sein Atem ging in kurzen Stößen. Die Adern an seiner Schläfe pochten unter der Haut. „Ich werde dich zu meinem Vetter in *Bursfelde* in Dienst geben“, bestimmte er hart. „Er betreibt eine Wassermühle bei dem neuen Kloster der Benediktiner und sucht einen Müllerburschen. Dort kannst du zeigen, ob eine Frau in dir steckt, die ein Mann sein will. Er wird dich wieder zur Vernunft bringen. Martini trittst du deinen Dienst bei ihm an.“

Er hat nichts verstanden, dachte Imma, rein gar nichts. In seinen Schädel gehen die Gedanken, die ich habe, nicht hinein. Sie hockte bleich, mit geschlossenen Augen auf der Türschwelle. Ihre Mutter kam und legte ihr ein feuchtes Tuch auf die Stirn.

Der Prior hatte schlaflose Nächte. Alle Wasser des Himmels schienen sich über dem Diemelgau versammelt zu haben und unaufhörlich auf Ort und Abtei niederfallen zu wollen. Silberne Fäden waren zwischen Wolken und Erde gespannt, und der Regen rann ohne Unterlass vom Festtag der heiligen Cyrillus und Methodius bis zu dem des heiligen Polykarp. Längst genügten die Sandsäcke als Bollwerk nicht mehr, die Wehre an Hainbach und Mühlgraben waren längst geöffnet und das dunkle Wasser schäumte gurgelnd unter ihnen und in hohen Bögen über sie hinweg. Die Wassermühlen standen still. Wenn der Himmel einmal für wenige Minuten aufriss und sich die fahle Sonnenscheibe am Himmel zeigte, spiegelten sich in der sprühenden Gischt über dem Wasser für wenige Augenblicke die Farben des Regenbogens. Aber er war kein Zeichen für das Ende der Sintflut, noch ein Symbol des Friedens in der Natur; schon nach quälenden Minuten des Hoffens setzte der Regenguss von Neuem ein, und ergiebiger als zuvor strömte das Wasser aus der Höhe auf die überschwemmten Wiesen und die wie auf einer Halbinsel trotzende Klosteranlage nieder.

Sämtliche Laienbrüder sowie Bedienstete in der Landwirtschaft waren im Einsatz, die Vorräte aus den gefährdeten Wirtschaftsgebäuden in die höher gelegenen Stockwerke zu befördern. Ob auch die Werkstätten schließen und ihre Gerätschaften in andere Häuser verfrachtet werden mussten, stand noch nicht fest.

Der Prior hatte einen Wall aus Steinen, Weserkies und Sand aufschütten und von einem Flechtwerk aus Hanf und Weiden umspannen lassen, wodurch die gröbste Gefahr gebannt schien. Größere Sorgen bereitete ihm die Goldschmiede. Sie war zwar nicht unmittelbar vom steigenden Hochwasser bedroht, dafür gerieten ihre Grundmauern in Gefahr, im umspülten und in Bewegung geratenen Erdreich nicht mehr genug festen Halt zu finden. Eine Verlegung der Goldschmiedearbeiten in andere Gebäude kostete Zeit und bedeutete einen erheblichen Produktionsausfall, den sich das Kloster bei der guten Auftragslage nicht leisten konnte.

Die Chormönche bestürmten den Himmel ohne Unterlass. Auch außerhalb der festgesetzten Gebetszeiten kamen sie in der Leutekirche, der früheren Eigenkirche des Grafen Ekkehard, zusammen, denn die eigentliche Klosterkirche befand sich nach dem Brand noch im Wiederaufbau. Auch Bewohner des Ortes Helmarshausen fanden sich in ängstlicher Sorge im Klosterhof ein und fragten, ob das Ende der Welt bevorstünde, das ihre Vorfahren schon für das Jahr 1000 mit großen Zeichen am Himmel erwartet hätten. Einige Hörige, deren Häuser im unteren Teil der Siedlung besonders gefährdet waren, erkundigten sich, ob sie mit ihrem Vieh – meist eine Kuh oder ein Schwein – vorübergehend in das Gesindehaus des Klosters übersiedeln dürften.

Altfried informierte den Abt fast stündlich über die kritische Situation auf dem Abteigelände. „Du magst mich für undankbar und kleingläubig halten", keuchte er und tupfte sich den Schweiß von der Stirn, „unser Kloster steht unter keinem guten Stern, hat vielleicht nie den Segen des Himmels genossen. Das fing mit der Gründung an, wie du in den Annalen nachlesen kannst. Die Schicksalsschläge haben uns bis heute nicht verlassen."

Abt Thietmar legte dem Prior die Hand auf die Schulter. „Beruhige dich, Altfried, und dann lass dir in der Küche ein Stück Speck und ein Schwarzbrot geben. Ich habe dich seit Tagen nicht mehr im *Refektorium* gesehen. Und essen muss der Mensch, will er nicht vom Fleisch fallen."

„Wie kann ich in dieser Stunde essen, wo uns das Wasser über die Mauern schlägt?", brummte der Prior. „Sag selbst, Vater Abt, was ist von dieser Entwicklung zu halten? Wir werden vom Pech verfolgt. Das fing zu Zeiten unseres Stiftungsvaters an: Der ruhmreiche Graf Ekkehard und seine ehrenwerte Gemahlin Mathilde aus *Reinhausen* haben bei Papst Sylvester II. und Kaiser Otto III. die Corveyer Rechte einer Reichsabtei erwirkt, und kaum zwanzig Jahre später, nämlich 1017, hat Bischof Meinwerk von Paderborn es fertiggebracht, dass ihm Kaiser Heinrich II. diese freie Reichsabtei übereignete. Wozu? Warum? Damals begann unser Unglück!"

„Das siehst du nicht ganz richtig, mein lieber Altfried", wehrte sich der Abt. „Wenn dieser Schachzug auch im Widerspruch zu dem Gründungsprivileg steht, so hat sich doch der direkte Einfluss Paderborns auf unser Kloster in den folgenden Jahrzehnten als recht günstig erwiesen, oder?"

„Günstig? Dass ich nicht lache, Vater Abt! Du bist nun 25 Jahre im Amt und solltest es besser wissen als ich, der ich vor lauter Sorgen um diese Niederlassung kaum zum Lesen und wenig zum Beten komme. Steht nicht geschrieben, dass, nachdem dieser Meinwerk sich die Gunst des Babenbergers erschlichen und ihm das Kloster abgetrotzt hatte, der Bischof den Gedanken hegte, uns nach *Warthberg* – Warburg – zu verlegen und dort mit einem neuen Kloster zu vereinen? Doch eine nächtliche Vision hielt ihn davon ab."

„Gott Dank, ja, dass göttliches Walten ihm den Plan verdarb."

Abt Thietmar lächelte, als er das schnaubende Gesicht des Priors sah. „Aufgrund des kaiserlichen Zugeständnisses nahmen die Bischöfe von Paderborn zwar die *parochiale* Aufsicht über dieses Kloster in Anspruch, störten aber unsere Ruhe nicht. Vergiss bitte auch nicht, dass Meinwerk es war, der unser Kloster weihte. Das war am 5. Juni 1011, am Donnerstag nach Pfingsten. Die Paderborner Bischöfe gestanden den ordnungsgemäß geweihten Äbten den Hirtenstab oder die kanonische Weihe zu, forderten von uns nie irgendwelche Dienstleistungen, sondern erkannten vielmehr in respektvoller Weise die päpstlichen Privilegien an."

Der Prior dachte an das Wort *Ruhe*, während er zum Fenster hinausblickte. Es hatte in diesem Zusammenhang einen so kläglichen Beigeschmack, dass er die Unterredung mit dem Vorgesetzten am liebsten abgebrochen hätte. Er sah Menschen mit Eimern und Schaufeln über den Hof hasten, eine Kuh brüllte. Bruder Longinus, der Stallmeister, fiel der Länge nach in den Dreck, rappelte sich auf, stieß einen Fluch aus und bekreuzigte sich fast gleichzeitig. Die beschauliche Ruhe eines Klosteralltags mit dem Wechsel von geregelter Arbeit und frommem Gebet war unter der Knute des Regenhimmels dahin.

„Du kannst mir sagen, was du willst, Vater Abt, unser Kloster steht unter keinem guten Stern", sinnierte Altfried beim Anblick des Durcheinanders da draußen, jedoch so leise, dass Thietmar nachfragen musste, was der Prior gemeint habe. Der erste Wasserschwall ergoss sich in die tiefer gelegene Schmiede.

„Bedenke, was der Chronist hinterließ", nickte der Prior. „Ich komme wieder auf unser Stifterehepaar, den Grafen Ekkehard und seine hochwohlgeborene Gemahlin Mathilde, zurück. Ich weiß, unser Kloster verdankt den beiden seine Existenz. Jedoch mit ihrer Stiftung begann zugleich auch das Pech. Ihr einziger Sohn ist früh gestorben, man meint, bei einem Jagdunfall. Wahrscheinlich hat nur Graf Ekkehard die Vollendung dieses Klosters noch erlebt. Seine Verwandten wollten der Kirche – oder besser dem heiligen Petrus, dem sie zugesprochen war – die ansehnliche Erbschaft streitig machen."

„Was ihnen auf dem *Fürstentag in Leitzkau* aber gehörig ausgetrieben worden ist!", rief der Abt.

„Dennoch: Was sind das für Voraussetzungen für eine friedvolle Entwicklung eines Klosters, Thietmar, kannst du mir das sagen? Ganz zu schweigen von den Machenschaften dieses Bischofs Meinwerk, der uns am liebsten von hier vertrieben hätte und der den Hals nicht voll bekommen konnte, wenn es um anderer Leute Eigentum ging. Bitte, unterbrich mich nicht: Du wirst sagen, der Paderborner Bischof habe das Erbe der wohlhabenden Adeligen ja nicht für sich persönlich verwendet, sondern Kirchen gebaut, den Kirchenschatz vermehrt und obendrein für das Seelenheil der Spender gebetet. Ich möchte jedoch weder als Baumeister noch als Leuteschinder in die Annalen dieser Abtei eingehen, sondern, wenn man sich meiner je erinnert, als jemand, der sich für ein friedliches Gedeihen dieser Gründung eingesetzt hat und um das Wohlergehen ihrer Menschen besorgt war. – Beides aber werde ich wohl nicht mehr erleben."

„Ich hoffe nicht, dass du deines Lebens überdrüssig bist, mein lieber Prior", scherzte der Abt, aber zugleich spürte er, dass es Altfried ernst mit seinen Worten war angesichts der vielen aufreibenden Anstrengungen, die er im Interesse des Klosters vergeblich unternommen hatte.

„Die Konkurrenz ist zu groß", klagte Altfried, „wie soll ein Kloster gedeihen, wenn in der Nähe andere Niederlassungen entstehen, von frommen Stiftern gegründet, aber dann sich selbst überlassen."

„Hast du ein bestimmtes Kloster im Blick?", fragte der Abt.

„Wir stehen nicht nur im Schatten Corveys, sondern auch in seinem Bannkreis. Corveyer Mönche in Herford, Corveyer Mönche in Bursfelde, Corveyer Mönche auf dem mons *Haddenbarch* … Rings um Helmarshausen sind Klöster entstanden, weil die reichen, aber gewalttätigen Grafen glaubten, vor ihrem Tode aus Sorge um ihr Seelenheil eine fromme Stiftung machen zu müssen. Hilwartshausen nicht zu vergessen und die frommen Frauen in *Lippoldsberg*. Warum hat *Heinrich der Dicke* von Northeim uns ausgerechnet Bursfelde vor die Nase gesetzt? Wie viele Laienmönche, die wir als Hilfskräfte gut hätten aufnehmen können, haben sich inzwischen dort eingenistet?“

„Wir sind ein adeliger Konvent“, entgegnete der Abt mit Nachdruck.

„Ja, und? Sind wir deshalb besser als die anderen Klöster?“, begehrte der Prior auf. .

„Du vergisst, dass Heinrich der Dicke vor einigen Jahren von den Friesen erschlagen und in Bursfelde bestattet worden ist“, unterbrach der Abt die Proteste seines Priors. „Er möge in Frieden ruhen.“

„Das wünsche ich auch für mich“, erwiderte der Prior.

Er sah in den Regen hinaus und betrachtete das unaufhörlich steigende Wasser. „Es steht uns im wahrsten Sinne des Wortes bis zum Hals.“

Abt Thietmar hatte sich in Gedanken oft mit dem Kloster *Cluny* beschäftigt, dem ein sagenhafter Aufstieg beschieden war. Seine Äbte Odo, Mayolus, Odilo und Hugo mussten geradezu geniale Klostervorsteher dieser in Burgund gelegenen Benediktinerabtei gewesen sein. Im Jahr der Abtsweihe Thietmars, im Jahr 1080, zählte Cluny schon 300 Mönche, während in Helmarshausen in besseren Jahren gerade mal zwanzig oder dreißig das Lob Gottes verkündeten. Die politische Lage kam der Entwicklung des Ortes Cluny entgegen. Hier verfügte weder der Kaiser noch der französische König über Einfluss und Macht, sondern einzig der Herzog von Burgund, der sein Herzogtum in verschiedene feudale Herrschaftsbereiche gegliedert und dem lokalen Adel Macht zugestanden hatte. Ganze Sippen traten ins Kloster ein, die Äbte entstammten burgundischen Adelsfamilien. Eine solche Entwicklung hatte es längst zuvor in Irland gegeben, wie die Darstellungen im Kreuzgang von Jerpoint Abbey zum Beispiel bekundeten, wo Mönche in Kutte und mit Buch neben Mönchen in Panzer und mit Schwert einträchtig nebeneinander verharrten.

Abt Hugo verstand es, adelige Familien zu Schenkungen für das Kloster zu überreden; bald dehnten sich Hunderte von Hektar Ackerland im Umkreis von dreißig Kilometern um die Abtei aus. Dieser Drang nach grundherrlicher Expansion war keine Ausnahme; viele Klöster versuchten durch Gütergewinnung den eigenen Reichtum zu vergrößern und ihren Einflussbereich gegenüber dem Diözesanbischof zu sichern. Schließlich regierte Abt Hugo wie ein Monarch über 2 000 Klöster mit ungefähr 50 000 Mönchen. Der Eintritt ins Kloster bedeutete für die adeligen Söhne ein geregeltes Auskommen, Sicherheit im Alter, Sorge für das Seelenheil nach dem Tode.

Thietmar konnte sich für Cluny begeistern, was den kometenhaften Aufstieg dieser Abtei und ihrer Gründungen betraf, und gern wäre er mit Abt Hugo in einen Gedankenaustausch getreten. Mit den Machenschaften zur Vermehrung des Reichtums mochte er sich nicht anfreunden. Doch er fühlte sich versucht, wenigstens einen Teil der dort gemachten Erfahrungen auf Helmarshausen zu übertragen. Was ihn hinderte, war, dass nicht alle Mönche in Cluny der Entwicklung ihres Klosters zustimmen konnten. Sie flohen aus der Gemeinschaft aus Furcht vor der Zucht mit Urkunden, Privilegien und anderem Eigentum des Klosters, wie sie es nannten. Die *Cluniazenser* argumentierten, durch die Erneuerung des Mönchswesens die Erneuerung der Christenheit zu betreiben, deshalb müsse der Orden ohne Einfluss der Bischöfe bleiben. An dieser Problematik wäre fast schon Patrick, der größte Heilige Irlands, auf seinen Missionsreisen im 5. Jahrhundert gescheitert. Die Äbte behaupteten sich mit ihren Klöstern gegenüber der Diözese und unterstellten sich nicht einer römisch-orientierten Verwaltungseinheit.

Die *cluniazensische* Reform des Benediktinerordens war bruchstückhaft und gleichsam in dunklen Wellen aus dem fernen Frankenreich über den Rhein gedrungen und fand in der *Hirsauer* Erneuerungsbewegung ein großes Echo. Ein früherer Mitbruder Thietmars, Abt Wilhelm aus Sankt Emmeram in Regensburg, brachte Hirsau zu großer Blüte und weitreichendem Einfluss. Wilhelm hatte zunächst der auf das Kloster *Gorze* zurückgehenden Lothringer Reform seine Sympathien geschenkt. Bei strenger Beachtung der Benediktus-Regel stellten sich die Klöster dieser Reform stärker in den Dienst der Bischöfe und des Reiches. Kein Wunder, dass Bischöfe, Adelige und Könige diese Reform, der schließlieh ungefähr 170 Klöster anhingen, nach Kräften förderten.

Thietmar war im Grunde eher ein Verfechter der Hirsauer Reform, was ihre geistige Ausrichtung betraf, wie auch seine Abtsfreunde Marcward von Corvey und Gumbert von

Paderborn, mit denen er im Jahre 1093 dem Gründungsakt des Klosters Bursfelde beigewohnt hatte. Er war auch beim Gelöbnis der Lippoldsberger Nonnen, die Hirsauer Regel zu übernehmen, anwesend gewesen und bei der bald darauf erfolgten Wahl der Äbtissin Hildesuind.

Der Oberweserraum war reich an *monastischen* Gründungen, sie alle standen zwar nicht unmittelbar im Wettbewerb miteinander, doch war ihre Existenz aufgrund der allgemein schlechten wirtschaftlichen Lage und des begrenzten Nachwuchses immer leicht gefährdet. In diesem Punkt musste Thietmar seinem Prior beipflichten. Der materielle Wohlstand hing wesentlich vom vielfach unbeliebten *Vogtwesen* ab: Klöster und Kirchen standen unter dem Schutz einer weltlichen Aufsicht, des *advocatus*, der die Tagesgeschäfte abwickelte, dem Gerichtswesen vorstand und in Zeiten der Gefahr militärischen Schutz gewährte. Kein Wunder, dass der Vogt ein mächtiger Mann war und seine Verfügungsgewalt auch über das ganze Kloster und seine geistlichen Dinge ausdehnen konnte.

Was Cluny auszeichnete und dem rührigen Abt von Helmarshausen in besonderer Weise gefiel, war das Ideal der Liebesgemeinschaft, das man hier anstrebte. Die Abtei wurde zu einer Schule der Caritas. Zu bestimmten Festzeiten, wie etwa dem seit 1033 bestehenden Allerseelentag, erhielten zwölf Arme zur Frühmesse und Abendandacht reichlich Speise. Der deutsche Mönch Udalrich, der die Gebräuche in Cluny um 1080 für seine deutschen Mitbrüder in Hirsau aufzeichnete, überlieferte den Brauch, in der Fastenzeit allen Bettlern und Armen, die an die Klosterpforte klopften, ein Almosen zu geben. Die Zahl der Bettler wurde auf 17 000 pro Jahr geschätzt. Starb ein Mitglied des Konvents, so mussten Arme dreißig Tage lang sowie an der jährlichen Wiederkehr des Todestages mit seiner *praebenda*, mit der täglichen Brot- und Weinration eines Mönches, gespeist werden. Auch wenn die Portionen im Laufe der Zeit zurückgeschraubt wurden, ergaben sich doch noch 28 000 Portionen pro Jahr. Das *cluniacensische* Totengedenken sicherte Armen, Kranken und Pilgern eine wenn auch vorübergehende karitative Fürsorge und Versorgung.

Weniger ansprechend schien Thietmar die – wie er es nannte – Ritualisierung der Wohltätigkeit zu sein: Wer war in Cluny denn der beschenkte Bettler? Wurde er Bruder des Mönches? Blieb er nicht vielmehr am Rande wie ein Statist, ein willkommener Mittler, der dem Seelenheil des Spenders diente? Von den Bettlern, den Armen, zu den Bauern war es in der sozialen Struktur nicht weit: Der Cluniazensermönch Rodulfus Glaber war der Ansicht, das Volk sei eine wankelmütige und leicht beeinflussbare Masse und ohne Leitung durch Priester und Fürsten nicht lebensfähig. Da es logischen Belehrungen nicht zugänglich sei, müsse es über das Gefühl beeinflusst und gleichsam in seinen rohen Instinkten angesprochen werden.

Doch wer ernährte denn die gebildeten Herren? Bauern und Knechte arbeiteten im Schweiße ihres Angesichtes, während sich die studierten Klosterinsassen an kostbaren und auserlesenen Speisen erfreuten, die ebenjene Bauern und Knechte erwirtschaftet hatten. Wie gering war die Meinung von dem ungebildeten Volk, das keine Chance für eine entsprechende Bildung erhielt? Wie abfällig, ja, abartig war die Erklärung Odos, diese Ungerechtigkeit in der Bewertung der Menschen sei eine Folge der Erbsünde – gleichsam die Strafe für Noachs Fluch über seinen Sohn Cham. Für Adalbero von Laon war der Bauer nicht mehr als ein Tier, er war nackt und hässlich, weil er nicht nur beruflich mit Tieren zu tun hatte, sondern weil er auch an der Welt der Bildung, des Wortes, des Verstandes keinen Anteil hatte. Welche Überheblichkeit!

War die Zuwendung zu den Armen nicht nur Schau?

Gewiss, auch die Cluniazenser nannten sich „pauperes", Arme, und sich selbst bezeichnete Abt Odilo als den „Letzten aller Cluniazenser", doch diese Armut war weit entfernt von Elend und Bedürftigkeit, sondern bedeutete lediglich den Verzicht auf das Tragen von Waffen, was sie von den „Reichen" unterschied. Die Zeichen der Demut und Erniedrigung gegenüber der als gering eingeschätzten armen Bevölkerung beschränkten sich auf Rituale wie die Fußwaschung am Gründonnerstag, wie sie einst Christus am Abend vor seinem Tod an den Jüngern vorgenommen hatte. War dieser Vorgang ursprünglich auch als ein Zeichen der Glaubensgemeinschaft gedacht, in der Dienst und Wort eng verbunden waren – denn wer sich das Waschen der Füße gefallen ließ, glaubte und wurde rein –, so deuteten spätere Zeiten diesen Dienst am Nächsten zu einem Akt der Demut und der Erniedrigung unter den sozialen Stand der Armen um. An bestimmten Tagen mussten die Mönche den Armen nicht nur die Füße, sondern auch die Hände waschen, um ihre Zugehörigkeit zur armen Bevölkerung zu demonstrieren. Damit handelten sie den Worten Jesu zuwider, der schon Petrus zurechtgewiesen hatte, als er bat:

„Herr, nicht nur meine Füße, sondern auch die Hände und den Kopf."

Weil der Brauch mit der Zeit als lästig empfunden wurde, so verkürzte oder delegierte man ihn. So kümmerte sich zwischen Allerheiligen und Aschermittwoch der Knecht des Armenpflegers um die Armen, während Abt und Konvent sich nur am Gründonnerstag dieser Pflicht entsannen. Mit der Zeit verkam die Fußwaschung zu einem reinen Ritus: Man tauchte drei Finger ins Wasser und berührte damit die Füße oder auch nur die Schuhe der Armen.

War es denn wahr, dass man sich die Ewigkeit nur als ein geläutertes Bild des Diesseits vorstellen und sich jeder schon im Voraus um einen entsprechenden Rang und Platz im Himmel bemühen musste? Der Kalender der Kirche war reich an Fest- und Feiertagen, die in ihrem Pomp die Grenzen zwischen irdischem und himmlischem Dasein fließend werden ließen.

Thietmar hatte sich einen Speiseplan aus einem Kloster in Aquitanien beschafft, das sich der Reform von Cluny angeschlossen hatte, aber er scheute sich, die Privilegien, die der Konvent dort genoss, bei seinen Mitbrüdern ins Gespräch zu bringen. Denn an Festtagen war es den Mönchen gestattet, zwei Mahlzeiten zu sich zu nehmen. Äbte waren befugt, die Feiertage im Kalender zu vermehren, was Auswirkungen auf den Speiseplan hatte. Zwischen Pfingsten und September durften die Mönche generell am Mittwoch und Freitag zweimal am Tag essen. Dreimal kreiste der Weinkrug bei Tisch; alles, was man begann und tat, sollte im Namen der heiligen und unteilbaren Dreifaltigkeit geschehen und vollendet werden. Auf Wein verzichtete man aus diesem theologischen Grund nicht einmal am Karfreitag, denn bei den langen liturgischen Feiern musste man bei Kräften bleiben, was Brot, Käse und Kräuter allein nicht vermochten. Selbst Delikatessen zierten den Speiseplan, ausgefallene Dinge, von denen die Brüder in der Welt nur träumten und die die Bauern sich nie erlauben konnten. Zwei Küchen mit Meisterköchen waren vollauf beschäftigt, die Gaumenfreuden der Mönche zufriedenzustellen. Fisch war äußerst beliebt: Aal, Lachs, Stör, Hecht, Forelle und Barbe in Ei und Pfeffer gebraten waren ein Hochgenuss. Nebengerichte, Pitanzen genannt, aus Eiern, Käse und Fisch standen an Wochentagen auf der Speiseliste, während opulente Mahlzeiten an Hochfesten wie Weihnachten und Ostern zur wahren Augenweide gediehen. Das Mittagsmahl bestand aus sieben Gängen: Aal mit Ei, gebackenes Fleisch in Brotteig mit Pfeffer versetzt, gebratene Gans, Milchbrei, gepfefferter Hecht, fettes Schweinefleisch, dazu Würzwein. Zum Nachtisch reichte man Waffeln und Fettgebäck. Auch in der Fastenzeit ließ sich der Küchenmeister nicht lumpen: Der Konvent genoss feines Weißbrot und edle Weine. Bei einem solchen Angebot an lukullischen Genüssen war es nur zu verständlich, dass viele Postulanten aus adeligen Familien an die Klosterpforten in Aquitanien und erst recht in Burgund klopften und um Aufnahme baten. Klöster bildeten den Garant für eine feudale und hierarchische Ordnung und Erziehung.

Thietmar entschloss sich, die Speisenfolge aus dem fernen Bruderkloster nicht mit dem Konvent zu diskutieren, nein, nicht einmal mit dem Prior zu besprechen. Wenn ein reiches Angebot an irdischen Genüssen für die Entscheidung eines Anwärters zum Eintritt ausschlaggebend war, wollte er lieber auf solche Aspiranten verzichten, so sehr die Abtei der heiligen Maria und des heiligen Petrus in Helmarshausen auf Ordensnachwuchs angewiesen war. Thietmar erblickte auch in der *Oblation*, die in Cluny schon abgeschafft war, Züge der Unfreiheit, reiche Eltern sollten keine Möglichkeit mehr erhalten, überzählige oder missgestaltete Söhne ins Kloster abzuschieben, um sie durch eine beträchtliche Spende lebenslang versorgt zu wissen.

Der allgemeine gesellschaftliche Wandel mit einer spürbaren Zunahme der westeuropäischen Bevölkerung in jüngster Zeit fand seinen Niederschlag im steigenden Ordenseintritt junger Männer in anderen Ländern, kaum aber in Deutschland und schon gar nicht in Helmarshausen. In England stieg die Zahl der Männerklöster von fast fünfzig auf etwa fünfhundert, während die Zahl der Nonnen und Mönche um das Sieben- oder Achtfache zunahm – ein Phänomen, das Abt Thietmar sich nicht erklären konnte. Nein, es bedurfte höherer geistiger Beweggründe, um junge Männer für ein Leben im Kloster zu begeistern, als ein gesicherter Versorgungsanspruch und ein ausgeklügelter Speiseplan.

Imma verließ das Elternhaus in Gottsbüren an Martini in aller Frühe, wie es beschlossen war, aber sie ging nicht nach Bursfelde, wie der Vater angeordnet hatte, sondern nach Helmarshausen. Der klaren Vorstellung von ihrer Zukunft folgend, als Ergebnis wochenlanger Überlegungen und Planungen, wählte sie noch im Dunkeln, bevor Vater und Peter aufbrachen, den ihr bekannten Weg, der sie im Ochsengespann allmorgendlich bis zu den Wirtschaftsgebäuden der Abtei – genauer bis vor den Kuhstall – führte, wo sie pünktlich um sieben Uhr mit dem Melken zu beginnen hatte. Jetzt hatte der Vater sie mit Einwilligung des *Ökonomus* dem landwirtschaftlichen Klosterdienst entzogen und dem Vetter in der Wassermühle als Hilfskraft anvertraut. Imma kannte Luitger nicht, er war ihr angeblich erst ein Mal begegnet, und das soll in der Zeit um Immas ersten Kommunionempfang gewesen sein, aber an den unerwarteten Besucher konnte sie sich nicht erinnern. Das erste Erlebnis mit dem gewandelten Brot hatte alle anderen Ereignisse verdrängt.

Der Morgen war noch dunkel und kalt. Auf den Wiesen lag der erste Raureif, der sich starr um Immas Füße klammerte und das Gehen in den offenen, geschnürten Schuhen erschwerte. Der Wald stand drohend vor ihr. Die schweren Eichen sahen wie Riesen aus, die sich ihr abweisend in den Weg stellten und deren starke verzweigte Arme sie in die Obhut ihrer Familie zurückscheuchen wollten.

Das Herz pochte. Einen Augenblick zögerte und überlegte sie, ob sie den Weg, der vor ihr lag, wirklich gehen konnte, ob sie sich nicht übernommen oder zu viel zugetraut hatte. Doch die Farbenpracht der Psalter, die verzierten Initialen und Minuskeln auf den Pergamentbögen, die sie nur einmal gesehen hatte und die sie seither bis in ihre Träume begleiteten, beflügelten Immas Schritte. Sie roch das frische Herbstlaub, das unter ihren Füßen raschelte.

Imma trat nicht mehr als Imma auf. Jetzt hätte sie eher Michael, Heinrich oder Otto heißen können, denn sie hatte sich äußerlich in einen jungen Mann verwandelt. Sie trug ein dickes Wollhemd samt Weste, die ihre schmale Brust verbarg, und eine Hose, die sie Peter stibitzt hatte und die bis zu den Knöcheln reichte. In das geschnürte Bündel auf ihrer rechten Schulter waren einige Wäschestücke eingerollt sowie Vaters abgelegter Mantel, den ihr älterer Bruder eigentlich hätte weitertragen sollen. Den langen, blonden Zopf hatte sie in der Nacht abgeschnitten und das Haar schwarz gefärbt. Immas Kopf ähnelte nun dem eines Mannes. Die weichen Wangen, die sonst rosig und mädchenhaft wirkten, verbargen sich unter einer dünnen Schicht weißgrauer Asche.

Alles an Imma war verändert, nicht nur das äußere Bild. Was sich im Herzen der jungen Frau abspielte, ließ sich nur schwer erahnen, weder an ihrem äußeren Erscheinungsbild noch an ihrem entschlossenen Willen konnte man die inneren Kämpfe nachvollziehen, die sie seit der Auseinandersetzung mit dem Vater geführt hatte.

Die größte Veränderung bedeutete, dass Imma nun auf sich selbst gestellt war und sich auch bei der Berufswahl auf niemanden verlassen konnte. Sie hatte sich entschieden, die Arbeit einer Magd beim Wassermüller auszuschlagen und auf eigene Faust bis in die kantigen Ecken der unerforschten Welt vorzudringen. Ihr ganzes Glück bestand aus einem Traum: Sie wollte eine Ausbildung in der klösterlichen Kopieranstalt oder Schreibwerkstatt, ohne bisher zu wissen, wie diese verlief und was damit verbunden war.

Imma hatte Hildebrand ins Vertrauen gezogen, den jungen Mann aus ihrem Dorf, der vor einem halben Jahr als Postulant in das Kloster aufgenommen worden war und neben Studium und Stundengebet entsprechend seiner Begabung in den klösterlichen Werkstätten beschäftigt wurde. Er war groß und stark, nicht gerade ein Hüne von Mann, doch etwa einen Kopf größer als Imma. Er galt als ruhig und besonnen. Seine dunklen Augen maßen die Umwelt mit neugierigem, wenn auch kritischem Blick, und die hohe Stirn unter dem schwarzen glatten Haar ließ erkennen, dass er sich über viele Dinge des Lebens seine Gedanken machte. Er war weder grobem Schabernack noch übermütigen Scherzen zugeneigt, zu denen sich die männliche Dorfjugend zuweilen hinreißen ließ. Sein Vater betrieb eine Schreinerwerkstatt, die Gottsbüren und die umliegenden Weiler mit Schränken und Betten, Tischen und Stühlen versorgte. Der Vater hatte gehofft, dass Hildebrand eines Tages den elterlichen Betrieb übernehmen würde, doch diese Erwartung hatte sich zerschlagen, nachdem der Sohn auf seinem Wunsch, im Kloster seinen Lebenssinn zu finden, beharrt hatte.

Hildebrand schlug die Hände über dem Kopf zusammen, als er erfuhr, welche Pläne Imma verfolgte. Sich als junges Mädchen Eintritt in einen Männerorden zu verschaffen, war nicht nur unmöglich, sondern ein unverzeihliches Sakrileg, das mit empfindlichen Strafen geahndet werden würde, und die Idee, dort eine Lehrzeit zu absolvieren, die gleichrangig mit den Abschlüssen männlicher Standesgenossen anerkannt wurde, erschien ihm töricht und unerreichbar.

„Und was ist, wenn der Schwindel auffliegt?“, hatte er entsetzt gefragt. „Wenn dich jemand als Tochter des Bauern Edi erkennt?“

„Die hohen Herren kommen den Bauern nicht zu nahe“, lautete Immas Antwort. „Und die Bauern kümmern sich nicht um die frommen Geschäfte der hohen Herren.“ Hildebrand versprach also, Imma zu helfen, soweit es unter den unnatürlichen Umständen möglich war, und sie bei der Klosterleitung nicht zu verraten.

Als Imma den Reinhardswald verließ, lag das Kloster im dunstigen Licht des jungen Tages vor ihr. Das Hochwasser war zurückgegangen, jedoch in den Weiden, die die Ufer der Diemel säumten, hatten sich die Überbleibsel der Flut verfangen: Heu- und Fasernreste, Baumäste, ein zerbrochenes Wagenrad, ja sogar die Wangen einer Wiege und ein Butterfass. Imma nahm allen Mut zusammen, als sie an der Klosterpforte schellte. Schlürfende Schritte näherten sich der Tür, ein Riegel vor dem Guckkästchen wurde zur Seite geschoben und die forschenden Augen Bruder Bedas blickten Imma an. Imma trug ihren Wunsch vor, dem Abt vorgestellt zu werden.

„Man kann nicht einfach in ein Kloster hineinspazieren und bis zum Vater Abt vordringen“, brummte Beda nicht unfreundlich. „Wenn du mit dem Pater Novizenmeister vorliebnehmen willst, will ich dich gern einlassen.“ Ohne auf Immas Antwort zu warten, drehte er den Schlüssel und öffnete die schwere Eichentür. Imma stand in einem langen, von zwei Kerzen notdürftig erhellten Gang. Bruder Beda bat sie in ein kleines, spärlich eingerichtetes Besuchszimmer, wo sie auf den Novizenmeister warten sollte.

Imma betrachtete das schlichte Kruzifix an der Wand.

IHM hatte sie längst ihre Sorgen anvertraut. Im Gesicht des Herrn lagen eine unbeschreibliche Sammlung und Ruhe trotz der ungeheuren Schmerzen, die er im Todeskampf ertragen musste. Imma spürte wieder ihr Herz bis zum Hals hinauf und an den Händen den Schweiß, den sie rasch an der Hose verrieb. Die erste Hürde war genommen, würde der nächste Schritt auch so reibungslos getan werden? ‚Und wenn man mich tatsächlich entdeckt?‘, schoss es ihr durch den Kopf. Welcher Strafe würde ich anheimfallen und wie hoch würde sie sein? Würde Vater seine Arbeit in der klösterlichen Landwirtschaft verlieren – auch wenn er in meine Pläne nicht eingeweiht gewesen war?

Ihre Gedanken wurden durch den forschen Schritt auf dem Gang unterbrochen. Es klopfte. Pater Gunther, der Novizenmeister, steckte seinen Kopf durch die Tür. Er war Anfang vierzig, mittelgroß, mit einem leicht angegrauten Haarkranz um den Kopf. Er sprach eine lateinische Begrüßungsformel, die Imma nicht verstand und mit einem verlegenen Lächeln erwiderte. „Wie ich höre, möchtest du den Vater Abt sprechen", sagte der Mönch. „Weißt du, Abt Thietmar ist ein viel beschäftigter Mann. Er lässt sich durch Pater Prior oder durch mich vertreten. Vielleicht kann ich dir helfen. Übrigens, wie heißt du denn?"

„Imma ..., Immanuel", stotterte das Mädchen. „Immanuel – Gottes Heil mit uns. Das ist ein schöner, hierzulande ungebräuchlicher Name. Bitte, setz' dich doch. Du musst einen ungewöhnlichen Paten haben."

Die Röte schoss in Immas Gesicht. Der Novizenmeister schien ihre Verlegenheit zu bemerken, doch er überging sie geschickt.

„Möchtest du mir jetzt sagen, was dich ins Kloster der heiligen Maria und des heiligen Petrus führt?"

„Ich möchte malen lernen."

„Malen?" Dem Novizenmeister verschlug es die Sprache.

„Ja, ich glaube, dass ich das kann. Ich habe einmal einen Blick – ach, nein." Fasst hätte Imma ihren unerlaubten Besuch in den Klosterwerkstätten preisgegeben.

„Nur heraus mit der Sprache", ermunterte Pater Gunther. „Hier reißt dir niemand den Kopf ab."

„Ich habe gesehen, was die Mönche hier auf Pergament schreiben und wie schön die Buchstaben sind. Und an den Farben kann ich mich nicht sattsehen. Alles ist so wunderbar aufeinander abgestimmt: die Ornamente, die Zeilen, die Bilder, dann der kunstvolle Rahmen, der das, was ausgedrückt werden soll, so geschlossen und rein zusammenhält. Das ist ja wie aus dem Himmel, wie ..."

Imma geriet ins Schwärmen. Pater Gunther betrachtete ihre leuchtenden Augen. Er hatte einen Blick für Menschen.

„Das hast du sehr schön ausgedrückt“, sagte er nachdenklich. „Woher hast du diese Worte? Hast du mit jemandem darüber gesprochen?“

„Nein“, erwiderte Imma fast außer Atem, so stark war sie bewegt, „das habe ich – aus meinem Herzen.“

Der Novizenmeister lächelte. Er stand auf und blickte in den Klosterhof hinaus, wo die Bauhandwerker die Balken für das Dachgestühl der wieder aufgebauten Kirche zurechtsägten. Ohne sich Imma zuzuwenden, sagte er: „Du weißt vielleicht, dass unser Kloster nur adelige Herren in die Reihe der Priestermönche aufnehmen darf. Wir sind dazu angehalten und müssen die Berufungen genau prüfen. Da du, wie ich sehe, ein junger Mann aus dem Volke bist, käme die Aufnahme in den Stand der Laienmönche in Betracht. Aber auch hier treffen wir eine präzise Auswahl. Obgleich wir derzeit einen starken Bedarf an Ordensnachwuchs haben, muss ich sorgfältig herausfinden, ob du in unsere Gemeinschaft passt.“

Pater Gunther wandte sich Imma zu und sah, dass ihr Gesicht bleich geworden war. „Du musst nicht gleich mutlos werden“, tröstete er. „Für die Zeit der Prüfung haben wir ja das *Postulat* und das *Noviziat*. Ich möchte dir einen Vorschlag machen, Immanuel: Wir nehmen dich, wie alle Bewerber, zunächst zur Probe auf. Du bekommst Zeit, das Klosterleben kennenzulernen, und wir haben Zeit zu prüfen, ob du dich für das Zusammenleben mit der Gemeinschaft eignest und wo deine Begabung liegt.“

„Und wann kann ich mit dem Malen anfangen?“, fragte Imma, ihre Erregung nur mühsam unterdrückend und allein von dem einen Wunsch beseelt, möglichst bald die Kunstwerkstätten aufsuchen zu dürfen.

Der Novizenmeister schüttelte leicht verwundert den Kopf. „Du scheinst ja von einer großen Ungeduld erfasst zu sein, junger Mann. Ungeduld ist für deine Entwicklung nicht von

Vorteil, sondern Geduld und Demut. Und im Übrigen muss der Werkstattmeister erforschen, ob du für die Schreibschule begabt bist."

„Aber ich habe …"

„Ich weiß", Pater Gunther wehrte Immas Einwand ab, „du hast Freude am Gestalten, am Illuminieren von Büchern und Bögen. Was du spontan mit wenigen Worten dazu gesagt hast, hat Eindruck auf mich gemacht. Aber dahin zu kommen, ist ein langer Lernprozess und braucht viel Zeit. Zunächst müsstest du jedoch mit dem Ablauf des Klostertages vertraut werden, die Ordensregeln kennenlernen, die *Stundengebete* pflegen. Dann werden wir weitersehen."

Imma sank in sich zusammen. Ihr Kopf fühlte sich dumpf an und schmerzte, als habe man ihr mit einem Holzstück auf die Schädeldecke geschlagen.

Der Novizenmeister kannte diesen Zustand. Er ließ Imma Zeit, über das, was er gesagt hatte, nachzudenken. „Weißt du, wer in ein Kloster eintritt, um große Dinge zu tun für Gott und die Menschen, muss sich zunächst ganz kleinmachen. Nur wer sein Herz ganz frei macht von allen Wünschen und Erwartungen, ist aufnahmefähig für das, was wir übernatürlich nennen. Du wirst sehen, Immanuel, die Gaben, die Gott dir verliehen hat, werden sich klarer und schöner entfalten, als du es dir bisher vorgestellt hast."

Imma lächelte gequält. Sie hatte notfalls damit gerechnet, dass ihre Verkleidung an der Klosterpforte entdeckt worden wäre, dass die helle Stimme oder ihr Verhalten sie verraten und man ihr die Tür gewiesen hätte, doch jetzt, nachdem die erste Barriere überwunden war, erschien ihr die Tätigkeit in der Buchmalerei in weite Ferne gerückt. Dass die künstlerische Betätigung in einem Kloster an einen Ordenseintritt geknüpft war, war ihr nicht bewusst gewesen. Zudem hatte Hildebrand ihr nichts von einer solchen Bedingung gesagt, vielleicht in der Verwirrung des Augenblicks auch nicht daran gedacht.

„Wer sich endgültig für das Kloster entscheidet", fuhr der Mönch fort, „gibt nicht nur seinen Namen preis und erhält einen anderen. Er verzichtet auf seine Identität und ordnet sich dem Geist der Gemeinschaft unter, von der er ein Teil ist, verstehst du? Ich mache dir einen Vorschlag", ergänzte der Novizenmeister, als er Immas ängstliches Gesicht sah. „Du bedenkst, was ich dir gesagt habe, und kommst am Tag nach Weihnachten wieder, um mir zu sagen, wie du dich entschieden hast. Wenn du dann zunächst als Postulant bei uns bleiben möchtest, können wir die Aufnahmeformalitäten erledigen. Andernfalls wirst du auch in der Welt glücklich werden."

Imma schüttelte den Kopf. Die großen farbigen Initialen tanzten vor ihren Augen, die dickbäuchigen Noten des *Gregorianischen Chorals*, die die Mönche auf Pergament schrieben, schwirrten um sie herum. Nein, sie würde ohne die Buchmalerei nicht glücklich werden. „Ich bleibe", sagte Imma bestimmt. „Ich nehme jedes Opfer auf mich."

Der Mönch lächelte. „So schlimm wird es nicht werden für jemanden – mit dem Gott ist", sagte er. Dann öffnete er die Tür und bat Bruder Beda zu sich. „Ich vertraue dir einen neuen Gast an. Er heißt Immanuel und er wird seine Probezeit bei uns verbringen. Bitte, zeig ihm das Kloster und weise ihm einen Platz im *Dormitorium* zu." Und sich an Imma wendend, ergänzte er: „Ich erwarte dich mit den anderen Postulanten in einer guten Stunde im Betrachtungsraum."

Wenn der Abt an die Zukunft seines Skriptoriums dachte, das sich im Gegensatz zur Goldschmiede noch immer im Stadium des Experimentierens befand, musste er an die streitbaren irischen Mönche denken, die aus Irland und England zum Festland vorgedrungen waren und die christliche Vorstellungswelt in Wort und Bild zum Ausdruck gebracht hatten. Der Name des heiligen Columban war Thietmar geläufig, jener Columban, der sich um die Gründung zahlreicher Klöster verdient gemacht hatte und geradezu ein leidenschaftlicher Buchschreiber gewesen war. Vielleicht war es übertrieben, vielleicht stimmte es jedoch sogar, dass er an die dreihundert Handschriften eigenhändig geschaffen hatte. Besonders die Kaiser des Heiligen Römischen Reiches pflegten die Buchkunst in hohem Maße. Sie richteten am kaiserlichen Hof nicht nur Schreibschulen ein, sondern sie sorgten auch dafür, dass künstlerisch wertvolle Vorbilder aus Byzanz und Italien herbeigeschafft und als Vorlagen benutzt wurden. Gold übte eine Faszination aus, die man bis dahin nicht gekannt hatte; Gold, das bei den Malern in Byzanz sehr beliebt war, eröffnete den Kunstwerken neue Perspektiven: Goldbuchstaben auf Purpurgrund belebten die Prachthandschriften nicht nur in auffälliger Weise, der Goldhintergrund gab den Bildern eine geheimnisvolle Weihe, er gestaltete geradezu einen irrationalen Idealraum. Die *Miniaturisten* der karolingischen Schulen in Aachen, Tours und Reims waren begeistert von der Anwendung des Goldes, sie schwelgten förmlich in dieser Farbe, die wie die Sonne aussah und die Farbe der Ewigkeit war, die den Himmel symbolisierte und die Erwartung einer zukünftigen Welt. Also überzogen sie die Handschriften mit der Pracht dieses bis dahin unbekannten Gestaltungselementes.

Dann aber, unter den ottonischen Kaisern, blühte die Buchmalerei auf einzigartige Weise auf. Plötzlich war man nicht mehr angewiesen auf die spätantiken und byzantinischen Vorbilder; ein eigenes, heimisches Kunstempfinden machte sich bemerkbar und bestimmte die künstlerische Richtung. Wie sich der Wandel zeigte? Man sah es an den Gesichtern. Sie verrieten, wie die Körper, einen überaus starken Ausdruck, Empfindungen lösten die Starre ab, Bewegungen das Statische. Die Motive waren dieselben geblieben, jedoch die Art ihrer Gestaltung hatte sich geändert. Freude und Trauer zeigten sich in den Bildern und blieben nicht hinter der Maske des Gesichtes verborgen, seelische Erregungen durften zum Ausdruck gebracht werden und mussten sich nicht hinter einer Fassade verstecken. Die Reichenau – und immer wieder dieses Refugium im Bodensee – entpuppte sich als Schule für die neue Kunstrichtung. Warum nicht Helmarshausen? Corvey sonnte sich im Glanz der Literatur, nachdem es im 9. und 10. Jahrhundert die führende Rolle in der Buchmalerei an der Oberweser innegehabt hatte; Agius, Widukind und andere Poeten schufen oder entdeckten große Werke, die Neidische erblassen ließen. Heilige und begnadete Männer hatte die Abtei hervorgebracht, sehr zum Leidwesen des Priors Altfried, der den Vergleich zwischen Corvey und Helmarshausen scheute, weil er wusste, dass Helmarshausen den Kürzeren zog.

Mit den Schreibschulen in Trier, Echternach und Köln konnte sich Helmarshausen nicht messen. Die Entwicklung hatte das Kloster an der Diemel einfach überschlagen und war in den erweiterten sächsischen Raum übergesprungen. Auftraggeber waren die großen Herrscher jener Zeit, Persönlichkeiten wie die Kaiserin Theophanu und der spätere Kaiser Otto III. gewesen, die zum Beispiel bei der Trierer Schreibschule den sogenannten Echternacher Kodex in Auftrag gegeben hatten. Thietmar hatte das Bild „Anbetung der Hirten“ einmal aus geziemendem Abstand zu Gesicht bekommen, eine Augenweide für einen Sterblichen. Die Engel enteilen schwungvoll der Szene, lassen überraschte Hirten zurück, während Maria, im Bett vor einem zurückgezogenen Vorhang wie auf einer Bühne liegend, erwartungsvoll den noch unschlüssigen Schafhirten entgegensieht. Josef hält einen Zipfel des Samtvorhangs, als sei er Statist. War er denn mehr in dieser unbegreiflichen Vereinbarung zwischen dem Heiligen Geist und der jungfräulichen Maria?

Den Schwung in der Szene von Bethlehem hatte Thietmar beim Krönungsevangeliar Ottos III. vermisst. Hier sitzt ein Kaiser, erstarrt in der Würde des Herrschers, auf seinem von einem Baldachin überdachten Thron, umflossen von Gold, das seine Herrlichkeit demonstriert.

Am augenscheinlichsten wurde der neue Stil freilich in den Miniaturen des *Perikopenbuches* Kaiser Heinrichs II. Hier begegnete man zweifellos einem der Höhepunkte in der deutschen Buchmalerei. Kaiser Heinrich II. – mit der Bischofsstadt Paderborn durch seine Trauung mit Königin Kunigunde untrennbar verbunden – hat es dem Dom zu Bamberg zu dessen Einweihung geschenkt. Dieses Perikopenbuch mit Auszügen aus den Evangelientexten enthält zahlreiche meist ganzseitige Bildtafeln. Thietmar war beeindruckt von der hohen geistigen Selbstständigkeit der Reichenauer Miniaturen, er würdigte die gewaltige expressionistische Kraft der figürlichen Darstellungen. Die Künstler reduzierten ihr Werk auf das Wesentliche: auf Gesichtsausdruck, Haltung und Gebärde der Personen. Die Bühne ist sparsam, der Hintergrund in Gold hinterlegt, was der Szene eine überirdische Feierlichkeit verleiht. Entschwebt das Bild am Ende dem Blick des irdischen Betrachters in eine höhere Welt?

Alle Hoffnung war auf einen Mann gesetzt: Rogerus von Helmarshausen. Sein universales Talent musste nicht nur in der Goldschmiede Wunder vollbringen, vermochte er auch der Buchmalerei neue Impulse zu geben? Ob man Minden, das Corvey zurzeit den Rang abgelaufen hatte, in Zukunft überflügeln konnte? Ohne Angleichung und Anpassung würde es zunächst nicht abgehen. Bevor man seinen eigenen Stil entwickelte, musste man von anderen lernen. Künstlerische Beziehungen zum Gebiet an der Maas waren in Rogerus' Werken unverkennbar; schließlich hatte er dort studiert und wichtige geistige Impulse empfangen. Auch Einflüsse aus England waren spürbar. Aber nun kam es darauf an, eigene Ideen und Vorstellungen umzusetzen. In Motivwahl, Bildkomposition und Technik musste Rogerus seine eigene Entscheidung treffen.

Als Klosterschüler hatte Thietmar die Madonna des Bischofs Imad von Paderborn gesehen, ein außergewöhnliches vollplastisches Bildwerk, das sich an den byzantinischen Madonnentyp der „Hodegetria", der Wegweiserin, anlehnt. Maria weist auf den Welterlöser hin. Das Jesuskind auf ihrem Schoß hält in der Linken ein Buch, die Rechte ist segnend erhoben. Was Thietmar so tief anrührte, betraf nicht die menschliche Beziehung zwischen Mutter und Kind, die erschien ihm eher respektvoll reserviert, sondern das Geheimnis, dass Maria die Mutter des göttlichen Welterlösers und Weltenherrschers ist.

Rogerus war jüngst mit jenen zwei Arbeiten an die Öffentlichkeit getreten, bei deren Konzeption Thietmar den Mönch überrascht hatte, und die allenthalben Bewunderung hervorriefen. Es handelte sich um zwei Tragaltäre, von denen der eine für den Paderborner Dom, der andere für die Bruderabtei Abdinghof geschaffen worden war. Sie bestanden jeweils aus einer kleinen konsekrierten Altarplatte. Die Platte bedeckte die Oberseite eines Kastens, der Reliquien enthält und an den Außenteilen mit künstlerischem Schmuck versehen ist. Tragaltäre waren Reisealtäre für Messfeiern unterwegs. Im Tragaltar des Domes fanden Reliquien des heiligen Kilian und des heiligen Liborius Platz. Die Deckplatte zeigt Darstellungen des seligen Bischofs Meinwerk und des Bischofs Heinrich II.

von Paderborn, der die Arbeit in Auftrag gab. Außerdem hatte Rogerus Evangeliensymbole abgebildet. Auf einer Schmalseite ist Christus als Weltenherrscher auf einem Regenbogen thronend in einem Kranz von Edelsteinen zwischen Liborius und Kilian zu sehen, auf der anderen Schmalseite sieht man die Gottesmutter zwischen den Aposteln Jakobus und Johannes. Die Längsseiten rücken je fünf Apostel ins Bild. Die Apostelfürsten Petrus und Paulus nehmen jeweils den mittleren Platz ein. Der Tragaltar für das Kloster Abdinghof ist den heiligen Blasius und Felix, den Schutzpatronen der Abtei, geweiht. Mit den Aposteln Petrus und Paulus sind sie auf der Deckplatte dargestellt. In bewegten Szenen hat Rogerus auf den Seiten des Tragaltares das Martyrium der beiden frommen Männer festgehalten.

Thietmar schwebte für sein Kloster eine Kunstrichtung vor, die sich nicht gleich festlegte, die sowohl von den Einflüssen großer Vorbilder profitierte – er dachte an den Psalter und *Evangelistar* Egberts von Trier und an das Evangelienbuch Ottos III. – als auch eigene Ausdrucksformen suchte. Er konnte sich für die Helmarshäuser Buchillustrationen eine gewisse Prachtentfaltung vorstellen, an denen spätere Generationen die Herkunft des Kunstwerks erkennen sollten. Wie er Rogerus inzwischen kennen- und schätzen gelernt hatte, würde er sich vom spätottonischen Geschmack der Werkstätten des Wesergebietes trennen und der Reichsabtei an der Diemel eine eigene Note geben, etwa dadurch, indem er vor die reich gemusterten Bildgründe oft mit mathematischer Genauigkeit konstruierte Gestalten platzierte. Rogerus' launische Eigenart entwickelte sich zudem dahingehend, dass er seine Hauptfiguren, aber auch die allegorischen Nebengestalten mithilfe dekorativ angeordneter Spruchbänder zum Reden brachte und sie so gezielt in die Handlung eingreifen ließ. Das Lippoldsberger Benediktinerinnenkloster St. Maria und St. Georg hatte schon mehrfach sein Interesse an einem Evangeliar bekundet, musste den Auftrag jedoch wegen der noch nicht ganz abgeschlossenen Finanzierung des steinernen Kirchbaus, mit dessen Errichtung im Weihejahr Abt Thietmars begonnen worden war, leider zweimal zurückstellen.

Die Liturgie muss die Mitte unseres Lebens sein", sagte der Abt an einem der zahlreichen Gedenktage an den Ordensgründer Benedikt. „Wir dürfen uns nicht in unserer Arbeit verzetteln, so wichtig sie auch ist. Wir leben zwar von ihr, aber wir leben auch aus unseren Gottesdiensten, die gleichsam die Quelle unseres geistlichen Lebens sind. Ich halte es mit den Bräuchen, die der Mönch Bernhard aus Cluny für sein Kloster Hirsau mitbrachte und die seither in allen *Prioraten* beachtet werden. Es ist dort üblich, dass der Priester die Hostie bei den Weiheworten „Das ist mein Leib" in Brusthöhe hält, um sie bei der Danksagung wieder auf den Altartisch zu legen. Stellt euch vor, meine Brüder, das bedeutet die Erhöhung Christi am Kreuz. Die Weihe, die Konsekration, muss besonders feierlich gestaltet werden. Brot, Wein und Wasser sind ausgesuchte Substanzen, die als geweihte Elemente für uns Christen göttliche Kräfte beinhalten. Wir müssen uns freilich hüten, sie aus dem gesamten Kult der liturgischen Feiern zu lösen, denn sonst laufen wir Gefahr, dass sie sich als Separatum, als Teil des Heilsangebots, verselbstständigen und wie magische Gegenstände auf den Wunderglauben des Publikums wirken."

„Auf den Wunderglauben bauen wir doch unsere Hoffnung", unterbrach Pater Haito den Abt. „Du sagtest doch selbst, dass es so, wie es jetzt steht, nicht weitergehen kann und dass wir Zeichen, göttliche Zeichen, brauchen, die wie ein Magnet auf die Bevölkerung in nah und fern wirken und an denen auch wir uns aufrichten können."

„Sag es doch gleich: Du meinst Reliquien, die uns helfen könnten", wandte Einhard ein.

„So direkt wollte ich es nicht sagen", erwiderte Haito. Er war der jüngste und kleinste unter den Mönchen.

Einige seiner Mitbrüder hielten ihm gelegentlich vor, dass er gern das große Wort führe oder sich in Diskussionen einmische, für die es ihm an Erfahrung mangele, aber Thietmar nahm ihn regelmäßig in Schutz. Jeder habe das Recht zu sprechen, wenn die Erlaubnis dazu erteilt sei, ohne Berücksichtigung des Alters oder seiner Jahre im Kloster.

„Die Zeit der Reliquien ist vorbei", gab Paulus zu bedenken. „Die großen *Translationes* waren im 9. Jahrhundert. 836 kam der heilige Vitus von Saint Denis nach Corvey, der heilige Landolinus nach Bake, der heilige Liborius von Le Mans, dem römischen Cenomanum, nach Paderborn. Und der heilige Patroklus ..."

„Es ist gut, Bruder Paulus", gebot der Abt dem Redefluss des Mönches Einhalt. „Du bist das wandelnde Geschichtsbuch unserer Abtei und ich schätze dein Wissen. Ich bin allerdings nicht deiner Meinung, dass die Zeit der Reliquien zu Ende sei. Wie sonst würden wir heute noch so inbrünstig zu den Heiligen beten können? Habe ich nicht auch aus Stablo Reliquien des heiligen Remaclus, des dortigen Klosterpatrons, erhalten? Mir geht es um die Bewältigung der Gegenwart und die Gestaltung der Zukunft. Und ich denke, wenn das klösterliche Leben nicht weiterhin stagnieren soll, bedürfen wir neuer starker Impulse. Die können ebenfalls von einer begeisterten Reliquienverehrung ausgehen. Dazu möchte ich zu einem späteren Zeitpunkt etwas sagen."

In die Augen des Abtes trat ein feierlicher Ausdruck, er blickte über die Mitbrüder hinweg, als sehe er in der Feme die Lösung für die Nachwuchsprobleme. Warum kaum noch jemand ins Kloster eintrat, war Thietmar ein Rätsel. Der Novize fand in der Abtei doch ein standesgemäßes Auskommen! Der gute Ruf der Benediktiner, der Glanz und das Prestige, die ein langjähriges Studium auslösten, wurden von der ungebildeten Mehrheit respektvoll anerkannt. Die schwarze Kutte war ein Gewand, das Sonderrechte gewährte. Das Gebet als Waffe des Geistes besaß jedenfalls einen weitaus höheren Wert als die Handarbeit oder selbst als die freiwillige Armut, hinter der sich doch Armseligkeit verbarg. Thietmars Zeitgenosse, der Lütticher Theologe und Abt des Klosters St. Lorenz, Rupert von Deutz, ging sogar so weit, das Mönchtum nicht nur gegenüber dem Laien-, sondern auch gegenüber dem Priesterstand herauszustellen und höher zu bewerten. Die ersten Christengemeinden, so behauptete er in seinem Traktat „Über das wahre apostolische Leben", seien Vorläufer der Klöster gewesen, also habe die Kirche ihren Anfang im Mönchsleben genommen. Die Apostel hätten das Kloster gegründet und die Kutten der Konventualen in den Gewändern der Apostel ihren Ursprung. Die Tonsur symbolisiere die Dornenkrone Christi. Der vollkommene Christ, so folgerte Rupert, sei der Mönch!

Dieser Rupert von Deutz war für die Helmarshäuser Theologen von besonderer Bedeutung: Sein Buch über die Dreifaltigkeit diente als Vorbild für die Illustration in mancher Buchschöpfung. *Virgam de radice Jesse sanctam Mariam intellegimus* … – Als das Reis aus der Wurzel Jesse verstehen wir die heilige Maria … Auch Honorius Augustodunensis griff später dieses Thema auf und wendete es auf die Menschwerdung Gottes aus Maria an:

Campus, id est terra inarata, est virgo inviolata, cuius flos est Christus, qui de virgine natus … – Das Feld, das ist die ungepflügte Erde, ist die unverletzte Jungfrau; deren Blume ist Christus, von der Jungfrau geboren … Thietmar war unschlüssig, welche Bedeutung er Rupert von Deutz beimessen sollte. Der Bibliothekar der Abtei Reinhardsbrunn in Thüringen, Sindold, hatte zwar Schriften Ruperts in Lippoldsberg und Helmarshausen ausgeliehen, Sindold hatte Rupert gar als *egregium moderni temporis scriptorum decus,* als eine hervorragende Zier der Schriftsteller der modernen Zeit, gerühmt und ihn immerhin mit dem bedeutenden Hugo von Sankt Viktor verglichen, doch der Abt von Helmarshausen bewahrte sich eine gesunde Distanz und vorsichtige Skepsis.

Thietmar kehrte von seinem Gedankensprung in die Wirklichkeit zurück. Er gewahrte, wie die Mönche ihn erwartungsvoll anschauten. „Ich dachte“, so fuhr er fort und überspielte den Augenblick der Unkonzentriertheit, „ich dachte aber auch an die Ausbreitung des Kreuzeskultes. Was meint ihr dazu, meine Brüder?“

„Er beruft sich immer auf Cluny. Als ob von dort das Heil der Welt ausginge und nicht vom Himmel“, flüsterte Radger dem Mönch Lambert zu.

„Mach deinen Mund auf und widersprich ihm oder mach bessere Vorschläge“, konterte Lambert. „Vater Abt hat oft recht behalten, was die Einschätzung der Lage betrifft.“

„Cluny ist mächtig. Wie leicht gerät man in seine Abhängigkeit.“

„Man kann lernen, ohne abhängig zu werden“, meinte Lambert. „Sollen wir uns deiner Meinung nach eher nach Gorze orientieren, in dessen Glanz sich Könige und Fürsten sonnen, oder uns in den Dienst der Bischöfe und des Reiches stellen?“

„Gorze hat die älteren Traditionen. Und ist es denn wirklich so schlimm, von Bischöfen oder Landesherren Vergünstigungen zu erhalten? Der Paderborner Einfluss hat uns bisher nicht geschadet.“

„Woher willst du das wissen?“

„Aus vorsichtigen Bemerkungen der Mitbrüder und eigenen Beobachtungen.“

„Ich glaube, deine Angst hat andere Gründe“, lächelte Lambert. „Du fürchtest den Aderlass, den die Mönche von Cluny etwa einmal im Monat über sich ergehen lassen müssen.“

Die beiden Mönche fingen einen missbilligenden Blick des Priors ein. Ihre private Unterredung bereicherte nicht den allgemeinen Gedankenaustausch. Wenn sie sich nicht an der offiziellen Diskussion beteiligten, hatten sie jetzt still zu sein.

In der Regel verständigten sich die Mönche in den Stunden des Schweigens mit einer Zeichensprache, die besonders bei Tisch und bei der Arbeit galt. Wünschte zum Beispiel jemand ein Stück Brot, so formte er einen aus Daumen und zwei Fingern beider Hände gebildeten Kreis, denn das Brot besaß meist eine Rundform. Zusammengepresste Hände bedeuteten Käse, die Schwimmbewegung der Hand war das Zeichen für Fisch. Fasste sich der Mönch mit der Hand an die Gurgel, so äußerte er den Wunsch nach Essig. Im Laufe der Zeit entwickelte sich eine Reihe von *Consuetudines*, zur Zeit Wilhelms von Hirsau bestand die Sprache der Hände aus 359 Zeichen. Es gab auch eine Zeichensprache für bestimmte Kleidungsstücke, für Bettwäsche, Schlafen und Körperpflege, eine weitere für den Bereich Kirche und Gottesdienst, für die liturgischen Bücher, für Ämter und Arbeit.

Während Radger die Kapuze seines Habits tiefer in die Augen zog und vor sich hin schmollte, begann der Abt seine Pläne bezüglich der Kreuzverehrung zu erläutern.

„Wir sollten den Prozessionsweg mit dem Kreuz mit Kandelabern und Kerzen erleuchten, denn schließlich symbolisiert der Zug den Sieg Christi über das Böse in der Welt." Einige Mönche nickten.

„Nicht nur die Prozessionen mit dem Kreuz", warf Pater Willehalm ein, „zum Hochamt, zur Vesper, an den Hauptfesten wie Ostern und Weihnachten und auch zu den abendlichen Gebetszeiten sollte die Kirche im Kerzenlicht erstrahlen. Im Übrigen möchte ich anregen, feierliche Prozessionen auch außerhalb des Klosterbereiches durchzuführen, um dem Volk zu zeigen, dass wir Konventualen einen festen Platz in ihrer

Mitte behaupten. Vater Abt könnte dem Volk predigen, zum Beispiel am Palmsonntag oder am ersten Sonntag nach der Auferstehung des Herrn."

„Und auch bei anderen Gelegenheiten wie Mariä Lichtmess oder Mariä Reinigung", ergänzte Konrad, der im Konvent als großer Marienverehrer bekannt war.

„Gibt es denn nur Kerzen? Nicht auch Weihwasser und Weihrauch?", fragte Godehard, den sie den Lahmen nannten, weil er das linke Bein nachzog. „Der ganze Kirchenraum soll erfüllt sein von himmlischen Düften."

„Vorausgesetzt, unsere Kirche wird bald fertig." Dieser Einwand stammte von Gotthard, dem Skeptiker, den sie scherzhaft mit dem ungläubigen Thomas verglichen, weil er sich nur an das hielt, was er sehen und anfassen konnte.

„Die architektonische und kultische Prachtentfaltung ist sicherlich ein Weg, um Menschen an die Abtei zu binden", überlegte der Mönch Bragur, der aus einem alten sächsischen Geschlecht stammte. „Bedenkt, meine Brüder, Bilder und Skulpturen können die Liturgie bereichern und die Bauern, Pilger, Kaufleute anlocken. Wir müssen uns auf die Bedürfnisse der kleinen Leute einstellen, versteht ihr? Nicht auf die reichen Adeligen, die in Fehden und Händel verstrickt sind."

„Bilder und Skulpturen könnten aus unseren eigenen Werkstätten kommen", nickte der Abt. „Ich bin von den Kunstschätzen, die unter Rogerus' Hand dort entstehen, sehr angetan."

Eine leichte Röte glitt über die Wangen des Mönches, der seinen Platz in der zweiten Reihe und sich bisher an der Aussprache nicht beteiligt hatte.

Pater Anno setzte sich für eine Statue und eine größere Verehrung des Erzengels Michael ein. Schließlich sei er der Waagemeister, der die Seelen beim Jüngsten Gericht zu wiegen habe, und es sei angebracht, sich zu Lebzeiten mit ihm gut zu stellen. Ein Schmunzeln glitt über Thietmars Gesicht.

Der Abt klatschte in die Hände. „Ich sehe, meine Brüder, dass ihr mein Anliegen zu eurem gemacht habt und mit mir an die Zukunft unseres Klosters denkt. Wir können nicht alle Entscheidungen dem Herrn im Himmel überlassen, sondern Christus leiht sich unsere Hände, um sein Königreich zu vollenden."

Ein Murmeln und Kopfnicken ging durch die Schar der Männer. Es waren neun Priester- und sieben Laienmönche versammelt. Einige Brüder waren noch auf den Feldern, im Klosterbezirk, in der Mühle und am Wehr beschäftigt, zwei Mönche lagen krank in der *Infirmerie*, und einer war auf Reisen.

Der Prior hatte sich zurückgehalten. Jetzt bat er mit einer Handbewegung ums Wort. „Ich habe mich bisher an dem Meinungsaustausch nicht beteiligt, weil ich die Anregungen meiner Mitbrüder nicht unterbrechen wollte", begann Altfried. „Ich möchte einige Bedenken gegen zu große Anforderungen an den Kult zum Ausdruck bringen. Ich habe nichts gegen die feierliche Gestaltung von Festen, wohlgemerkt, das ist ein Teil der uns aufgetragenen Liturgie. Bedenken habe ich gegen zu viele Prozessionen, wie sie hier vorgeschlagen wurden. Wenn wir die genannten Gelegenheiten im Laufe des Kirchenjahres für Prozessionen nutzen und den uns vorgeschriebenen Tagesablauf mit den *Offizien* einhalten, bleibt kaum noch Zeit zum Schreiben und zum privaten Meditieren. Wie soll ein Kopist im Klosterskriptorium sein Arbeitspensum erledigen, wenn er immer wieder unterbrochen wird?"

In sächsischen Klöstern wie Helmarshausen standen die Mönche im Winter zwischen 2 Uhr und 2.30 Uhr auf. Sie versammelten sich im Kreuzgang und beteten in der Klosterkirche bis gegen 4 Uhr die *Matutin* und die *Laudes*. Anschließend bestand Gelegenheit zum persönlichen Gebet oder zur Betrachtung. Darauf feierten die Patres die heilige Messe. Gegen 5.30 Uhr trafen sich alle im Kapitelsaal zur Unterweisung durch den Abt. Nach einer Phase der Arbeit im Kloster folgte das Frühstück. Um 8 Uhr begann die Konventmesse, der die *Prim* vorausgegangen war und der sich die *Terz* anschloss. Im Anschluss arbeiteten die Mönche in den ihnen zugeteilten Bereichen bis Mittag, der von dem Stundengebet *Sext* und von der gemeinsamen Mahlzeit im Refektorium unterbrochen wurde. Bis zur *Non* durften die Brüder nun ausruhen. Vater Benedikt hatte Müßiggang als den Feind der Seele bezeichnet und den Tag in Stunden des Gebetes, der Arbeit und der *Rekreation* eingeteilt. Manuelle Arbeit und geistige Lektüre sollten den Mönch neben Gottesdienst und persönlichem Gebet ausfüllen. Bis zur *Vesper*, in der Regel um 16.30 Uhr, gingen die Klosterinsassen ihrer Beschäftigung nach. Nach dem Abendbrot war Freizeit, die zur Betrachtung im Kreuzgang oder zum Studium in der Bibliothek genutzt wurde. Dann beteten die Mönche in der Kirche die *Komplet*. Anschließend suchten sie den gemeinschaftlichen Schlafsaal auf. Die Glocke bestimmte den Rhythmus des Tages. Sie war der einzige Stundenmesser; auf Sonnenuhren und anderes war kein eindeutiger Verlass. In anderen Klöstern aßen die Mönche im Winter und zur Fastenzeit nur einmal, nämlich gegen zwei Uhr am Mittag. Im Sommer gab es zwei Hauptmahlzeiten, mittags und abends. Fisch, Eier, Käse und Bohnen, Milch und Honig in verschiedenen Variationen bildeten die Grundnahrungsmittel; Fleisch hatte Sankt Benedikt nicht erlaubt. Seltsamerweise rechneten die Mönche Vögel nicht dazu. Doch am Tisch des Abtes und in der Krankenstation sowie auf den Plätzen der Gäste war der Fleischverzehr gestattet.

„Seit Benedikt von Aniane, Erzabt aller Klöster des Frankenreiches, steht der Psalmengesang im Mittelpunkt des monastischen Lebens“, fuhr der Prior fort, nachdem kein Einspruch aus der Runde erfolgt war. „Zum Absingen eines Psalters – das sind 150 Psalmen – benötigten die Mönche in der Regel sechs Stunden. Unser Mönchsvater hat als Tagessoll jedoch nur 37 Psalmen vorgeschrieben. Das erscheint mir vernünftig und praktikabel. Benedikt von Aniane hat seinem Pensum noch Sonderpsalmen hinzugefügt, das heißt, dass an Feiertagen etwa hundert Gesänge hinzukommen, was einer Tagesleistung von 137 Psalmen entspricht. Und damit nicht genug: Während der Fastenzeit sollen nochmals 30 Psalmen pro Tag berücksichtigt werden. Wo, meine Brüder, so frage ich, bleibt da das stille Privatgebet? Muss denn jede persönliche Zwiesprache mit Gott dem Chorgebet weichen?“

„Mir ist bekannt, dass in einem anderen Kloster zwei Mönche das Weite gesucht haben, weil sie vor einer so großen Verpflichtung resignierten. Sie leben jetzt als Eremiten in den Wäldern, und, wie es heißt, zwar bescheiden, doch glücklich.“

Es war Hengist, der diesen Einwand vorbrachte. In seinen Adern pulste das wilde sächsische Blut, das Karl dem Großen in den Sachsenkriegen das Leben schwer gemacht und die Missionstätigkeit behindert hatte.

Vater Abt erhob sich. Es schien an der Zeit, die Bedenken Altfrieds ins rechte Licht zu rücken. „Ich möchte dir nicht widersprechen“, erwiderte Thietmar. „Wir sind nicht immer einer Meinung, Pater Prior, und das ist gut so, kommen doch auf diese Weise mehrere Argumente ins Spiel. Gewiss hast du recht, wenn du von großen Verpflichtungen des Mönches zum Gebet und Chorgesang sprichst. Doch sagt selbst, meine Mitbrüder, kann der Dienst für Gott je zu viel und – verzeiht – zu mühevoll sein? Große Anstrengungen werden vom Himmel mit ausdauernden Kräften belohnt. Das war schon immer so, davon konnte auch der Abt und Klostergründer *Sturmius*, der in diesem Diemelgau das Christentum predigte, berichten. Sein Name bedeutet Stürmer oder Kämpfer. Sollen wir nicht alle diese kämpferische Natur haben, um die Frohe Botschaft zu leben, und eine stürmische Begeisterung, um die Vorschriften freudig einzuhalten? Ich wäre froh", fuhr Thietmar fort, „wenn wir einen Bruchteil der Kraft und des Einsatzes des heiligen Sturmius aufbrächten, der als erster Abt in unserem Lande sein Kloster zu Fulda nach den Regeln des heiligen Benedikt ausrichtete und eine so berühmte Klosterschule gründete, dass unsere davon nur träumen kann."

Wieder ging ein Murmeln durch die Reihen der Mönche. Man sah, wie die Spitzen der Kapuzen nickten, wie sich die halb verdeckten Gesichter einander zuwandten und leise vernehmbare Worte die Rede des Abtes Thietmar bestätigten.

„Und nun" – der Abt hob die Stimme, was er nur in feierlichen Augenblicken zu tun pflegte – „und nun möchte ich euch einen Vorschlag unterbreiten, den ich nach langen Nächten des stillen Gebetes gefasst habe und der mir erfolgreich zu werden scheint, um die allgemeine Notlage unseres Klosters zu lindern. Wie ihr wisst, ist die Zahl der Wohltäter, die uns unterstützt, gering, und die Zuwendungen, die wir aus Abgaben der Bevölkerung oder den Votivgaben und Spenden der Pilger erhalten, halten sich in Grenzen. Es ist aber unbestritten, dass die Einnahmen um so mehr steigen, je bekannter oder gar berühmter ein Kloster ist. Je mehr Gäste und Besucher wir also in unseren Mauern aufnehmen können, um so größer ist unser Verdienst, mit dem wir die restlichen Umbauten fertigstellen und die maroden Anlagen instand setzen können. Vielleicht gelingt es uns auch, dass durch unser Beispiel an Frömmigkeit und Caritas bestimmte Christen ihr Eigentum an Ländereien und Wertgegenständen auf uns übertragen, wie es inzwischen vielerorts geschieht, denn sie halten sich an das Matthäuswort in 5,13: ‚Selig sind die Armen, denn ihrer ist das Himmelreich.' Haben sie sich von irdischen Dingen losgesagt, so ist die Hoffnung auf die ewige Seligkeit begründet."

Der Abt machte sekundenlang eine Pause und ließ seinen Blick durch den Kapitelsaal schweifen.

„Doch jetzt komme ich zum eigentlichen Kern meines Vorschlages: Wie zieht ein Kloster Pilger und Wallfahrer oder auch neugierige Besucher in seine Nähe? Einmal durch ein beispielhaftes und frommes Leben, das ist klar. Aber zum anderen auch durch – Reliquien. Ich kann deshalb, verehrter Bruder Paulus, deinen Einwand, die Zeit der Reliquienverehrung sei vorbei, nicht ganz teilen." – Stimmengewirr erhob sich wie erregtes Bienengesumm aus der Schar der Priester- und Laienmönche. – „Heilige sind berufen, uns den Weg zum Himmel zu erleichtern. Sie geben uns durch ihr beispielhaftes Leben Mut und Kraft, unser Ziel bei Gott zu erreichen. Es ist eine große Ehre für eine Pfarrei oder auch für eine Abtei, Reliquien von heiligen Männern und Frauen in ihren Gotteshäusern zu beherbergen. Stellt euch vor, meine Brüder, je größer der Schatz an Reliquien, um so größer ist auch die Zahl der Beter, die sich einfinden, um die Heiligen zu verehren."

„Und um so größer sind ihre Gaben für das Kloster", rief Ansgar, der Ökonom, begeistert. Er erntete einen missbilligenden Blick des Priors.

„Ja", nickte der Abt, „es ist üblich, dass anreisende Wallfahrer den Heiligen wertvolle Geschenke mitbringen – und somit den Besitz des Klosters mehren."

‚Mögen nur recht zahlreich reiche Pilger vor unserem Tor erscheinen', dachte Wigbert.

„Es geht nicht nur ums Geld, nicht um den äußeren Besitz der Abtei", dämpfte Thietmar die hoffnungsvollen Erwartungen der Mitbrüder, „sondern auch um die Zukunft unseres Konvents. Wie lange ist kein Novize mehr in unsere Reihen eingetreten? Bedenkt, dass mit vermehrtem Ansehen unseres Klosters auch die Zahl der Mitglieder und der Hörigen zunehmen kann. Gebildete und kunstsinnige Mönche sind uns sehr willkommen. Einen neuen Anfang haben wir mit dem Mönch Rogerus in der Gold- und Silberschmiede gemacht. Aber auch die Schreibwerkstatt braucht neue Impulse."

Bruder Mauritius erhob sich, er stand nun dem Abt in Augenhöhe gegenüber. „Wir haben in letzter Zeit des Öfteren über die Zukunft unserer Niederlassung gesprochen, Vater Abt. Was gedenkst du also konkret zu tun? Oder sollte ich besser fragen: Was hast du inzwischen unternommen? Ich kenne dich zu gut, ehrwürdiger Vater, als dass du uns nur um unsere Meinung bittest und in deine Pläne einweihst. In Wahrheit, so vermute ich, haben deine Überlegungen schon ein Stück Wirklichkeit angenommen, ist es nicht so?"

Der Abt schmunzelte, er schlug sich an die Brust. „*Mea culpa*, ja, Bruder Mauritius, ich gebe zu, dass ich meinen Plänen ein Stück vorausgeeilt bin und nur Pater Prior in Kenntnis gesetzt habe. Ich muss einschränken:

Nicht ich, sondern Bruder Fridolin, den ihr heute und in den letzten Tagen mit Recht vermisst habt, ist in meinem Namen unterwegs."

„Unterwegs?", scholl es überrascht wie aus einem Munde.

„Ich habe ihn nach Trier entsandt, nach *Augusta Treverorum*, in die älteste unter den Bischofsstädten des Reiches, zu Erzbischof Bruno, dem Grafen von Laufen." „Nach Trier? Deshalb hast du uns vor geraumer Zeit gebeten, für einen unserer Mitbrüder in besonderer Weise zu beten?"

„So ist es, Pater Lambert. Versehen mit Briefen des Bischofs Heinrich, des Abdinghofklosters Paderborn, mit einem Schreiben des Paderborner Klerus und meiner Empfehlung hat sich

Bruder Fridolin auf den Weg an die Mosel gemacht, um an die Großherzigkeit des erlauchten Oberhirten zu appellieren und um die Überlassung von Reliquien zu bitten. Denn wo sonst als in dieser Stadt ist die Zahl der heiligen Männer und Frauen so gewaltig wie in Trier? Unter den einundfünfzig Bischöfen bis heute, von denen Agricius als erster genannt wird, der vor 330 von Papst Sylvester den Primat über Gallien erhielt, sind allein zweiundzwanzig zur Ehre der Altäre erhoben worden. Wahrlich, Trier ist eine Hochburg an Reliquien! Bedenkt auch, dass die heilige Helena den Heiligen Rock Agricius zum Geschenk der Verehrung machte."

Nun konnten die Mönche ihre Überraschung nicht mehr zurückhalten. Sie steckten die Köpfe zusammen, obgleich ein Gedankenaustausch ohne Erlaubnis des Abtes im *Kapitel* nicht statthaft war, sie redeten, stellten Fragen, diskutierten und gaben Zeichen der Verwunderung von sich. Vor allem zeigten sie sich überrascht, dass der Abt sein Vorhaben so lange stillschweigend hatte betreiben können, ohne sich durch Gesten der Freude oder der Trauer, dem Ausdruck von Angespanntheit und der Ungeduld zu verraten. Aber schließlich gehörte die Gelassenheit zu den Tugenden eines Mönches, wusste er sein Leben doch Gottes Lenkung anvertraut.

„Wo steckt Bruder Fridolin jetzt?" „Hat man etwas von ihm gehört?" „War seine Mission erfolgreich?"

„Wann dürfen wir ihn zurückerwarten?"

Die Fragen schossen wie Pfeile auf den Vorsteher des Klosters. Endlich klatschte der Abt in die Hände.

„Bevor ihr das Opfer eurer Neugier werdet, möchte ich versuchen, alles, was ich erfahren habe, der Reihe nach zu erzählen. Zunächst: Bruder Fridolin ist wohlauf und wird morgen früh hier eintreffen!"

In die Schar der Mönche kam wieder Bewegung. Sie drückten ihre Freude durch lebhaftes Kopfnicken aus.

„Ich darf auch verraten, dass seine Mission gelungen ist, wenn auch nicht ohne Schwierigkeiten. Bruder Fridolin hat mir durch Boten einen Bericht vorausgeschickt, einmal, um uns nicht länger im Ungewissen zu lassen, zum anderen, um Gelegenheit zu geben, die Ankunft des Heiligen in gebührender Weise vorzubereiten."

Ein Freudenschrei erhob sich und hallte aus dem Kreuzrippengewölbe wider. Die Klosterdisziplin schien für einige Augenblicke außer Kraft gesetzt. Eine Handbewegung des Priors sorgte für Ruhe.

„Welchen Heiligen dürfen wir begrüßen?", fragte der Mönch Radger.

„Wie hat man deinen Wunsch in Trier aufgenommen, Vater Abt?", wollte Haito wissen.

Thietmar zog ein Schreiben aus dem Revers seines Ärmels. „Also, der Reihe nach. Zunächst zeigte man sich sehr verwundert, ja, bestürzt über mein Ansinnen, obgleich es doch vom Bischof und dem Klerus von Paderborn unterstützt und vom Abt des Abdinghotklosters gutgeheißen war. Dass ein Sterblicher es wage, um die Reliquien eines Heiligen zu bitten, schien eine ungeheure Anmaßung zu sein. Deshalb verschob der Erzbischof die Antwort und erbat sieben Tage Bedenkzeit. Aber auch nach sieben Tagen zögerte er nach einschlägiger Beratung mit seinem Kapitel die Antwort hinaus. Nun kennt ihr Fridolin schlecht, wenn es darum geht, ein Ziel zu verfolgen. Er verschaffte sich Verstärkung durch andere Mönche, trat mit ihnen entschlossen und mit großer Beredsamkeit vor dem Bischof auf, verwies auf das hohe Ansehen des Benediktinerordens und sagte, dass das Anliegen ehrenwert sei wie sein Abt im heimischen Kloster Helmarshausen, dessen Gesandten man nicht so herablassend behandeln dürfe. Nun, Erzbischof Bruno war jetzt etwas zugänglicher, wenn auch noch nicht überzeugt, Reliquien von Heiligen an einen anderen

Ort überführen lassen zu dürfen. Schließlich sei Herimann, der Bischof von Metz, drei Tage, nachdem man den heiligen Clemens, den ersten Bischof jener Stadt, aus seinem Grab genommen und an einen anderen Ort gebracht habe, plötzlich gestorben. Dieses Ereignis hatte den Trierer Oberhirten sehr erschreckt. Schon im Jahre 1103, so berichtete der Bischof weiter, habe man versucht, den heiligen Legontius von seinem Platz zu entfernen. Doch der Rasen über seinem Grab sei am nächsten Morgen unversehrt und ohne jede Grabspuren angetroffen worden.

Diese Vorkommnisse ließen den Erzbischof zögern, unserem Bruder Fridolin den Reliquienwunsch zu erfüllen. Schließlich hatten auch das Domkapitel und die theologischen Berater von diesem Vorhaben abgeraten.

Er verfasste einen Entschuldigungsbrief an mich, den Vorsteher dieses Klosters, und wollte unseren Mitbruder unverrichteter Dinge nach Helmarshausen entlassen. Doch Fridolin fing an zu jammern und zu klagen, er habe die lange, beschwerliche Reise vergeblich gemacht und kehre nun erfolglos und müde in seine Abtei zurück.

Über Nacht hatte der Erzbischof aufgrund der Gebete unseres Bruders und dank Gottes Hilfe ein Einsehen. Er ließ unserem Mitbruder auf geradezu wunderbare Weise kostbare und nicht erwartete Reliquien zukommen. Fridolin erhielt aus dem *Sacrarium* des heiligen Petrus ein Stück seines Hirtenstabes, ein in ein Tuch gehülltes Stück eines Nagels vom Kreuz des Herrn, ein Stück von den Sandalen des heiligen Apostels Andreas, aus dem Sacrarium des heiligen Eucharius eine Körperreliquie des heiligen Bischofs Celsus, aus dem Sacrarium des heiligen Maximin ein Stück von seinem Mantel und seiner Stola, sowie als Besonderheit eine Armreliquie des heiligen Auctor, des neunten Bischofs von Trier, einem Mann von herausragender Frömmigkeit."

Der unterdrückte Jubel der Mönche brach sich in Freudenrufen Bahn. Man fand rühmende Worte für den beharrlichen Mitbruder, lobte zugleich den einsichtigen Bischof und dankte für das persönliche Eingreifen Gottes, ohne das die Reliquien der Heiligen vermutlich noch immer in den kostbaren Schreinen schlummerten. Schon stellten die Klosterbewohner Überlegungen an, wie sie die Heiligen begrüßen und welche Festlichkeiten sie ihretwegen begehen sollten. Bis schließlich jemand fragte, wo sich Fridolin mit dem kostbaren Schatz überhaupt befinde.

Der Abt lächelte. Die Begeisterung seiner Mönche nahm er mit Wohlgefallen zur Kenntnis. Darüber vergaßen sie fast das Wichtigste, dessentwegen Bruder Fridolin überhaupt auf die Reise geschickt worden war. „Fridolin ist Tag und Nacht unterwegs gewesen und seine Kräfte sind erschöpft. Jetzt übernachtet er bei einem vertrauenswürdigen Mann, einem Mitglied des Kirchensprengels. Ich werde noch in dieser Nacht hinausreiten, um die Heiligen mit Weihrauch und Kerzen zu begrüßen. Euch aber, meine Brüder, bitte ich, *Vigilien* zu halten und die Nacht durchzubeten, damit die kostbaren Reliquien in unserem Kloster eine würdige Heimstatt finden."

In diesem Augenblick fingen die Glocken zu läuten an. Die Mönche Paulus und Lambert waren auf Geheiß des Priors voll Freude zum Glockenturm geeilt und zogen nun kraftvoll an den Seilen. Es dauerte nicht lange, da füllte sich der Hof des Klosters mit Gruppen neugieriger Menschen, die erwartungsvoll zum Turm hinaufstarrten.

„Unserem Kloster ist ein Wunder geschehen", sagte Pater Prior, der zu den Leuten getreten war. „Der morgige Tag wird es euch kundtun."

Es war Sonntag, der 14. Mai 1105, in der dritten Stunde – um 9 Uhr –, als der wertvolle Schatz, voran die Armreliquie des heiligen Auctor, in feierlicher Prozession, an der Spitze

Kreuze und Fahnen, die Mönche in festlichen Gewändern, unter dem Duft von Kerzen und Weihrauch sowie dem Gesang der Klosterschüler und des Volkes in die Abtei Helmarshausen überführt wurde.

Anno Domini 1106 berief Papst Paschalis II. ein Konzil nach Guastalla in der Emilia Romagna ein. Aus allen Ländern kamen die Delegierten zu diesem Konzil: Erzbischöfe, Bischöfe, Äbte, gelehrte Mönche, Laienbrüder, Abgesandte der Königshäuser und des Adels, Minister und Vertreter des Volkes. Auch Abt Thietmar erhielt eine Einladung. Zwei päpstliche Legaten überbrachten ihm persönlich das Schreiben des Bischofs von Rom. Es sollte die Stellung der katholischen Kirche in der damals bekannten Welt behandelt werden. Lambert von Hersfeld hatte 1077 die *Annales Hersveldenes* geschrieben, eine Weltgeschichte seit der Schöpfung. In erster Linie ging es dem Papst jedoch wohl um die Bereinigung des *Investiturstreites*, der seit 1073 schwelte, als Hildebrand zum Papst Gregor VII. gewählt worden war und die päpstliche Vorherrschaft über die weltliche Regierung verkündete, was Heinrich IV. ganz und gar nicht gefiel. Er riskierte für seinen Widerstand die Exkommunikation. Den Gang nach Canossa hat er dem Papst nicht verziehen. Auf dem Höhepunkt der Wirren existierten zwei Päpste und zwei Könige. Nun sollten die politischen und kirchlichen Verhältnisse geklärt werden.

Mit Bruder Fridolin begab Abt Thietmar sich auf die weite Reise nach Süden. In Basel traf er unverhofft mit dem Erzbischof Bruno von Trier und Abgesandten des römischen Königs, des Saliers Heinrich V., zusammen. Bei dieser Gelegenheit erinnerte Thietmar Bischof Bruno an das Sendschreiben, das er und Bischof Heinrich von Paderborn ihm vor etwa zwei Jahren durch Bruder Fridolin übermitteln ließen, der in beider Namen um die Überlassung der Körperreliquie eines Heiligen gebeten hatte und nach schwerwiegenden Bedenken und inständigen Bitten schließlich mit einer Armreliquie des heiligen Auctor und manchen hoch geschätzten Erinnerungsstücken aus dem Schatz der Heiligen nach Hause geschickt worden war.

Thietmar schilderte kurz die Situation in seinem Kloster, das durch die edle Goldschmiedekunst und die kunstvolle Buchmalerei allmählich aufzublühen begann, betonte mit Nachdruck, wie wichtig die Anwesenheit der Heiligen beim Ausbau der Abtei sowohl für die Mönche als auch für das gläubige Volk sei und wiederholte noch einmal seinen innigsten Wunsch, der Benediktiner-Niederlassung an der Diemel eine Ganzkörperreliquie, nämlich die des heiligen Legontius, zu überlassen. Die Bitte des Abtes wurde von Graf Herimann und dem Kleriker Reinhardus, später Bischof von Halberstadt, sowie Adelgozus, der im darauffolgenden Jahr als Erzbischof in Magdeburg einzog, bekräftigt. Auch während des Konzils, das am 23. Oktober begann, ermunterten die Worte des Erzbischofs Konrad von Salzburg, der zwei Tage zuvor vom Papst persönlich zum Oberhirten geweiht worden war, den Trierer Erzbischof, dem Anliegen Thietmars nachzukommen. Bruno von Trier handle zwar besonnen und überlegt, doch er, Konrad, glaube, dass es würdig und recht sei, wenn zur Mehrung von Ruhm und Ehre und zur Verbreitung der Heiligenverehrung Reliquien von einem zum anderen Ort überführt würden. Dieser Meinung schlossen sich einige Gelehrte und Kleriker an, die mit dem Erzbischof zu Schiff von Pavia nach Piacenza fuhren. Eine Beleidigung der Heiligen oder göttliche Ungnade habe man nicht zu fürchten, schließlich sei es rechtens, von dem abzugeben, von dem man im Überfluss besitze, um das sehnsuchtsvolle Verlangen der Mönche und des Volkes zu stillen. Der Trierer Bischof versprach, das Anliegen im Herzen zu bedenken, es Gott im Gebet vorzutragen und Thietmar mit gebührender Wertschätzung antworten zu wollen. Mit dem Bruderkuss schieden sie voneinander.

Der Abt und Bruder Fridolin reisten nach Beendigung des Konzils frohgemut nach Helmarshausen zurück, wo sie den Brüdern Kunde vom Versprechen des Erzbischofs gaben. Sie nutzten die Zeit, um die Ankunft eines Schutzheiligen in seiner neuen Heimat vorzubereiten. Hatte der heilige Auctor, mit dessen Ankunft man nicht gerechnet hatte, schon so viele Wunder in der Bevölkerung gewirkt und damit dem Kloster seine Gunst erwiesen, um wie viel mehr musste dem neuen Schutzherrn, der die Abtei und den Diemelgau in seine Obhut nehmen sollte, am Wohlergehen seiner Schutzbefohlenen gelegen sein. Der Abt ordnete Gebete, Vigilien und Fasten an, die Gottes gnädige Zustimmung zu dem Plan erwirken und eine frohe Bereitschaft bei den Konventualen wecken sollten, den neuen Herrn mit geziemender Hochachtung zu empfangen. Thietmar selbst ging mit gutem Beispiel voran. Nach dem Wort Senecas, wonach sich Soldaten überzeugen lassen, dass mit dem Anführer geteilte Strapazen kleinere Strapazen seien, hielt der Abt die Exerzitien mit so großer Begeisterung, dass sie fast seine Kräfte überstiegen, aber Ansporn und Beispiel gaben für die willigen Klosterbrüder.

Imma lebte nun schon eine geraume Zeit im Kloster, aber weder die Bibliothek noch das Skriptorium hatte sie in dieser Zeit zu Gesicht bekommen. Manchmal, in freien Stunden, schlich sie wohl in ihre Nähe, um wenigstens einen Blick in die Räume zu werfen, in denen sie mit aller Leidenschaft zu arbeiten wünschte, aber noch war ihr der Eintritt in das Allerheiligste des Heiligen, wie sie es nannte, verwehrt. Pater Gunther, der Novizenmeister, sah in der Verweigerung einen Weg, den jungen Menschen Geduld zu lehren und den lebendigsten Wunsch einem anderen unterzuordnen, nämlich Gott zu dienen im Gebet, bei der Arbeit, beim Chorgesang. Imma war musikalisch und lernte leicht. So machten ihr die Gesangsstunden sogar Spaß und halfen ihr, die große innere Unruhe vorübergehend bezähmen zu helfen. Allerdings musste sie darauf achten, ihre schöne Stimme unter Kontrolle zu behalten. Die anderen Postulanten und Novizen ihres Alters – und sie hatte das ihre wahrheitsgemäß mit sechzehn angegeben – waren längst im Stimmbruch, und die Töne, die aus rauen Kehlen stiegen, riefen zuweilen ein Stirnrunzeln bei Pater Eigil hervor.

Der Gesang spielte im Kloster überhaupt eine besondere Rolle, wie Imma feststellte. Chorproben standen dreimal die Woche für Priester- und Laienmönche auf dem Stundenplan. Der Abt legte großen Wert auf die Stimmbildung der jungen Menschen sowohl in der Klosterschule als auch im Noviziat. Daher waren die Stunden des Chorgebetes und erst recht die der sonntäglichen Gottesdienste erhebende Erlebnisse, die die Herzen aufjubeln ließen und die Seelen dem Himmel ein Stück näher brachten.

Imma musste immer auf der Hut sein und ihre Umgebung im Auge behalten.

Gestern noch hatte Winfried zu ihr gesagt: „Hör mal, Immanuel, man sieht dich nie im Waschraum. Warum befolgst du die Anweisungen des Exerzitienmeisters nicht? Morgens und zur Nacht soll der Mönch seinen Körper gründlich reinigen. Nicht nur die Seele, auch der Leib soll sauber sein."

Einen Augenblick stockte Imma der Atem, doch dann konterte sie geistesgegenwärtig: „Wenn du als Letzter den Waschraum betrittst, sind die Ersten bereits fertig."

Winfried war ein Eiferer, der die Anweisungen des Exerzitienmeisters buchstabengetreu erfüllte und der sich aus Demut hintenanstellte, um den anderen den Vortritt zu lassen. Imma hatte sich zuerst gesorgt, wie es in einem Schlafsaal mit zwanzig oder dreißig Menschen wohl zugehe und ob sie als junge Frau wohl unauffällig in der Menge untertauchen könne. Doch hier bestand weniger Gefahr, erkannt zu werden, denn die meisten Mönche streiften im Dormitorium nur das Obergewand ab, wenn sie hinter einer Art Alkoven verschwunden waren, und legten sich in ihren Kleidern auf die harte Pritsche.

Ein anderes Problem beschäftigte Imma seit einigen Wochen. Was, wenn ihr Vater seinen Vetter Luitger in Bursfelde aufsuchte? Wenn er kam, um sich zu erkundigen, wie es seiner Tochter gehe? Gerade in den Wintermonaten, wenn es draußen kaum noch etwas zu tun gab außer Zäune zu flicken oder Wagen instand zu setzen, bestand die Gefahr, dass er mit ihrer Mutter in der Wassermühle erschien. Das hatte Imma beim Pläneschmieden nicht bedacht. Eine Begegnung im Klosterbereich, an ihrer ehemals gemeinsamen Arbeitsstätte, war eher auszuschließen, denn die Vorschriften achteten darauf, dass die klösterliche Erziehung der jungen Eleven möglichst innerhalb der Klausur und ohne Kontakte nach außen stattfand. Erst allmählich wurde sich Imma bewusst, in welcher Lage sie sich befand. Hatte sie den Entschluss, ihr Leben auf eigene Füße zu stellen und etwas zu lernen, das über den Stand einer landwirtschaftlichen Magd hinausging, doch zu unüberlegt gefasst? Aber in solchen Augenblicken der Mutlosigkeit erschienen wieder die Farben und Zeichen vor ihren Augen, die Bilder und Ornamente, die Rahmen und Linien, die eine so unglaubliche Anziehungskraft auf sie ausübten, dass sie die dumpfen Gedanken verwarf und wieder an die Zukunft glaubte.

Am Festtag des heiligen Josef ließ der Prior den Postulanten Immanuel zu sich rufen. Als Imma klopfenden Herzens das Arbeitszimmer Pater Altfrieds betrat, befand sich Hildebrand schon im Raum. Nun ist alles aus, schoss es dem Mädchen durch den Kopf. Jetzt ist der Betrug aufgeflogen, oder Hildebrand hat mich verraten. Jedoch der sonst eher mürrisch dreinschauende Pater Prior blickte sie freundlich an. Er bot ihr einen Stuhl an, auch Hildebrand hatte bereits Platz genommen, während er selbst mit schweren Schritten vor dem Fenster auf und ab ging.

„Ich habe dich zu mir gebeten, Immanuel, weil wir dich mit einer wichtigen Aufgabe betrauen möchten“, begann der Mönch.

Endlich, jubelte Imma, endlich findet mein inständiges Flehen Gehör und ich darf in die Bibliothek und in die Schreibwerkstatt! Vielleicht hat Hildebrand gut für mich gesprochen, auf meine Begabung hingewiesen …

„Wie ich höre, hast du dich mit Eifer den Gebetsstunden gewidmet, die zur Vorbereitung auf die Ankunft des Schutzpatrons, des heiligen Legontius, angeordnet worden sind. Das ist höchst lobenswert. Wie wir alle aus den Gesprächen mit unserem Vater Abt wissen, wird die Ankunft des Heiligen noch im Monat April erwartet. Vater Abt hat beschlossen, persönlich nach Trier zu reisen, um den verehrungswürdigen Leichnam in Empfang zu nehmen. Für seine Begleitung sind zwei Mönche vorgesehen. Es ist einsichtig, dass nicht jeder für den langen Fußmarsch an die Mosel gerüstet ist. Vor allem älteren Mitbrüdern sind die Strapazen nicht zuzumuten. So sind wir nach Rücksprache mit dem Novizenmeister zu der Überzeugung gelangt, dass wir zwei Personen aus den Reihen des Ordensnachwuchses Gelegenheit zur Mitreise geben sollten. Pater Gunther machte den Vorschlag, euch beide mit der Aufgabe zu betrauen.“

Hildebrand blickte Imma an, als erwarte er jetzt einen freudigen Aufschrei des Einverständnisses. Doch Immas Gesicht blieb bleich und regungslos.

„Hildebrand hat bereits zugesagt", nickte Pater Prior aufmunternd. „Er ist froh und dankbar, dass die Auszeichnung, Vater Abt auf der Reise begleiten zu dürfen, ihn getroffen hat." Pater Altfried sah Imma erwartungsvoll an.

„Ich bin bereit", sagte Imma, ohne zu überblicken, wozu sie ihre Einwilligung gab. Die Gedanken wirbelten durch ihren Kopf. Den Fußweg scheute sie nicht. Es waren eher die Begleitumstände, die sie in eine schwierige Lage bringen konnten: die Nähe des Abtes, dessen lebhaften und forschenden Augen sie über Wochen ausgesetzt war, die stete Anwesenheit Hildebrands, der wusste, wen er vor sich hatte und sich unbeabsichtigt vertun und sie mit ihrem richtigen Namen ansprechen konnte. Und wie sollte es nachts beim Schlafen zugehen? Doch jetzt war keine Gelegenheit mehr, Bedenken zu äußern, sie hatte „Ja" gesagt und musste zu ihrem Ja stehen.

„Es bleibt nicht mehr viel Zeit zur Vorbereitung", sagte der Prior, „am 25. März 1107 soll es losgehen. Allerdings wird der Konvent zuvor noch viel beten und fasten müssen."

Mit einem leichten Kopfnicken verabschiedete der Prior die beiden Besucher. Hildebrand und Imma gingen wortlos zur Tür, verneigten sich vor dem Mönch und verließen den Raum. Draußen auf dem Gang flüsterte Imma Hildebrand zu: „Da steckst doch bestimmt du dahinter, oder?"

„Nein. Ich bin unschuldig. Ich habe mich auch nicht zu dieser Reise gedrängt. Der Vorschlag kam einzig von unserem Novizenmeister."

„Also müssen wir ihm doch irgendwie aufgefallen sein."

„Wieso?"

„Zu einer solchen Reise wählt man nicht wahllos zwei Kandidaten aus."

Hildebrand schwieg.

„Besonders fromm sind wir nicht“, sagte Imma. „Wenn Frömmigkeit der Maßstab wäre, hätten Hathumar und Odo den Zuschlag bekommen. Es müssen andere Richtlinien gelten.“

„Das glaube ich nicht. Welche denn?“

„Das weiß ich auch nicht. Vielleicht bin ich entdeckt worden und man will mich auf diese Weise loswerden?“ „Wie?“ Hildebrand blieb stehen und sah Imma entgeistert an. „Wenn dem so wäre, hätte man andere Wege gefunden, um dich abzuschieben.“

„Vielleicht hat man sich erinnert, dass wir aus einem Ort stammen und dass du von meiner Identität weißt. Und weil du sie beim Pater Prior oder beim Novizenmeister nicht preisgegeben hast, was Pflicht eines guten Postulanten gewesen wäre, will man sich auch von dir trennen. Das alles ist meine Schuld.“

Hildebrand schlug die Hände über dem Kopf zusammen. „Bist du von allen guten Geistern verlassen? Wenn man dich entdeckt hätte, wärst du längst geflogen, mit Pauken und Trompeten.“

„Nicht wenn man Aufsehen vermeiden will. Der gute Ruf des Klosters stände auf dem Spiel.“

„Im Kreuzgang herrscht das Schweigegebot“, sagte plötzlich eine Stimme hinter ihnen. Erschrocken drehten sich die beiden Postulanten um. Pater Odoaker lächelte sie an. Er gehörte zu den ältesten Mönchen der Abtei. Obgleich er gebeugt ging und dabei meist einen Stock nahm, bewegte er sich mit beachtlicher Behändigkeit.

„Gelobt sei Jesus Christus“, grüßte Hildebrand.

„In Ewigkeit, amen“, erwiderte Odoaker. Imma und Hildebrand traten zur Seite und ließen ihm den Vortritt. Er dankte mit einem Kopfnicken und ging ohne ein weiteres Wort an ihnen vorbei.

„Ob er etwas mitbekommen hat?", fragte Imma ängstlich, als der Mönch außer Hörweite war.

„Nein, das glaube ich nicht. Er gilt als schwerhörig und hat wahrscheinlich nur an unseren Gesten erkannt, dass wir miteinander sprachen."

Imma schüttelte den Kopf. Hat sich denn alles gegen mich verschworen?"

„Nicht mehr, als du zulässt. Ich glaube, manchmal siehst du Gespenster."

Imma betrat das Dormitorium, zu dem sie um diese Zeit, kurz vor der *Non*, keinen offiziellen Zutritt hatte. Sie vergewisserte sich, dass sonst niemand im Saal war, und schlich zu ihrem Lager. Vorsichtig, sich noch einmal nach allen Seiten umblickend, hob sie die Matte, griff schnell nach einem Buch, schob es unter die Kutte und verließ den Raum. Alles, was sie jetzt wünschte, war ein stilles Plätzchen im Klostergarten, wohin der Baulärm nicht drang und wo sie keinem Mitbruder begegnete.

„*Schedula. De Diversis Artibus*" stand auf dem Buchdeckel. Imma war im Lateinischen noch nicht bewandert, doch die Grundzüge der Sprache waren ihr aus dem Unterricht beim Novizenmeister und dem Chorgebet vertraut. Sie wusste, dass sie das erste Lehrbuch des Kunsthandwerks in den Händen hielt, die Abschrift eines ungewöhnlichen Epos, in dessen Inhalt sie sich mühsam Zeile für Zeile vortastete. Vieles verstand Imma nicht, weil sie es nicht übersetzen konnte. Aber eine gewisse Struktur konnte sie erkennen. Imma hatte sich getraut, den Mönch Rogerus anzusprechen, als sie ihm kürzlich in der Rekreation begegnet war, und sie waren miteinander ins Gespräch gekommen. Rogerus, für viele seiner Mitbrüder noch immer mit dem Hauch seiner mysteriösen Herkunft umgeben, erspürte die leidenschaftliche Wissbegierde des Postulanten Immanuel und seine überschwängliche Begeisterung für die Kunst, doch die Fragen sprudelten noch ungezielt, als dass er sie in der Kürze der Zeit der Reihe nach hätte beantworten können. So hatte er ihm ein Buch ausgeliehen, das im ersten seiner drei Teile vorwiegend Anweisungen für die Buch- und Tafelmalerei enthielt, und ihm das Versprechen gegeben, das Gespräch bei einer anderen Gelegenheit fortzusetzen.

Imma setzte sich auf eine Bank unter einer Buche.

Obgleich noch ein kalter Wind durch das Diemeltal wehte und der Ruheplatz nicht eben einladend wirkte, war dies der einzige Ort, an dem sie in der nächsten Viertelstunde nicht gestört werden würde und sie in Ruhe in dem Werkbuch blättern konnte. *„Incipit prologus libri primi Ttieophili, qui est Rugerus, de diversis artibus"* – hiermit beginnt das Vorwort des ersten Buches des Theophilus, der auch Rogerus genannt wird, über verschiedene Künste, entzifferte sie. Imma wusste, dass Roger byzantinische Vorbilder schätzte, in seinen Lehr- und Wanderjahren aus dem fernen Osten bis an die Maas und an den Rhein gezogen und schließlich an die Diemel gekommen war. Manche Kunstwerke, die in Helmarshausen entstanden, hielten sich eng an die Anweisungen der *Schedula* des Theophilus und verrieten eine Verwandtschaft mit byzantinischen Vorbildern, so hatte Hildebrand bestätigt. In diesem Buch ging es nicht nur um die Vermittlung verschiedenartigster Techniken, es enthielt auch einen gewissen Vorrat an Motiven und Hinweise für Bildkompositionen. In dem kurzen Gespräch mit Rogerus war für Imma deutlich geworden, dass der Künstler schlechthin in starkem Maße in den Auftrag der Verkündigung eingebunden ist. Er ist zwar Werkzeug, soll sich aber auch als Individuum empfinden, das aus eigener Verantwortung Kunstwerke schafft. „Du hast das Haus Gottes mit großer Anmut geschmückt", übersetzte Imma stockend, „Decken und Wände in unterschiedlicher Form mit wechselnden Farben verziert, hast das Bild des Paradieses Gottes, das im Schmuck mannigfacher Frühlingsblumen, in Gras und Blättern blüht und die Seelen der Heiligen für ihre verschiedenen Verdienste mit Kronen beglückt, den Betrachtern gezeigt und hast bewirkt, dass sie Gott als den Schöpfer in seinen Werken loben und den Wunderbaren in seinen Werken rühmen ..."

Ein schweigend betender Mönch schritt in der Nähe vorüber. Er bewegte wortlos die Lippen und war so hingebungsvoll in seine Betrachtung versunken, dass er Imma nicht bemerkte.

„Das menschliche Auge kann sich kaum entscheiden, auf welches Werk es zuerst seinen Blick richten soll", übersetzte Imma. „Sieht es auf die Decken, so blühen sie wie Vorhänge. Betrachtet es die Wände, so zeigt sich das Bild des Paradieses. Lässt es den Blick auf der Lichtfülle der Fenster ruhen, so bewundert es den unschätzbaren Wert des Glases und die Mannigfaltigkeit der kostbaren Arbeit. Sieht aber die gläubige Seele das Bild des Leidens des Herrn, so fühlt sie einen Stich. Sieht sie, welche Martern die Heiligen an ihren Leibern erlitten, welche Belohnungen des ewigen Lebens sie empfingen, entschließt sie sich mit Eifer zu einem besseren Leben. Wenn sie betrachtend erkennt, wie groß die Wonnen im Himmel, die Qualen in der Hölle sind, wird sie von dem Vertrauen auf ihre guten Werke belebt und in der Betrachtung ihrer Sünden von Grauen erschüttert."*

Neben dem Illuminieren von Büchern behandelte Theophilus Metallarbeiten besonders ausführlich und gründlich. Es war zwar eine technische Schrift, die Imma in den Händen hielt, aber sie spiegelte doch etwas vom Geist des Autors. Vor allem erfreute es Imma, dass Theophilus die Kunstfertigkeit als eine Gabe Gottes betrachtete – so schätzte sie auch ihre Begabung ein – und seinen Überlegungen einen theologischen Rahmen gab. Theophilus-Rogerus gab in dem Band vieles von dem preis, was er selbst gelernt, erfahren, entdeckt und von anderen übernommen hatte.

Die Glocke der Leutekirche begann kläglich zu wimmern. Imma schloss das Buch und steckte es in die weiten Ärmel der Kutte. Es war Zeit, sich zum Chorgebet zu versammeln. Die Ordnung der Regel bestimmt fast jeden Atemzug. Sie schrieb die Zeiten vor, in denen der Mönch arbeiten, beten, ausruhen, arbeiten, beten, ausruhen durfte. Von der Ent-

* Schrade, H., Malerei des Mittelalters, Köln 1958.

faltung und Pflege seiner angeborenen Begabung und der Förderung seiner von Gott gegebenen Talente war nicht die Rede. Ein Maler musste melken, ein Landwirt Bücher kopieren und ein Schweinemetzger Noten auf Papier bringen können, so kontrovers kamen Imma die Anordnungen vor, die sich die Ordensleitung einfallen ließ und sich dabei auf die alten Kirchenväter berief. Stimmte es denn tatsächlich, dass man in dem Augenblick, in dem man den alten Leib auszog, der Kunst neu geboren wurde und mit aufnahmebereiter Seele den Schöpfungsimpuls Gottes empfing?

Noch empfand Imma den Satz aus der *Schedula* wie Hohn: „Auf denn, wackerer Mann, glücklich bei Gott und den Menschen schon in diesem Leben, glücklicher noch in dem zukünftigen. Du, durch dessen Arbeit und Eifer Gott so viele Opfergaben dargebracht werden, geh mit noch größerem Eifer ans Werk."*

* Ebd.

Sie gingen und beteten, marschierten und schwiegen tagelang. Sie setzten Schritt vor Schritt durch Täler, über Berge, durch dichte Wälder und feuchte Wiesengründe. Seit dem 25. März 1107 waren sie unterwegs. Der Abt gab das Tagespensum vor. Trotz seines Alters und des Mangels an Bewegung im Kloster war er gut zu Fuß. Imma und Hildebrand kamen zum ersten Mal aus dem Bereich ihrer engeren Heimat hinaus. Sie folgten dem Diemeltal flussaufwärts fast bis zur Quelle, sahen, wo die Ruhr entsprang, kreuzten die Ruhr-Diemel-Straße und benutzten ein Stück den Kriegerweg. Über die Heldenstraße bewegten sie sich auf *Colonia Agrippina* zu. Sie übernachteten in Scheunen, Stiften, an historisch bedeutsamen Orten und in düsteren Weilern, wo die Leute sie misstrauisch anstarrten. Es war ein Glück, wenn sie wie am Südhang des Wilzenberges, in Grafschaft, an die Pforten eines Benediktinerklosters klopfen durften und von den Brüdern herzlich aufgenommen wurden. Sie fühlten sich wie daheim. Manchmal trafen sie auf Pilger, die müde, mit der Muschel am Hut, in zerfetzten Kleidern von der langen Wallfahrt nach Santiago de Compostela im fernen Galicien zurückkehrten, oder auf Menschen, die auf dem Weg dorthin waren und mit leuchtenden Augen davon sprachen, dass sie am Ende der Welt aller Höllenstrafen ledig seien. Die drei Konventualen schlossen sich ihnen für wenige Meilen an, sie beteten und redeten mit einander und manchmal sangen sie auch.

Zuweilen verliefen sie sich, die Wege endeten irgendwo am Saum eines fernen Waldes, die Straßen durchquerten gemiedene Schluchten, in denen wilde Tier hausten und sich Räuberbanden versteckten – so erzählten die, die sie durchschritten hatten. Die kleine heimische Welt war eine Gerüchteküche, in der der Nebel der Einbildung sich mit dem Dunst des Fragwürdigen mischte und die Verlockungen der Fantasie beflügelte. Eingestreut ein paar sachliche Informationen, einige Hinweise über Land und Leute, Sitten und Gebräuche – wer wusste denn wirklich aus eigener Anschauung, wie es zehn, zwanzig Meilen entfernt in Städten und Dörfern und auf den Straßen zuging?

Das Aufblühen der Städte und des Bürgertums beflügelte den Verkehr. Die zweiräderigen Gespanne und Handelskarren nahmen zu, je näher sich die drei einer größeren Ortschaft näherten. Doch die Straßen waren meist in schlechtem Zustand. Ein Kaufmann erzählte ihnen, dass die wachsenden Handelsbeziehungen immer mehr Wegelagerer und zwielichtige Gestalten anzögen, wo doch das Leben auf den von Schlaglöchern übersäten und nach Regenfällen aufgeweichten Straßen ohnehin schwer genug sei.

Alle Flüsse, Bäche und Rinnsale flossen nach Westen, wo der große Strom die Wasser aufnahm, der Rhein, an dessen Ufer das *hillige* Köln lag. In einem goldenen Schrein, so berichtete der Abt, ruhten die Gebeine der Heiligen Drei Könige, jener drei Weisen, die aus dem Morgenland gekommen waren und das göttliche Kind in der Krippe zu Bethlehem angebetet hatten. An diesem Schrein durften sie auf keinen Fall vorübergehen, ohne den Heiligen ihre Aufwartung zu machen. Bauleute und Steinmetze ständen bereit, so erzählte Thietmar weiter, auf Weisung der hohen Prälaten ein neues Gotteshaus zu errichten, das noch schöner und größer werden sollte als die vorige Kirche. Wie ein Fischgrätenmuster aus Stein sollte der neue Dom aussehen, durchsichtig, voller Luft, ein Gerippe aus Mauerwerk und farbigem Glas, das so kostbar war wie ein Stück des lebendigen Himmels, und dieses Gebäude sollte den vom Meister des Aachener Marienschreins vollendeten Sarkophag der Heiligen Drei Könige aufnehmen.

Woher der Abt das alles nur wusste? Er war wie ein wandelndes Lexikon, man konnte ihn nach vielem fragen, und er wusste auf fast alle Fragen eine Antwort. In St. Pantaleon entzündeten sie ein Wachslicht für den glücklichen Fortgang der Reise vor dem Bild der schmerzgebeugten Mutter des Herrn, die ihren tödlich verwundeten Sohn im Schoß hielt. Neben Jerusalem, Rom und Konstantinopel verdiente diese rheinische Metropole den anspruchsvollen Titel einer „heiligen Stadt“. Den Ruf des geweihten Ortes begründeten die Reliquien der zahlreichen Märtyrer, Bekenner und Bischöfe, die in kostbaren Schreinen in Krypten und unter Altären aufbewahrt und verehrt wurden. Maternus, der erste namentlich bekannte Kölner Bischof, soll gar ein Schüler des heiligen Petrus gewesen und von ihm mit zwei Gefährten zum Missionieren über die Alpen geschickt worden sein. Maternus starb nach der Legende im Elsass. Der heilige Petrus sandte darauf seinen Stab, und als man mit diesem die Ruhestätte berührte, erhob sich Maternus aus der Gruft und wirkte noch vierzig Jahre für die Ausbreitung des Glaubens.

Der Abt konnte sich nicht sattsehen an den vielen Kostbarkeiten, die diese Stadt bot, und er war noch auf den Beinen, wenn Imma und Hildebrand sich im Quartier längst zur Ruhe begeben hatten. Sie sahen das wertvollste Zeugnis der frühen Gründung dieses Bistums, den Stab Petri mit seinem Elfenbeinknauf, den Erzbischof Bruno aus Metz nach Köln bringen ließ. Der Boden *Colonia Agrippinas,* so erzählte ihnen ein verknöchertes Weiblein, das an der Tür von St. Gereon Thymian und Johanniskraut verkaufte, sei getränkt vom Blut der Märtyrer. Gereon gehörte zu den Blutzeugen der legendären thebäischen Legion, die ihre Spuren von Oberitalien bis Xanten hinterließ und über dessen Grab ein Zehnteck aus Nischen entstand, ein Dekagon, das zu den baulichen Wundern dieser Zeit zählte. Sie vernahmen ebenfalls die Geschichte der heiligen Ursula, die mit Zehntausenden von Gefährtinnen und Gefährten vor den Toren Kölns das Martyrium erlitt – auch ein Bischof soll darunter gewesen sein. Sie betraten auch das

Gotteshaus, das dem heiligen Martin zu Ehren errichtet worden war, und sie legten ihre Hand auf die Grabplatte der Plectrudis, der Gemahlin Pippins des Mittleren, die als Gründerin der Kirche St. Maria im Kapitol galt.

Imma war sich nicht bewusst gewesen, dass der lange Fußmarsch nach Trier, der der *Translatio* der Ganzkörperreliquie des hl. Legontius dienen sollte, auch einer Kunstreise gleichkam. Sie sah großartige Zeugnisse der Bildhauerei, des Elfenbeinschmucks, der Malerei, der Email- und Goldschmiedekunst und auf einem Pergamentbogen ihr bis dahin unbekannte Spirallinien und reiche Flechtbandornamentik. Das Pergament war übersät von Formen, von Fischgräten- und Spiralmustern, von Palmetten, gedrehten Tauen, Zöpfen, schuppenartigen Verzierungen. Sie konnten dekorativ wie Laub empfunden werden oder als der Natur nachgebildete Tiere, ja selbst als Gestalten aus der Welt der Fantasie, je nachdem, wie man sie betrachtete und seine eigenen Vorstellungen ins Spiel brachte. Abt Thietmar erklärte ihnen, dass dieses Prachtstück die Kopie einer Seite aus dem *Book of Kells* sei, des schönsten Buches, das es je gab, das 339 Seiten umfasst und aus der irischen Klostertradition des 8. Jahrhunderts stammt. Imma wagte sich bis an den äußersten Rand der Abgrenzung, mit der dieses unbeschreiblich schöne Kunstwerk geschützt wurde, ihre Seele konnte eintauchen in die Flut der Schnörkel, der Spiral- und Trompetenmuster, der entfesselten Ornamentik und der hierarchisch-strengen bildhaften Darstellungen.

Allmählich dämmerte es Imma, weshalb der Abt sie neben Hildebrand als Begleiter ausgewählt hatte. Er wusste wahrscheinlich vom Novizenmeister von ihrer bisher unerfüllten Begeisterung für die Buchmalerei, für die Kalligrafie, für die durchformte Gestaltung der Bücher, die in den Klosterwerkstätten mit akribischer Genauigkeit gepflegt wurde, und vielleicht sollte der Weg nach Trier die Augen der jungen Menschen noch mehr weiten für die Schönheit und Vielfältigkeit der Kunst, in deren Dienst nun auch der Postulant Immanuel alsbald treten durfte. Imma suchte wiederholt die Augen des Abtes und dankte ihm mit freundlichen Blicken, die der Klostervorsteher mit einem sanften Lächeln beantwortete.

Wenn Imma unterwegs darüber nachdachte, ob es einen weiteren Grund als den der begierigen Freude am Lernen für ihren Eintritt ins Kloster gegeben hätte, so musste sie verneinen. Selbst zu einem Nonnenkloster fühlte sie sich nicht hingezogen; sie spürte keinerlei Berufung, Gott durch ein entsagungsreiches, demütiges und keusches Leben zu dienen. Sie teilte nicht die Meinung des Petrus Damiani oder des Anselm von Canterbury, dass wohl nur Konventuale den Martern der Hölle entgehen könnten, und auch nicht die Ansicht des Mönchs Abaelard, dass die Verheirateten zwar nicht verdammt, doch die Enthaltsamen leichter gerettet würden. Immas Interesse galt den Büchern und Schriften in der Vielfalt ihrer Gestaltungsmöglichkeiten. In Cluny, so erzählte Vater Abt auf dem Wege, sollte es eine Bibliothek von tausend Bänden geben, alle auf Pergament und von Hand geschrieben. Unter Pergament versteht man die ungegerbte Haut von Ziegen, Schafen und Kälbern. Sie wird in einer Kalklösung von Fleischresten, Fetten und Haaren befreit, kalziniert und anschließend geglättet. Die Haar- und die Fleischseite der Tierhaut sind in Farbe und Struktur unterschiedlich, eignen sich jedoch beide zur Beschriftung.

Wenn hundert oder zweihundert Mönche das gleiche Buch lesen wollten, konnte das nur in gemeinsamer Lesung geschehen. Solche Wünsche wurden in Helmarshausen nie wach, denn es gab – im Verhältnis zur burgundischen Abtei – nur eine Handvoll gebildeter Priestermönche, die sich um ihre Lektüre nicht prügeln mussten. Die Bibel, der heilige Augustinus, Cassianus und Gregor der Große bildeten den Grundstock der Literatur des mittelalterlichen Mönchtums. Kirchenväter und Klassiker des frühen Christentums waren ebenfalls vertreten. Natürlich gab es auch eine Reihe von Biografien von Heiligen, auch einige historische Werke sowie die Geschichte der Kirche. Die „Geschichte Roms" von Livius gehörte schon zu den selteneren Bestandteilen einer Klosterbibliothek.

Auch die Bedeutung der Reliquienverehrung versuchte Abt Thietmar seiner Begleitung auf der gemeinsamen Wanderung näherzubringen. Er führte als Beispiel den Kölner Erzbischof Bruno an, der im Jahre 965 gestorben war und der zu Lebzeiten mit großer Sammelleidenschaft Leiber und Reliquien von Heiligen und fromme Gegenstände aller Art von überallher gesammelt hatte, um den Seinen immer mehr himmlische Fürsprecher zu verschaffen und um durch ihre Verehrung den Ruhm des Herrn bei vielen Völkern nah und fern zu verbreiten. So jedenfalls hatte es der Biograf Bischof Brunos, Ruotger, aufgezeichnet. Thietmar fühlte sich dem Kölner Erzbischof zutiefst verwandt, und wie dieser in den Besitz von Reliquien der heiligen Märtyrer Patroklus, Elifius, Privatus und Gregorius, des heiligen Christophorus und des heiligen Pantaleon gekommen war und sie mit bewundernswertem Eifer von den verschiedensten Orten her an seinen Bischofssitz überführt hatte, so gedachte auch der Abt den geistigen Reichtum des Klosters Helmarshausen durch die Gebeine des heiligen Legontius zu mehren und an der unteren Diemel einen Ort seiner Verehrung zu schaffen, damit Gott noch mehr verherrlicht werde und das Volk einen verlässlichen Fürsprecher beim himmlischen Vater erhalte. Waren nicht bereits nach der Anrufung des heiligen Auctor unerklärliche Dinge, ja große Wunder geschehen? Und von diesem Heiligen besaß die Abtei der heiligen Maria und des heiligen Petrus nur die Reliquie seines Armes. Wie viel stärker aber musste sich eine Ganzkörperreliquie auf das Wohl der Beter und des Klosters auswirken?

Während der Abt noch von der wundersamen Heilung mehrerer Personen aus Helmarshausen, aus Muthen, einem kleinen zum Kloster gehörenden Hofgut, sowie aus dem Dorf Heyson – Eissen – berichtete und von Menschen erzählte, die nach der Anrufung des Heiligen von der Auszehrung, von unerklärlicher Erschöpfung, von Gliederschwäche und Taubheit, von rasenden Kopfschmerzen geheilt und gar aus Todesnähe gerettet worden waren, näherten sie sich den Stadtmauern von Trier. Es war Donnerstag vor Palmsonntag, der 4. April 1107. Imma spürte ihre bleischweren Füße nicht mehr, sie setzte Schritt vor Schritt, folgte dem Abt, der mit jungenhafter Begeisterung die Türme der Stadt zählte, während Hildebrand sein Kleider- und Proviantbündel wie die Last eines prall gefüllten Kartoffelsacks auf dem Rücken spürte. Plötzlich warf sich der Abt der Länge nach auf den Boden, bat Gott um Vergebung seiner Sünden und die Heiligen der Stadt um ihren Beistand bei dem anstehenden Reliquienerwerb. Dann zogen die drei wie die Väter des Alten Bundes die Schuhe aus und legten die letzten zwei Meilen barfuß über spitze Steine und abschüssige Pfade mehr kriechend denn gehend zurück. An der *Porta Inclita* überquerten sie die Moselbrücke und begaben sich zunächst zur Patronatskirche des heiligen Petrus, der bei den Trierern großes Ansehen genoss. Hier erflehte der Abt die Hilfe des Apostelfürsten und aller Heiligen für seine frommen Geschäfte, worauf die Mönche am Grabmal des heiligen

Simeon ihr Anliegen wiederholten. Im Kloster St. Maximin nahmen sie Herberge. Abt Berengozus und dessen Propst Arnulf nahmen die Gäste mit großer Herzlichkeit auf. Der ganze Konvent war zugegen, als die Klostervorsteher ihre Absicht bekräftigten, den Abt von Heimarshausen bei seinem Vorhaben durch Gebet und tatkräftige Hilfe zu unterstützen.

Imma schlief tief und fest. Sie war dankbar, dass ihr als Gast des Klosters der Gemeinschaftssaal erspart geblieben und eine kleine Zelle zugewiesen worden war. Seit langer Zeit konnte sie sich erstmals wieder ungestört und unbeobachtet bewegen, sich über der Kaltwasserschüssel waschen, ihre Frisur pflegen und sich für wenige Stunden dem Gefühl hingeben, eine Frau zu sein. Das Habit kam ihr manchmal wie ein Panzer vor, der sie einschnürte und knebelte und ihr die Luft zum Atmen nahm. Doch die Stunden der Losgelöstheit vergingen viel zu schnell, denn am folgenden Morgen hatte sie den Abt zur Audienz bei Erzbischof Bruno, dem Grafen von Laufen, zu begleiten.

Der Empfang beim 51. Oberhirten von Trier war ehrenvoll, doch von respektvoller Distanz. Lag das Konzil von Guastalla denn schon so weit zurück, dass man sich der verbindlichen Empfehlungen nicht mehr erinnerte? Mit gütigen Worten vertröstete der Bischof den Abt von Helmarshausen auf den folgenden Tag, an dem alle Würdenträger zusammenkämen. Mit ihnen werde er den Wunsch Thietmars erörtern.

Bereits gegen 6 Uhr am Palmsonntag versammelten sich die Vorsteher aller Kongregationen und Orden zur Palmweihe. Der Erzbischof schilderte kurz, weshalb Abt Thietmar und seine Begleiter den weiten Weg vom Kloster an der Diemel in die Stadt an der Mosel unternommen hätten. Das Domkapitel nahm den Wunsch der Fremden mit großer Verwunderung zur Kenntnis. Eine knisternde Stille breitete sich aus. Erschrockene Augen starrten die drei Mönche aus dem fernen Diemelkloster an. Schließlich brach der *Archidiakon* Godefrid, der Dechant an Sankt Peter war, das Schweigen: „Meine Brüder, Abt Thietmar ist ein ehrenwerter Mann, und er hat mit seiner Bitte gewiss nichts Ehrenrühriges von uns verlangt, sondern einen Wunsch geäußert, den jedermann verstehen wird. Er und seine beiden Mitbrüder kamen auch nicht wie

Geschäftsleute hierher, die einen Handel mit uns abschließen wollen, sondern sie haben sich durch Fasten und Gebete, Vigilien und Weiheopfer auf diesen Tag vorbereitet, also durch geistige Übungen, die ihre Lauterkeit und die Ernsthaftigkeit ihres Anliegens unterstreichen. Wir dürfen einer so vorbereiteten Absicht nicht von vornherein widersprechen. Schließlich erschienen unsere Mitbrüder nicht unverhofft und unangemeldet in unserer Stadt, sondern ihrem Besuch gingen Briefe und Gespräche voraus, die das hehre Ziel vorzubereiten halfen."

Als Thietmar diese Worte hörte, schöpfte er Mut und es wurde ihm leichter ums Herz. Doch Godefrid dämpfte die Erwartungen: „Wir, meine Brüder, sind heute ganz und gar unwürdig, uns mit einer Reliquienübertragung zu beschäftigen, da wir in jeder Hinsicht noch nicht in der Lage sind, an so einem heiligen Geschäft mitzuwirken. Lasst uns also mit der nötigen Ruhe an die Sache herangehen, unser Gewissen erforschen und in einem dreitägigen Fasten unsere Herzen zu Gott im Himmel erheben, so wie es unsere Gäste getan haben. Es ist unser Versäumnis, dass wir uns nicht schon längst auf unsere Besucher und ihr Anliegen eingestellt haben. Doch ahnten wir nicht, wie dringlich es Abt Thietmar mit der Bitte um den Erhalt der Reliquien des heiligen Legontius war. Vor dem Himmel jedoch sind wir im höchsten Maße verpflichtet, uns mit der Frage der *Translatio* zu beschäftigen. Tun wir das nicht und lassen wir uns vielleicht auf etwas Unerlaubtes ein, so besteht sogar die große Gefahr, dass wir die Heiligen beleidigen und uns die Ungnade Gottes zuziehen, selbst wenn wir in lauterer Absicht gehandelt und uns um das Wohl anderer gesorgt haben. Ich schlage deshalb vor, Abt Thietmar möge zunächst die Reliquien anderer Heiliger annehmen und sich mit seinen Begleitern in die Heimat zurückbegeben. Wenn wir, meine Brüder, zu einem Entschluss gekommen sind und uns auf eine seinem Verlangen entsprechende Antwort vorbereitet haben, möge er zurückkehren oder geeignete Boten schicken."

Einen Augenblick herrschte beklommenes Schweigen. Die Mitglieder des Domkapitels und die Vorsteher der Kongregationen und Orden blickten sich erleichtert an, doch betreten auf die Gäste aus dem Kloster im fernen Sachsenland, von dem niemand von ihnen bisher gehört hatte. Abt Thietmar glaubte, von Pfeilen ins innerste Herz getroffen zu sein, so schmerzhaft, ja, tödlich war der Vorschlag des Dechanten von Sankt Peter, dessen Rede zunächst so hoffnungsvoll begonnen und so kläglich für die Mönche der Helmarshäuser Abtei geendet hatte. Endlich gewann er die Fassung wieder und wandte sich an Erzbischof Bruno: „Ehrwürdiger Vater, bedenkt bitte die Mühen und Nöte unseres kleinen Klosters, auch die Ausgaben, die wir für die Reise und den Aufenthalt in Trier aufgewendet haben und die unsere Möglichkeiten bereits bei Weitem übersteigen. Wir haben eine Strecke zurückgelegt, die man, wenn überhaupt, nur in friedlichen Zeiten zu bewältigen wagt. Wir haben uns mit unserem Anliegen auf den Weg begeben, weil wir nicht wissen, wie lange wir noch leben werden und welche Lebensdauer dir beschieden sein wird. Wenn du jetzt die Herausgabe des Heiligen, über den wir auf dem Konzil von Guastalla gesprochen haben, hinauszögerst oder von bestimmten Bedingungen abhängig machst, so bedeutet dies, dass du auf deinen Amtsnachfolger verschieben willst, was Gott der Allmächtige unter deiner Führung vorgesehen hat. Sagt der Apostel nicht, dass wir für alle Gutes bewirken sollen, solange es noch Zeit ist? Wenn nun über Fastenübungen und Weiheopfer, Vigilien und Fürbitten beraten wird, ohne die unser Anliegen zum gegenwärtigen Zeitpunkt nicht zu Ende gebracht werden kann, bleiben dafür doch noch die kommenden sieben Tage – und wären sie nicht besser und geeigneter als die übrigen Tage des Jahres? Wer jetzt nicht zu Exerzitien bewegt werden kann, wird auch im Laufe des Sommers nicht dazu angeregt werden können. Hat Gott der Allmächtige wirklich Freude an einem erzwungenen Fasten oder einem Gebet, das nicht aus dem Herzen kommt? Nein, er freut sich über den frommen Eifer eines Menschen, der guten Willens ist, selbst wenn dieser nur von kurzer Dauer ist. Dein Pflichtgefühl möge dich dazu bringen, ehrwürdiger Bischof, dass das, was in dieser Angelegenheit zu tun ist, in diesen Heilstagen in angemessener Zeit getan wird. Wir, meine Brüder und ich, werden hier bereitwillig auf das Ende deiner Exerzitien warten, um nicht zweimal Geld für etwas ausgeben zu müssen, was auch mit einem Mal erledigt werden kann. Bedenke, keine andere Zeit ist passender und geziemender für die Behandlung heiliger Dinge als diese heiligen Tage vor Ostern."

Nach der Rede Thietmars herrschte zunächst Schweigen und Betroffenheit. Niemand wagte etwas zu erwidern. Der Abt von Prüm in der Eifel, der in der Zwischenzeit eingetroffen war, um die heiligen Stätten in Trier zu besuchen, ergriff für den Abt von Helmarshausen Partei. Während Hildebrand seinen Worten nur mit halbem Ohr lauschte und sein unbeteiligter Gesichtsausdruck zu erkennen gab, dass ihn die Auseinandersetzung langweilte, versuchte Imma den theologischen Erklärungen zu folgen, die ihr gestelzt und umständlich erschienen. Doch eines verstand sie: dass der Zweck ihrer Reise möglicherweise umsonst war, wenn die Trierer nicht doch auf Abt Thietmars Vorschläge eingingen. Sollten die Blasen an ihren Füßen, die Strapazen der Wanderung, der Schweiß beim Anstieg auf unwegsame Höhen und die kalten Nächte in wanzenverseuchten Wirtshäusern und ungeheizten Klosterzellen also vergeblich gewesen sein? Wie würde Abt Thietmar sich verhalten, wenn sie unverrichteter Dinge nach Hause zurückkehren mussten? Vielleicht wären dann alle Pläne nichtig und sie würde nie eine Gelegenheit erhalten, in den Klosterwerkstätten ausgebildet zu werden?

Der Erzbischof ergriff schließlich erneut das Wort, erklärte, dass er sich auf königlichen Geheiß an den Hof Heinrichs V. begeben müsse und jetzt keine Zeit sei, eine Entscheidung zu fällen. Doch er machte den Vorschlag, alle Beteiligten möchten sich trotz seiner Abwesenheit in der Frühe des nächsten Tages abermals an dieser Stelle einfinden, über die Angelegenheit beraten und wenn möglich zu einer Lösung kommen. „Ihr sollt aber wissen", so fügte er hinzu, „dass ich es gern sähe, wenn Gott und die Heiligen in der Sache für den Abt entscheiden würden. Nun mag es sein, dass der heilige Legontius, um den es ja geht, auch in der gegenwärtigen Lage nicht gefunden werden kann oder nicht will, dass man ihn findet. Dann wird Gottes verborgene Absicht offenkundig, die wir auf keinen Fall infrage stellen oder beurteilen dürfen. Lasst dann aber dennoch nicht zu, dass ein Mann von so großem Ansehen traurig und mit leeren Händen nach Hause zurückkehrt, sondern besorgt ihm einen beliebten und als Schutzpatron bewährten Heiligen aus der Kirche des heiligen Paulinus."

Nachdem Erzbischof Bruno so gesprochen hatte, segnete er die Palmzweige, worauf die Prozession sich formierte und in Bewegung setzte. Denn es war Palmsonntag, der selten schöner und würdiger begangen wurde als in der ehrwürdigen Domstadt Trier. Nach langem Prozessionsweg erreichte der festliche Zug die Basilika des heiligen Maximin. Dort hielt der Oberhirte eine zündende Predigt, in der er auch auf die drei Besucher zu sprechen kam. „Ein gehorsamer Diener Gottes, ein Abt aus dem Sachsenland, ist zu uns gekommen, den Schutz eines heiligen Patrons zu erbitten. Er drängt darauf, die Reliquie eines einstmaligen Hirten unserer Herde, des berühmten heiligen Bischofs Legontius, zu bekommen. Der

Heilige soll die Zierde seines Klosters und ein großer Fürsprecher der Menschen bei Gott sein. Da ich aber eine Sache, die so bedeutend ist und meine Befugnisse übersteigt, nicht allein verantworten kann, gebe ich sie euch zur Kenntnis, die ihr Söhne und Töchter unserer Kirche seid. Auf euren Rat lege ich großen Wert, er hilft mir in meiner Verpflichtung gegenüber Gott und in den Entscheidungen, die ich zu fällen habe."

Der Erzbischof blickte in die Runde und gewahrte aufgeschlossene Gesichter, in denen Neugier und Anspannung gleichermaßen zu erkennen waren. „Ich will damit deutlich machen", fuhr er fort, „dass ich mein Wollen der göttlichen Vorsehung und eurer Zustimmung anpasse, wenn es dem Heiligen gefällt, dem Abt zu offenbaren, dass er überführt werden will."

Die Gläubigen nahmen die Worte des Bischofs aufmerksam und freundlich auf und wünschten, dass sich Gottes Wille in dieser Sache erfülle. Mit der Zusicherung gegenseitiger Hochachtung und unverletzlicher brüderlicher Treue schieden Erzbischof und Abt nach dem Gottesdienst voneinander.

Die Nacht war lang, viel länger, als Imma andere Nächte im Kloster in Erinnerung hatte. Sie kannte die Regel mit den Rhythmen des gesammelten Betens, der strengen Arbeit, der entspannenden *Rekreation*, des bleiernen Schlafes, sie hatte sich an Ordnungen und genormte Abläufe gewöhnt und sie so angenommen, wie sie von allen Konventualen verinnerlicht worden waren, jedoch die Nächte in Trier erschienen ihr endlos und zäh.

Die erste Nacht nach der Abreise des Erzbischofs an den Hof des Königs hatte der Abt mit seiner Begleitung beim Lobpreis Gottes verbracht. Nach der heiligen Messe im Morgengrauen und dem Beginn eines erneuten dreitägigen Fastens hatte Thietmar sich mit seinen Postulanten Hildebrand und Immanuel zur Kirche des Apostelfürsten begeben, um den heiligen Petrus um Beistand für die Kleriker zu bitten, die noch wankelmütig und unentschieden in ihrer Meinung über die Herausgabe der sterblichen Hülle des heiligen Legontius waren. In diesem Gotteshaus kamen alle zusammen, die an der Entscheidung mitwirken sollten: Bischöfe, Äbte, Pröpste, Dekane und andere Würdenträger, darunter auch der Abt des reichsunmittelbaren Klosters Sankt Maximin. Wie durch ein Wunder herrschte mit einem Male unter allen Einmütigkeit im Denken. Die Übereinstimmung mit dem göttlichen Willen äußerte sich in den Reden und Worten etwa des Inhalts, dass es sich nicht gehöre, ehrwürdige und bedeutende Männer wie die Gäste aus Helmarshausen länger hinzuhalten, nein, man dürfe sich ihrem so sehnlichen christlichen Verlangen nicht noch mal widersetzen.

Die Würdenträger baten den Abt und seine Mönche in ihre Mitte und eröffneten ihnen, dass sie zu einem einstimmigen Beschluss gekommen seien, nämlich, ihnen die Möglichkeit einzuräumen, das Grab des Heiligen, nach dem sie verlangten, selbst aufzuspüren. Der Heilige solle, falls er gefunden werde, aus seinem Grab gehoben und in einem Schrein aufgebahrt werden. Alle Anwesenden wollten bei diesem Ehrfurcht und Achtung gebietenden Akt dabei sein. Sie wiederholten noch einmal die mit dem Erzbischof getroffenen Absprachen und beschlossen, alle Vereinbarungen schriftlich niederzulegen und so für die Nachwelt festzuhalten.

Darauf wiesen sie Thietmar an, die Sache nicht länger aufzuschieben, sondern mit der Grabung sogleich zu beginnen.

Der Abt von Sankt Martin entfernte sich zusammen mit dem Dekan und dem Küster von Sankt Paulinus, um den möglichen Ort zu markieren, an dem der heilige Legontius, der achte Bischof von Trier, bestattet worden war. Abt Thietmar ging mit seinen Begleitern zur Herberge zurück und erbat sich das für die Arbeit nötige Werkzeug wie Hacken, Schaufeln und Traggestelle. Er mietete auch erfahrene Tagelöhner an und bestellte sie mit Hildebrand und Immanuel zum Grabungsplatz. Der Abt suchte unterdessen Psalmen singend und die große Litanei betend mit anderen Mönchen und Klerikern die Krypta auf, in der die Gebeine der heiligen Paulinus, Thyrsus, Palmatius und ihrer Gefährten ruhten. Aus tiefstem Herzen erflehte er den Beistand der Heiligen. Anschließend zog er in feierlicher Prozession mit Kreuz und Weihwasser zur vermeintlichen Grabungsstelle. Abt Thietmar selbst schlug als erster die Spitzhacke in den Boden, während man den Armen, die neugierig zuschauten, reichlich Almosen gab. Anschließend begannen die Arbeiter mit dem Aushub des Erdreiches. Auch Imma schaufelte kräftig mit, während Hildebrand mit zwei weiteren Hilfskräften die Erde in Weidenkörben und Eimern an einen geschützten Ort in der Nähe trug. Die Grabarbeiten zogen viele Menschen an; Männer und Frauen, Alte und Junge schauten von Neugier getrieben zu oder beteten, dass dem Unternehmen göttliche Hilfe zuteilwerden möge. Die meisten Menschen mutmaßten, dass man sich nicht lange werde plagen müssen, sondern mit Glück bald auf die Gebeine des Heiligen stoßen werde.

Doch sie hatten sich getäuscht. Die Arbeiten dauerten den ganzen Tag über an, trotzdem wurde nichts gefunden, nicht einmal die Spur eines Grabes. Niedergeschlagen vertröstete man sich gegenseitig auf den nächsten Tag. Als einige junge Geistliche den Abt sowie Immanuel und Hildebrand mit ihren Schaufeln und Körben sahen, bekamen sie Mitleid. Sie boten sich freiwillig als Hilfskräfte an und gruben die ganze Nacht. Vergebens. Man stieß zwar auf zwei Särge, doch sie enthielten nichts, woraus man auf die Entdeckung der Gebeine des heiligen Legontius hätte schließen können.

„Wir sollten auf eigene Faust arbeiten und uns nicht auf die Ratschläge der Kleriker von Trier verlassen", schlug Hildebrand nach der Morgenandacht vor, als die Arbeiter und Tagelöhner wieder ihrem Arbeitsplatz zustrebten. Vater Abt war noch mit Lobpreisungen und Bittgesängen beschäftigt, während Imma und Hildebrand sich bei Beendigung des Gottesdienstes aus der Kirche geschlichen hatten, um vorzeitig an den Ort der Grabung zurückzukehren.

„Wie meinst du das?", fragte Imma, sich scheu nach allen Seiten umblickend, damit niemand auf eine Verschwörung schließen konnte. „Es wird kaum möglich sein, unbemerkt von den anderen auf eigene Faust zu graben. Ich habe den Eindruck, hier hütet jeder Geistliche eifersüchtig den Ruheplatz der entschlafenen Heiligen."

Hildebrand zog Imma hinter einen Mauervorsprung. „Damit nicht genug. Ich habe den starken Verdacht, die Trierer wollen gar nicht, dass wir den heiligen Legontius entdecken! Sie rücken ihn nicht heraus, verstehst du? Scheinbar geben sie sich verbindlich, täuschen vor, uns helfen zu wollen. Aber in Wirklichkeit halten sie eifersüchtig ihre Hand über jede Reliquie."

„Das glaube ich nicht", meinte Imma, aber ganz sicher war sie sich nicht. „Das können sich die Würdenträger nicht erlauben."

„Und was sie sich erlauben können! Mein Gott, Imma, versteh doch, was hier gespielt wird! Reliquien sind kostbarer als Gold! Und wer verschenkt schon einen so kostbaren Schatz?"

„Abt Thietmar hat das Wort des Oberhirten", warf Imma ein. „Erzbischof Bruno hat ihm bestimmt keine Komödie vorgespielt. Er wird nicht wortbrüchig werden."

Hildebrand schüttelte den Kopf. „Der Erzbischof hält sich aus allem heraus, das ist doch klar. Nach außen ist er mit Abt Thietmar und uns einer Meinung, er will ja schließlich auch sein Gesicht wahren. Jedoch am Ende möchte er den kostbaren Reliquienschatz nicht an ein unbedeutendes Kloster wie Helmarshausen verlieren."

Als die Suchmannschaft auch am Ende dieses Tages erschöpft und erfolglos nach Hause ging, begann Imma den Worten Hildebrands Glauben zu schenken.

Abt Thietmar galt als besonnener Mann, er war voller Gottvertrauen. Obgleich er körperlich am Ende seiner Kräfte war, verlor er nicht das letzte Fünkchen Hoffnung, das ihn beschwor durchzuhalten; der Erfolg werde nicht auf sich warten lassen. Der Klostervorsteher beriet sich mit Geistlichen und mit seinen Mitbrüdern und festigte seinen Entschluss, das einmal begonnene Werk nicht aufzugeben, sondern anderntags fortzusetzen. Er schlug vor, an allen Stellen zu graben, an denen es nach Meinung sachverständiger Fachleute einen Ansatz für eine erfolgreiche Suche gab. Imma wusste nicht, wie sie sich verhalten und ob sie Hildebrand oder Thietmar glauben sollte.

Es war Mittwoch, der 10. April 1107. Die Arbeit setzte früher als am Tag zuvor ein, nachdem die Mysterien gefeiert, die vorgeschriebenen Choräle gesungen und die Gebete gesprochen waren. Der Eifer der Grabungsmannschaft wurde durch die Aussagen einiger Menschen beflügelt, die unabhängig voneinander beschworen, sie hätten beobachtet, wie Kranke an dieser oder jener Stelle, über die sich nun die Schaufeln kreuzten, ihre Gesundheit wiedererlangten. Auch seien Öllämpchen, von der Hand der Gläubigen hier entzündet, bis auf den letzten Öltropfen niedergebrannt, ohne dass ein Windhauch sie habe ausblasen können. Manche Leute wollten über diesen Plätzen in sternklarer Nacht zahlreiche Lichter am Himmel bemerkt haben. Neben dem Ort, an dem die Hilfskräfte in den letzten zwei Tagen gegraben und sechs Gräber von Männern, Frauen und Kindern entdeckt hatten, befand sich ein Grundstück, das einem Geistlichen gehörte. Man erwirkte die Erlaubnis, auch dort die Erde ausheben zu dürfen, und stieß auf drei Grüfte und neben der Umzäunung des Grundstücks abermals auf drei. Jedoch in keinem der Gräber fand sich ein Hinweis auf die Bestattung eines Bischofs.

Imma beobachtete den Abt, der, bleich und geschwächt vom Fasten und den durchwachten Nächten, wortlos, zäh und verbissen seine Arbeit verrichtete. Hildebrand stand neben ihm, doch die Kraft seiner Arme, die heute die Spitzhacke führten, erlahmte zusehends, bis er schließlich aufstöhnend über einem Erdhügel zusammenbrach. Imma warf sich mit einem spitzen Schrei über ihn, rüttelte ihn an den Schultern, während einer der Tagelöhner ihm einen Schwall Wasser ins Gesicht spritzte. Der Abt blickte erschrocken auf, und für einen Augenblick begegneten sich Immas und seine Augen. Der Schrei hatte zu hell, zu weiblich geklungen. Ob Thietmar etwas bemerkt hatte? Jetzt jedoch wurde er durch den bewusstlosen Postulanten abgelenkt. Es dauerte eine Weile, bis Hildebrand wieder zu sich kam und sich mit kalkweißem, schweißbedecktem Gesicht aufrichtete.

Der Abt ließ Hildebrand auf den Boden betten, dessen Grasschicht noch nicht abgetragen war, und in Decken hüllen. Ein Arbeiter löste eine kleine bauchige Flasche von seinem Gürtel und flößte dem jungen Mann einen Schluck ein. Das feurige Getränk brannte in der Kehle, doch kehrten die Lebensgeister Hildebrands alsbald zurück. Thietmar sah ihn voll Mitleid an. „Ich bitte dich um Verzeihung", bat er, „denn ich habe dir zu viel zugemutet. Ich habe auch dir, Immanuel, eine Bürde auferlegt, die du unmöglich tragen kannst. In meinem unbesonnenen Eifer, den heiligen Legontius zu finden, habe ich eure Kräfte und die meinen und die der ganzen Mannschaft überschätzt."

Hildebrand wollte aufbegehren, die Trierer spielten ein übles Spiel mit ihnen und dächten gar nicht daran, den heiligen Legontius herauszurücken, da sah er, wie Imma den Zeigefinger auf den Mund presste.

„Unser Anliegen", sinnierte der Abt, „ist zweifach: Ein Teil liegt bei den Menschen, ein Teil bei Gott. Was die Menschen angeht, waren wir in Furcht vor deren Unzuverlässigkeit, jedoch gegenüber Gott hatten wir keinerlei Bedenken. Nun ist das Gegenteil eingetreten und die Dinge haben sich ganz anders entwickelt, als wir erwarteten. Denn das, was uns zweifeln ließ, hat sich für uns günstig erwiesen, während das, was wir in Treue und Glauben zu erlangen hofften, Gott uns vorenthalten hat." Vater Abt machte eine Pause und wischte sich verstohlen eine Träne aus dem Gesicht. „Vielleicht war es anmaßend, ausgerechnet den heiligen Legontius zu suchen. Vielleicht will Gott nicht, dass wir sein Grabmal finden, oder der Heilige selbst hat keine Freude daran, entdeckt zu werden, weil er hier in Trier zu Hause ist und nicht in Helrriarshausen. Wenn Legontius sich uns also trotz unserer Bitten und Gebete nicht offenbart und sich trotz aller Anstrengungen nicht in unsere Hand und in unser Herz begeben will, so wollen wir auf seine Fürsprache in der Gnade Gottes mit einem anderen Heiligen vorliebnehmen, ihn mit gleicher Ehrfurcht und Liebe empfangen und ihm dieselben Ehren erweisen, die wir Legontius zugedacht hatten."

Ein Aufatmen ging durch die Reihen, als Thietmar geendet hatte. Die Menschen sahen sich erleichtert an, lächelten, nickten den weisen Worten des Abtes Zustimmung. Alle Last und Mühen schienen abgeschüttelt und vergessen zu sein. Nun sahen sie hoffnungsvoll dem neuen Tag entgegen, allerdings beendeten sie den alten nicht ohne die Feier der Vigilien und das feierliche Mahl am Tisch des Herrn.

Abt Thietmar folgte der Einladung zweier Klausnerinnen, die auf einer in der Nähe gelegenen Anhöhe an der Kirche der heiligen Maria ihre Zelle hatten. Mit seinen beiden Begleitern suchte er die frommen Frauen, die vom Missgeschick der Gäste aus Helmarshausen unterrichtet worden waren, auf und empfing ihren Trost und Zuspruch. Sie schenkten ihm Reliquien des heiligen Bekenners Beatus, und zwar einen Zahn und eine Rippe, die sie eigenhändig seinem vor dem Altar stehenden Sarkophag entnahmen. Das war ein guter Auftakt für den neuen Tag! An diesem 11. April feierten sie wie üblich Gottesdienst und beendeten das anstrengende Fasten durch ein ausgiebiges Frühstück. Darauf begaben sie sich in Begleitung des Propstes von St. Maximin zur Basilika des heiligen Paulinus, wo sich der Dekan und einige Kirchenobere versammelt hatten. Thietmar legte ihnen das Missgeschick, das ihm und seinen Begleitern widerfahren war, noch einmal in aller Ausführlichkeit dar. Er wies auf jene Worte der Heiligen Schrift hin, nach denen den Betrübten Trost gespendet werden soll, und mahnte die anwesenden Kleriker, besonders Geistliche müssten ihren Mitbrüdern Mitgefühl entgegenbringen. Der

Abt erinnerte daran, mit welcher Nächstenliebe der allergütigste Herr Erzbischof die Männer aus Helmarshausen empfangen und mit welcher Freundlichkeit er sie verabschiedet habe, bevor er in königlichen Diensten verreisen musste. Und er sprach auch davon, mit welcher Hoffnung und Zuversicht der Erzbischof die Gäste für den Fall beseelt habe, dass ihnen das, was sie zu erlangen begehrten, nicht gelänge. Der Abt hob die rechte Hand, wies mit dem Zeigefinger in die Runde und fuhr fort: „Dass dies, o Jammer, so eingetreten ist, hat der jetzige Ausgang unserer Mühen bewiesen. Der Erzbischof hat jegliche Unterstützung versprochen und uns in eurer Gegenwart ermuntert, den heiligen Erzbischof Legontius als Schutzpatron zu beanspruchen. Wir haben uns in aller Demut ans Werk gemacht, jedoch sind unsere Anstrengungen vergeblich gewesen. Nun bitten wir euch um einen anderen Heiligen, den wir in feierlichem Zug heimholen dürfen in unsere Abtei an der Diemel."

Es entstand ein aufgeregtes Gemurmel. Man warf sich überraschte und vielsagende Blicke zu, rang die Hände, zog die Stirnen kraus und hob die Augen zum Himmel. Alles deutete darauf hin, dass die Versammlung Zeit gewinnen und sogar die Rückkehr des Erzbischofs abwarten wollte. Doch Thietmar, erfahren im Umgang mit geistlichen Brüdern und beharrlich in der Verfolgung seiner Ziele, stand wie ein Fels in ihrer Mitte, bereit, eine Antwort zu ertrotzen und kein Jota von seinem Plan abzuweichen. Schließlich zogen sich die Kleriker zu einem geheimen Gespräch zurück. Nach ausgiebiger Beratung kamen sie wieder. Einer von ihnen, ein Diakon, machte sich zum Sprecher und erklärte: „Die Sache ist so, wie du sie dargestellt hast. Wir haben mit Wohlgefallen gesehen, wie ihr euch durch Gebet und Fasten und fromme Werke auf die Exhumierung eines Heiligen vorbereitet habt. Das alles hat uns sehr gerührt. Wir möchten euren Wünschen auch weiterhin nicht im Wege stehen und euren Qualen und der großen Ungewissheit nun ein Ende bereiten. Kommt morgen in der Frühe, zu einem Zeitpunkt, den wir euch durch Boten mitteilen werden, hierher, und ihr sollt mit ausdrücklicher Zustimmung des Bischofs die Wahl haben zwischen drei Heiligen: dem heiligen Modoald, dem heiligen Abrunculus und dem heiligen Bononus, die allesamt Bischöfe in Trier gewesen sind. Eines aber sollst du wissen, ehrwürdiger Abt: Es ist unsere Entscheidung, die dich nun ans Ziel euer aller Erwartungen führen wird. Wenn es unsere göttliche Pflicht gewesen wäre, Einspruch zu erheben, hätten wir dies getan und keinem Menschen, nicht einmal dem Erzbischof oder dir, dem ehrenwerten Abt von Helmarshausen, dieses Zugeständnis gemacht."

Das Gesicht des Abtes leuchtete auf. Es geschah nicht oft, dass er seinen Gefühlen Ausdruck verlieh. Jetzt aber sah man ihm an, dass er glücklich war. Er umarmte Hildebrand, drückte ihn brüderlich an seine Brust, während Imma seiner Umarmung geschickt auswich. Mit einem Seufzer der Erleichterung sagte er zum Diakon: „Gott, der eure Entscheidung zu unseren Gunsten beeinflusst hat, wird euch das Gute vergelten. Ihr habt uns durch eure hoffnungsvollen Worte froh gemacht."

Überglücklich kehrten die drei in das Kloster Sankt Maximin zurück.

Der Boden war gefroren und kalt. Raureif bedeckte die Gräser, die sich unter dem schneidenden Ostwind bogen, sie sahen wie gekämmtes Haar aus, das sich in Wirbeln gegen die ihm aufgezwungene Lage wehrte. Es war der 12. April. Der Abt weckte seine Mitbrüder gegen fünf, um sie an der Passion des Herrn teilnehmen zu lassen. Imma rieb sich den Schlaf aus den Augen und fragte sich, noch nicht ganz wach, warum alles, was mit Gott, mit seinem Sohn Jesus, mit dem Christentum zu tun hatte, zugleich mit Opfern verbunden sein müsse. Warum konnte man nicht ausschlafen und dennoch ein guter Christ sein? Warum lief alles, was als vollkommen gewertet wurde, auf Entsagung, Verzicht, Kasteiung und Abtötung hinaus? Trotz der frühen Stunde gingen die drei barfuß in die grimmige Kälte hinaus, sie sangen Psalmen, stimmten Lobpreisungen an und erflehten den Schutz der Heiligen, auf deren Gunst sie angewiesen waren. Nachdem sie mehrmals die Kirche von Sankt Maxirnin umrundet hatten, betraten sie das Gotteshaus und beendeten dort das Morgenlob. Daran schloss sich das Messopfer an. Schon fast wieder müde gingen sie schließlich in die Herberge zurück, wo sich alsbald Propst Arnulf einfand, um mit ihnen die Vorzüge der einzelnen Heiligen herauszufinden. „Jeder einzelne ist von großer Heiligkeit und bei Gott hoch angesehen", sagte er, „doch von der Abstammung und von seinem Charakter her ist der heilige Modoald der bekannteste und bedeutendste für diesen Ort."

„Dann will ich eben diesen Heiligen zum Herrn und Schutzpatron erwählen", rief der Abt freudig. „Ich rufe seinen Beistand an, damit es ihm gefällt, zu uns zu kommen und bei uns zu wohnen."

In diesem Augenblick traf der Bote der Brüder von Sankt Paulinus ein. Er forderte zur Eile auf, damit das löbliche Werk endlich zum Abschluss käme. Abt Thietmar und seine Mönche nahmen Weihrauch und strahlend weißes Leintuch und machten sich auf den Weg. Sie besprachen mit dem Präfekten der Kleriker von Sankt Paulinus die weitere Vorgehensweise und kamen überein, dass einer der Kirchenvorsteher, angetan mit weißer Stola und weißem Weihemantel, mit Weihrauch und Weihwasser vorangehen solle und dass alle mit Psalmengesang und unter dem Gebet der Allerheiligenlitanei die Ruhestätten der Heiligen betreten durften. Abt Thietmar bestand mit verhaltenem Nachdruck darauf, dass auch einer seiner Mitbrüder in Weiß gekleidet werde, damit zwei Gottesdiener das, was getan werden solle, schneller zu tun in der Lage seien. Dabei nickte er Hildebrand aufmunternd zu. Als dann der Abt, der Kirchenvorsteher, seine Mönche und einige Kanoniker vor dem Altar in der Gruft standen und ihre Gebete verrichtet hatten, zog man die Vorhänge beiseite und nahm die Deckel von den Särgen. „Schaut", rief der Dekan von Sankt Paulinus, „schaut her, hier liegen die Leichname der heiligen Bischöfe Abrunculus und Bononus. Es waren Männer von hohem Ansehen. Der, den ihr euch zum Patron und Herrn wählt, wird der zuverlässigste Beschützer eures Klosters und von euch allen sein. Mehr noch: Er wird der mächtigste Beschützer eurer Heimat sein."

Der Abt runzelte die Stirn. Auch Hildebrand horchte auf, als er die Rede des Dekans vernahm. Warum war nicht von Sankt Modoald die Rede, von dem dritten der Heiligen, der ihnen zur Auswahl angeboten worden war? Imma spürte die Unruhe, die sich plötzlich ihres Klostervorstehers bemächtigte. „Ihr habt uns die Möglichkeit gegeben, zwischen dreien auszuwählen", warf Thietmar vorsichtig, aber mit Nachdruck ein. „Wir haben gelobt, uns und unseren Dienst dem Herrn Modoald zu weihen. Vor Gott und vor euch wählen wir diesen zu unserem Herrn und Schutzpatron und bitten euch in aller Demut, ihn uns zu geben."

Die versammelten Kleriker sahen sich betreten an.

Sie spürten, dass sie es mit einem Mann zu tun hatten, der hartnäckig auf seinen Plänen beharrte und den sie von seinen Ideen schwerlich würden abbringen können. Unwillig verwiesen sie auf einen Sarg, der durch Eisenbänder mehrfach gesichert war. „Nun, das ist der, um den ihr bittet", sagte einer von ihnen. „Seht zu, ob ihr den Leichnam bei so vielen eisernen Fesseln auf irgendeine Weise herausholen könnt."

Hildebrand trat an den Sarkophag, umschritt ihn und betrachtete ihn von allen Seiten. Er entdeckte am Kopfende zwei Bretter, die das Alter hatte morsch werden lassen. Ohne große Mühe löste er sie aus ihrer Verankerung und legte sie auf den Boden. Hildebrand schaute in die Öffnung, sah den heiligen Leichnam und breitete das mitgebrachte Leintuch aus, um ihn hineinzulegen. Imma stand mit zitternden Knien in der Nähe. Sie wunderte sich, wie ruhig Hildebrand war. Seine Hände verrichteten den Dienst, als ob sie nie etwas anderes getan hätten. Der Abt lächelte Hildebrand aufmunternd zu, stimmte eine Antifon an und umschritt den Reliquienschatz mit dem Weihrauchfass. Stück für Stück holte Hildebrand die Glieder des Toten aus dem Sarg und legte sie andächtig auf das Tuch. Auf Bitten des Trierer Klerus ließ er drei kleine Teile an ihrem angestammten Platz liegen und empfing als Gegenleistung den Unterkiefer des heiligen Abrunculus und einen Arm des heiligen Bononus. Die Ganzkörperreliquie des heiligen Modoald jedoch wurde in einen Schrein gelegt und verschlossen. Abt Thietmar nahm den Schlüssel an sich.

Du scheinst ein Reliquiennarr zu sein", lächelte Abt Berengozus von Sankt Maximin. Er schwang die Quasten seiner Stola um die rechte Hand, während er Abt Thietmar verstohlen musterte. Abt Thietmar ließ sich nicht anmerken, dass er Reliquien liebte.

„Du wirst dich wundern, wenn du erfährst, wie segensreich der heilige Auctor im Sachsenland schon gewirkt hat", lächelte der Abt von Helmarshausen, „dabei besitzen wir lediglich die Reliquie eines Armes. Soll ich dir erzählen, wie viele Heilungen bereits geschehen sind?"

„Verschone mich mit diesen Geschichten, deren Echtheit niemand nachprüfen kann", wehrte Berengozus ab. „Ich glaube, es ist eine gehörige Portion Einbildung dabei – ganz zu schweigen von Suggestion."

„Ausgerechnet du musst mir so etwas sagen?", erwiderte Thietmar scharf. „Ich habe dich immer für einen seriösen Mitbruder gehalten."

„Das eine schließt das andere nicht aus, mein Freund.

Seriosität, Scharlatanerie und Wunderglaube liegen eng beieinander."

„Für diese Worte würde man dir den Abtsstab nehmen, wenn sie an die Öffentlichkeit gerieten", sagte Thietmar mit finsterer Miene. „Ich habe mich wohl in dir geirrt."

Berengozus war ein dicker Mann, das Gegenteil von dem feingliedrigen Thietmar, aber seine wuchtige Gestalt barg ein empfindliches und feinfühliges Herz. Der Abt von Sankt Maximin lächelte. „Du bist wundergläubig, Thietmar. Dieser Ruf ist dir längst vorausgeeilt, bevor du dich in Trier einfandest. Jedoch bin ich nicht so abweisend, wie du vermuten magst. Ich glaube an die Heiligen. Dass du den heiligen Auctor in deinem Kloster beherbergst, ist, wie man hört, zum Segen für die Menschen einer ganzen Region geworden."

Thietmar beeilte sich, diese Aussage zu bestätigen. „Siehst

du“, lächelte Berengozus, „deshalb und um den guten Ruf deines Klosters zu mehren, möchte ich dir noch weitere Reliquien zukommen lassen.“

Thietmar erstarrte. Scherzte Berengozus oder war es ihm ernst? Der Klostervorsteher von Sankt Maxirnin schürzte die Lippen. Seine Augen funkelten listig. „Ich habe den Küster von Sankt Paulinus zurate gezogen und ihm den Auftrag erteilt, dir heimlich so viel vom Leichnam des heiligen Auctor zukommen zu lassen, wie er nur kann.“

„Was hast du?“

„Es besteht kein Grund, vor Freude ohnmächtig zu werden oder an mir zu verzweifeln. Ich meine es gut mit dir. Vermag ein Arm schon so viele Wunder zu bewirken, wie segensreich muss erst ein halber Leichnam sein?“

Abt Thietmar kreuzte die Hände auf der Brust und wandte sich mit bebenden Schultern um. Heilige durften nicht beleidigt werden, und was sich Berengozus erlaubte, grenzte offensichtlich an eine ernste Brüskierung. Doch dann kehrte er sich wieder dem Mitbruder zu. „Du meinst also, du könntest mir zu weiteren Reliquien des heiligen Auctor verhelfen?“

„Ich meine es nicht nur, ich kann es“, lachte Berengozus.

Er trat in den Schatten einer Säule und kam mit einem mittelgroßen weißen Leinensack zurück. „Das ist kein würdiges Gefäß für einen heiligen Leichnam, ich weiß, aber die Umstände zwingen mich dazu, dir die Reliquien in dieser Form zu übergeben. Ich bin mir sicher, dass der Heilige gern im Sachsenland weilen möchte, sonst hätte er bei dir zu Hause nicht so zahlreiche Wunder getan.“

„Und wenn dieser Handel auffliegt?“, rief Thietmar mit fliegendem Atem.

„Es ist weder ein Handel noch ein Geschäft“, lächelte Berengozus. „Alles geht mit rechten Dingen zu. Bedenke, die Kirche von Sankt Paulinus besitzt noch genügend andere

Großreliquien. Hör zu, während du gestern überglücklich in deine Herberge zurückkehrtest, hat der Küster aus Zuneigung zu Propst Arnulf und aus Freundschaft zu einem ortsansässigen Mönch sich erweichen lassen, auch etwas zum Wohle deines Klosters beizutragen. Er stieg mit dem Mönch in die Gruft und barg den bis auf den Unterkiefer vollständigen Schädel des heiligen Erzbischofs und ebenso zwei größere Körperpartien und versicherte, dass dies bis auf einige Kleinreliquien alles sei, was er vom heiligen Auctor habe. Der Mönch nahm die Körperteile mit überschwänglichem Dank entgegen und übergab sie mir. Ich gebe sie hiermit an dich weiter."

Thietmar wagte kaum, die Hand nach dem Leinensack auszustrecken, den Berengozus ihm entgegenhielt. Mit Scheu und Zurückhaltung nahm er das kostbare Geschenk in Empfang. In Gedanken malte er sich aus, wie der Mönch Rogerus ein kostbares Sammelreliquiar für diesen Schatz anfertigte: Er sah einen Holzkern vor sich, darauf kunstvoll gearbeitete Goldplatten, in die Edelsteine und Zellenschmelzzierrat eingelassen waren. In der Mitte der thronende Christus im Kreis der Apostel und jener Heiligen, deren Reliquien in dem Kästchen ruhten. Perl- und Emailverzierungen, eingefasst von Grubenschmelzringen, fein ziseliertes Bandwerk und vornehm gestaltete Inschriften umgaben das Kunstwerk, das alles in den Schatten stellte, was Rogerus bisher geschaffen hatte.

„Ich besitze nichts, das ich dir als Gegenleistung zukommen lassen könnte", sagte Abt Thietmar.

„Doch, mein Freund. Ich erbitte mir deine Gebete. Sie haben für mich ein größeres Gewicht als ein Haufen – Knochen."

Thietmar verstand nicht, wieso Berengozus so abfällig über die Reliquien eines hoch geschätzten Heiligen sprechen konnte, der einmal der neunte Erzbischof von Trier gewesen war. Der Abt von Sankt Maximin schien, was die Heiligenverehrung betraf, eine widersprüchliche Persönlichkeit zu sein. Aber darüber nachzudenken, war jetzt keine Zeit. Thietmar versicherte dem Mitbruder seines Gedenkens bei der heiligen Messe, gab ihm den Bruderkuss und eilte mit seiner kostbaren Fracht in sein Quartier, um sich überglücklich auf den Dankgottesdienst vorzubereiten.

In der Zwischenzeit war Propst Arnulf eingetroffen, der von den Reliquien des heiligen Auctor nichts wusste, jedoch bestrebt war, den geschätzten Freunden aus Helmarshausen ebenfalls eine persönliche Freude zu machen. Er hatte nämlich ausgekundschaftet, wie man in den Besitz von Großreliquien der heiligen *Thebäer* kommen könnte. Während Thietmar das heilige Messopfer feierte, zog Propst Arnulf Hildebrand ins Vertrauen, der ihm darauf in kurzen Worten schilderte, was er von seinem Abt erfahren hatte und wie dieser zu den Reliquien des heiligen Auctor gekommen war. Thietmar hatte den Gottesdienst kaum beendet, da berichtete der Propst ihm von seiner Absicht, die Reliquien der heiligen Thebäer zu heben.

Der Abt von Helmarshausen konnte seine Freude nur mühsam unterdrücken. Gerade die Heiligen aus dieser Thebäischen Legion, an ihrer Spitze Mauritius, Exsuperius und Candidus, standen ihm besonders nahe, denn sie galten ihm als Vorbild der Unerschrockenheit und Furchtlosigkeit im Angesicht des Martyriums.

Thietmar winkte Hildebrand und Immanuel herbei und erzählte ihnen, was er von diesen Heiligen wusste:

Dass sie als Christen aus dem oberen Ägypten stammten und über die Alpen geschickt worden waren, um in Gallien eine Revolte zu unterdrücken. Doch Mauritius und seine Soldaten weigerten sich, unschuldige Menschen anzugreifen. Darauf wurde die Legion zweimal dezimiert und schließlich ganz niedergemacht.

Der heilige Mauritius soll in einem Brief an Kaiser Maximian Herkuleus geschrieben haben: „Wir sind deine Soldaten, o Kaiser, doch wir sind auch Soldaten Christi!" Gern nutzte Thietmar in seinen Betrachtungen und Ansprachen vor den Mönchen den Vergleich mit den „Soldaten Christi". Dass er jetzt sogar Reliquien dieser ehrenwerten Heiligen erhalten sollte, erfüllte ihn mit unbeschreiblicher Freude.

Der Propst erbat sich einen von Thietmars Mönchen als Begleitung, und so folgte Immanuel ihm, dem Küster und dem Klosterbruder, der Arnulf vom reichen Schatz der Reliquien berichtet hatte, unauffällig in die Krypta, während der Abt und Hildebrand in der Vorhalle der Kirche auf den Ausgang des Unternehmens warteten. Die übrigen Mönche saßen bei Tisch. Propst Arnulf und seine Begleiter räumten beiseite, was ihnen im Wege stand, und entnahmen der Ruhestätte der Thebäer größere und kleinere Gliedmaßen, die sie sorgfältig in Leinentücher wickelten und unter ihren Kutten bargen. Sie hatten zwei vollständige Skelette zusammenbekommen.

Imma spürte die fremden Knochen trotz der weichen Tücher kalt auf ihrem Leib und ein Schauder lief ihr über den Rücken, nicht weil es sich um heilige Gegenstände handelte, sondern weil ihr unheimlich zumute war. Sie konnte den Eifer ihres Abtes nicht nachvollziehen, der vom Reliquienerwerb geradezu besessen schien und nicht nur für seine eigene Abtei sorgte, sondern am liebsten auch andere Benediktinerklöster Sachsens damit ausgestattet hätte. Als der Propst und seine Begleiter ihm die Funde aushändigten, konnte er seine überschäumende Freude nicht länger verbergen. Er hob die Hände, die er bis dahin zum Gebet gefaltet hatte, zum Himmel und rief: „Verehrter Herr Jesus, du Erlöser, du Trost der Betrübten, Stütze der Beladenen, dir sei Ruhm und Preis, Lob und Ehre, denn du hast geruht, am heutigen Tage aus deinem himmlischen Reich deine demütigen Kinder heimzusuchen und ihr Herz durch den vielfachen Schutz deiner Heiligen zu erfreuen."

Hildebrand zog Imma beiseite. „Ich bleibe dabei, Reliquienhandel wäre ein lukratives Geschäft. Schade nur, dass wir nicht in einem Trierer Kloster leben. Ich fände Gelegenheit, die Quellen in der Tiefe anzuzapfen und den Schatz der Heiligen zu heben."

„Du solltest dich schämen, Hildebrand", flüsterte Imma, „über Reliquien so zu denken. Der Anblick der Skelette schreckt mich zwar auch, aber du weißt, sie sind der Schlüssel zum Paradies."

„Sie sind der Schlüssel zu Wohlstand und Ehre, das habe ich inzwischen verstanden. Wir mehren mit ihnen zwar den Reichtum unserer Abteien, doch was haben wir persönlich davon? Du und ich? Nur die Arbeit."

Imma war entsetzt, als sie Hildebrand so reden hörte, und zweifelte an seiner Berufung zum Klosterleben. „Du sollst dir ewige und keine irdischen Güter erwerben", warnte sie. „Vielleicht tragen die Heiligen, deren kostbare Überbleibsel wir mit an die Diemel nehmen, dazu bei, dass sich die Klosterwerkstätten entfalten können, dass weitere Materialien und Geräte angeschafft werden und sich der gute Ruf der kunstsinnigen Mönche mehrt. Ich wünsche Rogerus Erfolg. Er ist ein begnadeter Gold- und Silberschmied. Und du, Hildebrand, hast ein feines Gespür für Gestaltung und Farben."

„Nun gut. Und was kann ich mir dafür kaufen, he?" „Kaufen?" Imma blickte Hildebrand zweifelnd an. „Ich verstehe nicht. So malen zu können wie du, ist eine Gnade. Baue sie aus, schaffe unsterbliche Werke, von denen man noch sprechen wird, wenn es uns längst nicht mehr gibt. Das ist Verdienst genug."

„Amen", knurrte Hildebrand und spuckte in den Sand. „Und du glaubst wirklich, dass ich mich damit zufriedengebe, etwas zu schaffen oder zu hinterlassen, an dem andere ihre Freude haben, während ich ein Leben in klösterlicher Armut und unfreiwilliger Bescheidenheit verbringe? So einfältig bin ich nicht!“

Imma sah die flackernden Augen des jungen Mönches, der seine Erregung nur mühsam im Zaum halten konnte. Es schien, als habe die Reise oder der Aufenthalt in Trier in ihm ein unerklärliches Fieber nach Besitz und Anerkennung entfacht, das bisher krampfhaft unterdrückt worden war, jetzt aber in heißen Schüben zum Ausbruch kam.

„So kenne ich dich gar nicht, Hildebrand!“ Imma legte ihre Hand auf den Arm des jungen Mannes, doch Hildebrand schüttelte sie ab. „Lass das. Geh du deinen Weg, ich den meinen. Am Ende wird sich zeigen, wer recht behält.“

Die Gäste aus Helmarshausen verbrachten den Samstag der Karwoche und den Ostersonntag mit den Mönchen von Sankt Maximin. Sie nahmen an den zahlreichen liturgischen Feiern und am Klosterleben teil, doch ihre Gedanken schweiften oftmals von den Gesängen und Gebeten ab zu eigenen Überlegungen. Der Abt war im Geist ganz mit seinen Reliquien beschäftigt, die ihm wider Erwarten in reicher Anzahl zugefallen waren. Hildebrand rechnete im Stillen nach, wie viele Goldstücke er wohl erzielen würde, wenn er einen kleinen Teil der gehobenen Gebeine abzweigte und für seine Zwecke verwendete, und Imma grübelte über den unerklärlichen Sinneswandel ihres Begleiters nach, der ihr sowohl in ihrem Heimatort Gottsbüren als auch im Kloster Helmarshausen stets entgegenkommend, ja, liebevoll begegnet war.

Nach der Abendmesse am Ostersonntag – es war der 14. April – suchte Thietmar den Dekan von Sankt Peter auf, um ihm persönlich mitzuteilen, dass er mit seinen Mönchen am anderen Morgen in aller Frühe aufbrechen wolle. Dekan Godefrid schickte Boten an alle Kongregationen und Ordenshäuser, damit sie von der bevorstehenden *Translatio* erfuhren. Nach kurzer Nachtruhe beteten sie die Matutin, dann rüsteten sie zum Abmarsch. Der Abt ging der mit einem kostbaren Tuch verhängten Trage mit den Reliquien voraus. Er trug ein vergoldetes silbernes Tragekreuz mit einer kunstvoll aus Elfenbein geschnitzten Christusfigur, das er eigens von Helmarshausen mitgebracht und an diesem Morgen zu Ehren des heiligen Modoald geweiht hatte. Es schien ihm unschicklich, einen heiligen Erzbischof ohne Vortragekreuz reisen zu lassen. An der Basilika des heiligen Paulinus erwarteten die Domherren den kleinen Zug. Hier verrichteten sie die Prim. Nachdem alle Heiligen um Hilfe angerufen worden waren, schritt man unter Glockengeläut und Weihrauchfahnen, mit Weihwasser und dem *Labarium* feierlich zum *Sacrarium*, wo die kostbarsten aller Reliquien, die Gebeine des heiligen Modoald, zu denen der anderen Heiligen auf die Trage gelegt wurden. Die festliche Prozession zog darauf zum Chor von Sankt Paulinus zur Morgenmesse. Der Abt von Sankt Marien zu den Märtyrern kam mit seinen Mitbrüdern vom anderen Moselufer, um an diesem Abschiedsgottesdienst teilzunehmen.

Dann gruppierte sich der Zug. Viele Kleriker und Gläubige geleiteten den 25. Erzbischof von Trier, begleitet von Kreuzen, Kerzen, Baldachin und Monstranz, aus der Kirche. Wie viele Tränen vergossen und Seufzer ausgestoßen wurden, können nur jene ermessen, die bei der Verabschiedung des heiligen Modoald anwesend waren. Jetzt erst wurde vielen seine Bedeutung bewusst. Hatte er doch fast fünfhundert Jahre die Stadt und ihre Bewohner gewissenhaft beschützt. Nun aber machte er sich aus dem Staube und zog in eine fremde, weit entfernte neue Heimat ... Von Sankt Maximin her näherten sich alsbald die weiß gekleideten Klosterbrüder mit Kreuzen und kostbarem Kirchengerät. In der Nähe des St.-Simeon-Tores stießen die Stiftsherren der Kirche gleichen Namens zu ihnen. Auch sie waren wie die anderen Geistlichen in Festgewänder gehüllt. Weihrauch wallte, liebliche Gesänge stiegen zum Himmel auf, Banner wehten bunt im Frühlingswind, die Morgensonne spiegelte sich im Gold und Silber der Monstranzen und Reliquiare, geweihtes Wasser benetzte die Trage mit den kostbaren Kleinodien und die Köpfe der Gläubigen, Edelsteine glitzerten auf den Gewändern der Kleriker. Der Abt von Sankt Martin schloss sich dem Zug mit seinen Mönchen an, und von allen Seiten drängte das Volk herbei, umringte die Trage, um von dem geliebten Schutzpatron Abschied zu nehmen. Es wurden Stimmen laut, die es Sankt Modoald verübelten, von ihnen zu gehen, und ihm vorwarfen, er vernachlässige seine Hirtenpflicht. „Warum verlässt du deine Schafe?“, riefen sie, und: „Womit haben wir dich verletzt, womit dich beleidigt? Haben nicht unsere Väter und wir immer auf deine Lehre gehört?".

Thietmar vernahm das Wehklagen und fühlte sich nicht wohl. Was, wenn die Stimmung umschlug, die Übertragung der Gebeine im letzten Augenblick vereitelt wurde? Alle Gebete, Gottesdienste, Anstrengungen und Mühen wären umsonst. Einige riefen, es komme schwerer Schaden über die Stadt, wenn sie ihres Schutzes beraubt würde, andere hielten den hohen Kirchenvertretern vor, sie begünstigten das Unglück und das Unrecht, während sich die Gäste an den Ausplünderungen bereicherten.

Es dauerte lange, bis sich die große Volksmenge, angeführt von dreihundert Geistlichen, und die Trage mit den wertvollen Gebeinen der Heiligen und ihre Begleitung dem Ausgang der Stadt zu in Bewegung setzen konnte. Überall huldigte das Volk seinem großen Vater und Herrn. Bei der Moselbrücke kam ihnen der Abt von Sankt Eucharius mit seinen Klosterbrüdern entgegen. Schließlich näherte sich eine unübersehbare Menschenmenge aus den Nachbardörfern. Die ganze Region schien auf den Beinen zu sein.

Es war ein tränenreicher Abschied, der dem heiligen Modoald bereitet wurde, würdig in seiner feierlichen Gestaltung, in gut gemeinten Worten und ausgefeilten Reden, von denen die Predigt des Archidiakons und Dekans von Sankt Peter, Godefrid, besondere Aufmerksamkeit erfuhr. „Selbst wenn wir nun seine geliebten Gebeine von hier in die neue Heimat, die sich unser heiliger Beschützer selbst ausgesucht hat, ziehen lassen", so sagte er, „bleibt doch etwas von ihm zurück, nämlich sein Herz, seine Zunge und etwas von seinem Körper; sie wollen wir uns als heiliges Unterpfand bewahren." Danach bekräftigte er den Städtebund zwischen Trier und Helmarshausen, in dem beide Seiten ein Herz und eine Seele sein sollten, in dem der heilige Modoald aber das Bindeglied sei.

In dieser erhebenden Stunde meinten einige, den Himmel offen und die Engel Gottes über dem Prozessionszug auf- und niedersteigen zu sehen.

Jenseits der Mosel standen Gruppen von Männern und Frauen am Ufer. Mit Lobliedern sangen sie ihrem Hirten ein letztes Lebewohl. Knechte und Mägde verließen ihre Höfe, drängten sich an die Straßen, Kinder und Jugendliche sprangen dem Zug voraus. Manche Menschen gingen eine kleine Weile mit und kehrten nach Hause zurück. Alte, die nicht mehr gehen konnten, folgten dem Auszug mit ihren Augen, bis er ihren Blicken entschwunden war. Die ganze Welt schien auf den Beinen zu sein …

Propst Arnulf hatte drei Mönche aus dem Kloster Sankt Maximin zum Geleit abgestellt. Sie drängten Thietmar, unbedingt eine Pause einzulegen und sich von den Strapazen des Weges ein wenig zu erholen. Der Propst hatte dem Freund aus Helmarshausen zum Abschied ein Überraschungsgeschenk zugedacht. Es bestand aus einem Tragkasten, der aus dem Sakrarium ein Stück des Bischofsmantels und der Stola des heiligen Maxim barg, ferner ein Stück vom Griff des Messers, das bei der Beschneidung des Herrn benutzt worden war. Aus dem Sakrarium der seligen, allzeit reinen Jungfrau Maria stammte ein Span vom Kreuz Christi, Gebein des heiligen Apostels Matthias, der heiligen Jungfrau Severa, der Schwester des heiligen Erzbischofs Modoald, und noch einige andere, nicht näher bezeichnete Überbleibsel von Heiligen. Abt Thietmar war von diesem Geschenk hochbeglückt. Obgleich er ein Mann war, der seine Gefühle stets bezähmte und sowohl in heiteren wie bitteren Stunden selten den Zustand seiner Seele offenbarte, zeigte er sich jetzt tief bewegt. Er schämte sich seiner Tränen nicht, verbarg aber auch seine Freude nicht über die unerwartete Gabe, die die Abtei in Helmarshausen bereichern würde.

Hildebrand ging als Letzter in der Gruppe, die schließlich übrig geblieben war. Die große Menge des Volkes hatte sich verflüchtigt, je weiter sie sich von Trier entfernte. Die Kirchenvorsteher, die Äbte, Pröpste, Dekane und Mönche waren in ihre Klöster und Pfarreien zurückgekehrt, nicht ohne der Reise an die Diemel ein glückliches Ende zu erflehen. Nur die Mönche des Klosters Sankt Maximin hielten aus, und Abt Thietmar war froh, sie noch als Begleitung zu haben, denn die Schätze, die er heimführte, hätte er unmöglich allein mit seinen beiden Konventualen Hildebrand und Immanuel befördern können. Hildebrand war geistesabwesend, so als gehörte er nicht mehr zu der Delegation, die vor Wochen frohgemut nach Trier aufgebrochen war. In seinem Kopf hämmerte es. Er rechnete, überschlug imaginäre Summen, teilte und multiplizierte, um eine vage Vorstellung von dem Wert zu erhalten, den die kleine Mannschaft mit sich führte. Reliquien sind mehr wert als Gold! Diese Vorstellung geisterte durch seine Gedanken. Alles, was er in diesen Tagen erfahren und erlebt hatte, schien diese Einsicht zu bestätigen. Um einen Goldklumpen machte man nicht so viel Aufhebens wie um die Reliquie eines Heiligen. Goldadern, die sich abzubauen lohnten, gab es in Sachsen seines Wissens nicht. Hildebrand wusste nicht, wo Gold hierzulande überhaupt gewonnen wurde. Aber wo die Leichname von Heiligen gehoben werden konnten, das wusste er jetzt. Die verborgenen Krypten und Kapitelsfriedhöfe in Trier waren unerschlossene Fundgruben. Mit den nötigen Beziehungen konnte man steinreich werden. Ein von seinem Dienstherrn enttäuschter oder von ihm gedemütigter Küster war ein williges Werkzeug auf Entdeckungspfaden.

Hildebrand war so tief in seine Gedanken verstrickt, dass er nicht bemerkte, wie sich das Stabkreuz mit der Elfenbeinfigur Christi, das dem heiligen Modoald gewidmet war und dem kleinen Zug vorausgetragen wurde, in den tief hängenden Ästen verfing. Als der Träger versuchte, es loszureißen, fiel die Figur herunter, sie blieb jedoch aufrecht und unbeschädigt zwischen den Steinen stehen, obgleich sie drei- oder viermal aufgeschlagen war. Alle sahen darin ein Zeichen göttlichen Wirkens und den Beweis, dass der Herr mit seinem heiligen Erzbischof war.

An Wundern und sonderbaren Ereignissen fehlte es nicht auf diesem Marsch. In dem Gebiet, in dem sie erstmals übernachteten, war lange Zeit kein Regen gefallen und die Wintersaat hatte schwer unter der Dürre zu leiden. In der Nacht öffneten sich die Schleusen des Himmels und überschwemmten die Erde, sodass bereits am nächsten Morgen das erste frische Gras zu sprießen begann. Ja, während der ganzen Reise war die Barmherzigkeit Gottes zu spüren.

Die Brüder von Sankt Maximin und die Mönche aus Helmarshausen übernachteten in dem Dorf Evener – in der Nähe von Bitburg – , einem zum Kloster gehörenden Dorf, bei ehrbaren Leuten. Während die Gastgeber noch bedauerten, ihren Gästen keinen Fisch anbieten zu können, kamen unabhängig voneinander zwei Fischer die Dorfstraße herab, die einen ansehnlichen Fischvorrat bei sich trugen und nicht ahnten, dass gerade ein großer Bedarf an Fischen bestand. So wurden alle reichlich satt.

Am Morgen des 16. April zog die Prozession nach der Morgenandacht weiter und kam an diesem Tag bis Prüm. Kurz vor dem Ziel schickte man den Mönch Burchhard voraus, um Abt Wulfram die Ankunft der Heiligen und seiner Begleiter zu melden.

Wulfram entsann sich seiner Vermittlungsversuche zwischen Abt Thietmar und dem Erzbischof Bruno von Trier und war überglücklich, dass die Verhandlungen ein so gutes Ende genommen hatten. Augenblicklich schickte er alle Einwohner der Stadt, Männer und Frauen, Junge und Greise, den Heiligen entgegen und hieß sie in der Kirche des heiligen Benedikt mit gebührenden Ehren willkommen. Von dort bewegte man sich zum Kloster Sankt Salvator, wo Thietmar und die Seinen in brüderlicher Liebe aufgenommen wurden.

Die Mönche von Sankt Salvator ließen es sich nicht nehmen, den Gesandten aus Heimarshausen am nächsten Morgen – es war der 17. April – ihr Geleit zu geben. Schon im Morgengrauen, nach dem Messopfer, rüsteten sie zum Aufbruch. Während die bisherige Begleitung mit Dank entlassen wurde und sich anschickte, nach Trier zurückzukehren, vermisste man Hildebrand. Er war am Vorabend vor dem Schlafengehen noch gesehen worden. Zwar hatte er einen zerstreuten und fahrigen Eindruck gemacht, wie einige aus der Begleitmannschaft bemerkt haben wollten, doch hatte es keine Anzeichen für sein plötzliches Verschwinden gegeben. Der Abt wurde von großer Unruhe ergriffen. Er befragte jeden, der den Transport der heiligen Reliquien von Trier bis Evener begleitet hatte, doch niemand konnte einen Hinweis auf den Verbleib Hildebrands geben.

Als Imma an diesem Morgen den Umhang überwarf, bemerkte sie in einer der Taschen ein zerknittertes Stück Papier. „Ich gehe nach Trier zurück. Du weißt, warum. Verrate mich nicht. Solltest du deine Zunge nicht im Zaum haben, werde ich dein Geheimnis lüften. Und dann gnade dir Gott. Hildebrand."

Imma taumelte, als sie die Mitteilung las. Sie ahnte, dass Hildebrand seinen Plan wahr machen, sich widerrechtlich in den Besitz von Reliquien bringen und sie zu Geld machen wollte. Er war ja geradezu besessen von den Möglichkeiten des Reliquienhandels. Was sollte sie tun? Hildebrand verraten und sich offenbaren? Das bedeutete zwei Schläge auf einmal für den beliebten Klostervorsteher. Das hieß aber auch, endgültig Abschied zu nehmen von der vagen Gelegenheit, im Skriptorium des Klosters arbeiten und die Grundlagen der Kalligrafie erlernen zu dürfen. Ganz zu schweigen von den Kirchenstrafen oder denen des weltlichen Gerichtes, wenn ihre Maskerade aufflog.

„Wenn du weißt, wo Hildebrand sich aufhält, bist du verpflichtet, es mir zu sagen“, forderte Abt Thietmar Imma auf. Doch Imma schüttelte nur den Kopf und wandte sich schweigend ab.

Thietmar war im Umgang mit Menschen erfahren genug, um zu wissen, dass der Postulant Immanuel nicht die Wahrheit sagte. Er wusste jedoch auch, dass jemand, der nicht die Wahrheit sprach, nicht unbedingt der Unwahrheit Tür und Tor öffnete. Der Abt ahnte, dass Immanuel unter einer ungeheuren Anspannung litt, die als Druck von außen auf ihm lastete. Er war sich ziemlich sicher, dass dieser Druck von dem verschwundenen Hildebrand und weniger von anderer Seite auf ihn ausgeübt wurde. Der Übereifer, den Hildebrand bei den Grabungsarbeiten an den Tag gelegt hatte, war dem Klostervorsteher nicht verborgen geblieben. Seine Anstrengungen, die schließlich zum physischen Zusammenbruch und zur kurzen Ohnmacht geführt hatten, waren jedoch keinesfalls nur religiöser Natur, dafür verhielt sich Hildebrand nicht demütig und zurückhaltend genug, sondern gingen auf ein kalkulierbares Motiv zurück, dessen Geheimnis noch nicht durchscheinend genug war. Thietmar spürte, dass die Mauer des Schweigens stärker und undurchdringlicher wurde, je mehr er auf Immanuel einwirkte. So beschloss er, ihn in der Sache nicht länger zu behelligen, aber aus der Distanz unauffällig zu beobachten.

Der Abt von Helmarshausen schickte einen der Mönche aus der Abtei Sankt Salvator, die die nächste Tagesetappe der Prozession bis zum Hofgut *Monasterium* – Münstereifel – begleiten würden, mit einer kurzen schriftlichen Botschaft an Abt Berengozus nach Trier.

Berengozus schien ihm ein geeigneter und kluger Mann zu sein, der einen Mönch wie Hildebrand vorbehaltlos einschätzen und gewiss auch verstehen konnte, ohne ihn seiner möglichen dubiosen Absichten wegen gleich zu verurteilen. Thietmar hatte bei seinem Amtsbruder ja eine gewisse Distanz zur Reliquienverehrung wahrgenommen, die sich manchmal am Rande der Geringschätzung und des Spotts bewegte. Wenn Hildebrand aus der Unterredung der beiden Äbte auch nur einige Fetzen aufgefangen hatte, so musste Berengozus ihm im fremden Trier am ehesten als vertrauenswürdiger Ansprechpartner erscheinen, dem er seine Absichten offenbaren und von dem er notfalls sogar Hilfe erfahren würde. Thietmar versiegelte das Schriftstück mit seinem Abtsring und mietete dem Boten ein Pferd. So konnte er in weniger als einem Viertel der Zeit, die die Prozession mit den Reliquienschreinen unterwegs war, in der Stadt an der Mosel eintreffen.

Mit einem reichen Vorrat an Fisch entließ der Gastgeber die Helmarshäuser Mönche. Er stattete sie mit allem aus, was sie für den weiteren Fußweg benötigten, und sorgte dafür, dass sie in seinem zum Kloster gehörenden Gut Münstereifel nicht minder herzlich empfangen und auf das Beste bewirtet wurden. Am Donnerstag, dem 18. April, marschierten sie den ganzen Tag und waren gegen sechs Uhr in der Nähe von Köln. Der Abt, der aus Sorge um den verschwundenen Mitbruder nicht essen konnte und sich große Vorwürfe machte, weil er auf Hildebrand nicht mehr Obacht gegeben hatte, schickte einen Boten voraus, der den Ordensbrüdern von Sankt Pantaleon die Ankunft der Heiligen melden sollte. Dort hatte man schon Ostern mit der Anwesenheit der Gäste gerechnet und sich wegen der Verzögerung Sorgen gemacht. Obgleich der Abt von Sankt Pantaleon nicht zugegen war, bereiteten die Klosterinsassen den Brüdern aus dem fernen Diemelkloster und den in ihrer Gesellschaft reisenden Heiligen einen triumphalen Empfang. Sie beglückwünschten die Mönche zu ihrem Erfolg in Trier, lobten Gott für die Gnadenerweise und ließen sie Tags darauf ungern weiterziehen, freilich nicht ohne ihnen eine Wegstrecke Geleit zu geben.

Am achten Tag nach der Auferstehung des Herrn, am 21. April, erreichten sie Soest, glücklich, ein Stück des Weges auf dem Rücken von Pferden zurückgelegt zu haben, die die Reise wesentlich erleichterten. Unterwegs hatte sich ein junger Stiftsherr aus dem Kanonikerstift des heiligen Patroklus zu ihnen gesellt, den seine Mitbrüder der Prozession entgegengeschickt hatten, um sie mit entsprechenden Ehren zu begrüßen und sie unter der Begleitung vieler Soester Bürger in den Stadtmauern willkommen zu heißen.

Azelinus, ein hochrangiger Kleriker, lud die Schreinträger in sein Gästehaus ein und bewirtete sie nach einer feierlichen Messe auf das Vortrefflichste. In Soest lebte das Andenken an den großen Erzbischof Bruno von Köln. Er war ein Bruder Kaiser Ottos I. und musste als Herzog von Lothringen oftmals die ottonische Politik gegenüber dem westfränkischen Königshaus, das mit den Ottonen verwandt war, durchsetzen. Der Sohn Heinrichs I., des ersten deutschen Königs aus dem Sachsengeschlecht und der heiligen Mathilde, hatte für seine politische Klugheit die Reliquien des heiligen Patroklus erhalten, die Bruno von Troyes nach Köln und schließlich in sein geliebtes Soest, dem Vorposten der Kölner Kirche, hatte bringen lassen.

Thietmar vertraute die weitere *Translatio* dem Schutz des heiligen Patroklus an, und besonders legte er ihm das Schicksal seines Mönches Hildebrand ans Herz. Es schien ihm auch an der Zeit, einen Boten an die Mutterkirche in Paderborn zu schicken und sie vom Standort des Zuges zu unterrichten. Auch seiner Helmarshäuser Abtei wollte er eine Nachricht über den günstigen Ausgang der Verhandlungen in Trier zukommen lassen, denn er wusste wohl, dass man dort durch Fasten und Nachtwachen die beschwerliche Reise der Mitbrüder in Gedanken begleitete.

Thietmar schrieb einen ausführlichen Brief an den Prior, in dem er von den reichen Geschenken berichtete, die er in Trier in Form von Reliquien erhalten hatte, und er wandte sich auch an sein Heimatbistum: „Freue dich, o Diözese Paderborn, du edle Jungfrau, Braut Christi und fruchtbare Mutter, da die Heiligenreliquien dich und deine zahlreichen Söhne selig machen." Den heiligen Modoald, den einstigen Erzbischof von Trier, schilderte er als einen Mann von edler Herkunft und Wunder wirkender Heiligkeit. Neben dessen Gebeinen führte der Abt, wie er im Brief mitteilte, noch die bedeutenden Reliquien zweier Märtyrer der Thebäischen Legion mit, ferner Schädel und zwei größere Körperteile des ruhmreichen Beschützers, des Erzbischofs Auctor ... Thietmar erging sich in blumigen Beschreibungen der anderen Heiligen, die in seiner Gesellschaft weilten und die mit dem heiligen Modoald, der geruht habe, seinen Bischofssitz zu verlassen, bald bei den Helmarshäuser Brüdern ihren Wohnsitz nehmen würden.

Die Gebete trugen sie weiter, Meile um Meile den Hellweg entlang nach Osten. Als sie die *Alme* überquerten und sich neu formierten, erblickten sie in der Feme die Türme ihrer Bischofsstadt Paderborn und bald den festlichen Zug, der ihnen mit Abt Gumbert an der Spitze zum Empfang entgegenkam. So hatte man vor vielen Jahren den Leichnam des heiligen Liborius aus Le Mans begrüßt, und seine Ankunft war wie eine Heimkehr gefeiert worden. Eine unüberschaubare Menge Menschen beiderlei Geschlechts und jeden Alters säumte jetzt den Weg. Als sie das Stadttor durchschritten, traten die Domherren der Mutterkirche hinzu, um den neuen Schutzpatron und heiligen Bischof heimzuführen an die Stätte, an der der ruhmreiche Bekenner Liborius ihn bereits erwartete.

Hildebrand war nach Trier zurückgekehrt. Er mietete ein Zimmer im Gasthof „Zum kalten Frosch“ im dunkelsten Winkel der Stadt, unweit der Mosel. Die Gegend galt als unsicher und verrufen. Hier verkehrten Dirnen, Fahrensleute und Schmuggler, die mit allem handelten, was ihnen unter der Sonne in die Hände kam. Entgegen den Erwartungen Abt Thietmars suchte Hildebrand keinen Kontakt zu Geistlichen und erst recht nicht zu Abt Berengozus, der zwar über ausgezeichnete Verbindungen zu Klöstern und Krypten mit Reliquien verfügte, ihm aber nicht parteilos und verschwiegen genug erschien. Todsicher würde er Hildebrands Aufenthaltsort an den Abt von Helmarshausen verraten. Ein flüchtiger Mönch hatte zwar keine empfindlichen Strafen zu erwarten, solange er durch zeitliche oder gar ewige Gelübde nicht an den Orden gebunden war, doch das Sendgericht würde seinetwegen bestimmt angerufen, nicht zuletzt deshalb, weil er sich hoch geschätzter Reliquien hatte bemächtigen wollen. Hildebrands Sorge galt Imma. Er wusste, dass der Abt sie unter Druck setzen würde oder bereits gesetzt hatte, und er war sich nicht sicher, ob und wie die junge Frau sich diesem Druck hatte entziehen können. Jetzt tat es ihm leid, dass er ihr eine Nachricht so drohenden Inhalts in die Tasche der Kutte gesteckt hatte. Eine solche Behandlung hatte Imma nicht verdient! Doch besser, sie war eingeschüchtert statt leichtsinnig gesprächig.

Hildebrand hatte sein Habit zu einem Bündel zusammengerollt und sich im Zeughaus für wenige Münzen ein mittelmäßiges Gewand beschafft. Aus einem Winkel in der Gaststätte beobachtete er die Menschen, die den Schankraum betraten oder verließen. Keinem traute er über den Weg, erst recht nicht bei Dunkelheit. Er stellte sich vor, wie leicht einem im Hof oder in der schmalen Gasse hinter dem Haus ein Messer in die Rippen fahren konnte.

Hildebrand wollte sich den Zugang zur Gruft von Sankt Paulinus verschaffen, in der er aus eigener Anschauung einen besonders großen Schatz an Reliquien vermutete. Der Küster kannte zwar die Liegeplätze der Heiligen, doch war es nicht sicher, ob er sich an der widerrechtlichen Exhumierung beteiligen würde. Hildebrand brauchte skrupellose Helfer, Männer, die kein enges Gewissen besaßen. Und er glaubte sie in diesem Hafenmilieu eher zu finden als im Umkreis der Kirchenangestellten.

Hildebrand beobachtete und wartete. Am zweiten Abend betraten drei Männer den Raum, die ihm für seinen Plan geeignet schienen. Nachdem sie eine Weile in gedämpftem Ton miteinander geredet hatten, wobei sie ihre Köpfe dicht zusammensteckten, tippte Hildebrand dem ältesten von ihnen auf die Schulter. „Bist du auf einen guten Verdienst aus?" Der Mann blickte Hildebrand abweisend an. „Ich bin nicht interessiert, im Kerker zu landen wie mein Freund Giselher. Eben an dieser Stelle hat ihn vor drei Monden ein Mann angesprochen – leider war er ein Spitzel."

Der Mann wandte sich seinen Kameraden zu und ließ Hildebrand unverrichteter Dinge stehen.

„Ich bin kein Spitzel, ich meide die Horcher wie die Pest", sagte Hildebrand.

„Was jeder sagen kann", lächelte der zweite Ganove. „Leider steht dir nicht auf der Stirn geschrieben, was wir von dir halten können."

„Ich bin ein entflohener Mönch." Hildebrand betonte jede Silbe, um seinem Status Nachdruck zu verleihen. „Das sind die Schlimmsten", feixte der dritte Mann.

„Kaum sind sie dem frommen Gehäuse entsprungen, schlagen sie über die Stränge."

„Was hast du denn zu bieten?", erkundigte sich der erste, nun doch scheinbar interessiert. „Reliquien!"

„Re... Mensch, ist das dein Ernst?“ „Ja.“

„Ich habe mir ja mit vielen Dingen mein Brot verdient, aber mit den morschen Knochen anderer Menschen ... Nee, nee, das kann doch nicht wahr sein.“

„Ist es aber“, beharrte Hildebrand und sah den Sprecher herausfordernd an.

„Wie stellst du dir das vor?“, wollte der zweite Mann wissen.

„Ganz einfach. Ich kenne eine Krypta, eine Gruft. Dort liegen die Reliquien heiliger Frauen und Männer zuhauf. Wir buddeln sie aus und – verscherbeln sie für teures Geld.“

Hildebrand erntete ein wieherndes Gelächter, sodass die anderen Gäste zu ihnen herüberschauten.

„Mein Abt Thietmar von Helmarshausen hat gerade erst eine teure Sammlung in Trier erworben. Sie ist für ihn von unermesslichem Wert.“

„Mag sein. Aber wer soll uns die Ware denn abkaufen? Glaubst du, wir marschieren mir nichts dir nichts in Pfarrhäuser oder Klöster hinein und bieten sie meistbietend feil?“

„Wer garantiert einem möglichen Kunden denn, dass du ihm nicht die Kinnladen eines Esels oder die Hufe des Teufels anbietest?“

Die Frage nach der Garantie war begründet. Unverzeihlich, dass sich Hildebrand mit ihr noch nicht beschäftigt hatte. „Wir geben eine eidesstattliche Erklärung ab oder fälschen Siegel.“

Brüllendes Gelächter war die Antwort. „Wer wird auf unseren Schwur wohl etwas geben, he? Wir sind keine Männer der Kirche mit einem guten Leumund, sondern – Vogelscheuchen, so wie wir aussehen“, sagte der erste Ganove.

„Ich möchte nicht am Galgen enden“, ergänzte der zweite. „Die Heiligen verstehen mit unsereins keinen Spaß.“

Hildebrand spürte, wie sein Eifer ziellos verpuffte. Er hatte sich kaum ernsthafte Überlegungen über die Absatzmöglichkeiten für die Gebeine der Heiligen gemacht, sondern die Begeisterung seines Abtes als Maßstab genommen. Thietmar war ein geschätzter Mann der Kirche, er ging mit Menschen der Kirche um, bewegte sich in ihrem Raum. Jetzt stand er, Hildebrand, außerhalb der Kirche und hatte auch nicht mit Männern der Kirche zu tun, sondern mit zwielichtigen Gestalten, für die Reliquien keinen größeren Schmuggelwert besaßen als Schnaps oder Rollmöpse.

„Du hast dich ein bisschen verrannt, wie mir scheint, was?" Der älteste der Ganoven schob Hildebrand einen Stuhl zu. „Da, setz dich und trink eine Maß mit uns. Sie wird dich auf andere Gedanken bringen."

Hildebrand zögerte. Am liebsten hätte er die Wirtsstube verlassen. Er fühlte sich unwohl und blamiert. Die Idee mit dem Reliquienhandel zerplatzte wie eine Seifenblase. Ja, er hatte sich verrannt, und das nicht zu knapp. Er sah keinen Weg, aus dieser Sackgasse herauszukommen. Das Galgengesicht blickte ihn aufmunternd an. Da ließ er sich überreden und blieb.

Hildebrand spürte die Dunkelheit, die sich wie ein wehendes schwarzes Tuch über ihn senkte. Woher es kam und wer es über ihn gebreitet hatte, konnte er nicht erkennen. Er spürte noch, dass das Dunkel von wohliger Wärme war und sich weich anfühlte. Dann tauchte er in den Abgrund hinab und seine Sinne lösten sich von ihm wie Federn, die jemand aus einem Kissen in die blaue Luft blies und die sich in die weite Welt verflüchtigten.

Als Hildebrand wieder zu sich kam, lag er auf einer hölzernen Pritsche ohne Kissen und Decke. Sein Rücken schmerzte. Wie durch einen Schleier gewahrte er die schmerzende Helle eines Fensters. Gott sei Dank, es besaß kein Gitter! Die Zimmerdecke war weiß gestrichen, die Wände, soweit er sie erkennen konnte, waren ohne Schmuck. Es schien eine Art Dienerzimmer oder Abstellraum zu sein, in dem er sich befand. Hildebrand versuchte sich aufzurichten, aber der pfeilschnelle Schmerz im Rücken zwang ihn, sein Vorhaben aufzugeben. Stattdessen setzte er alles daran, sich auf die Seite zu wälzen. Der Versuch gelang nach dem dritten Schwung. Jetzt erst gewahrte Hildebrand, dass er sich nicht allein im Zimmer befand. Die Umrisse einer Gestalt zeichneten sich gegen die Helligkeit des Fensters ab. Je mehr sich seine Augen an die Helle gewöhnten, um so deutlicher traten die Konturen hervor.

Der junge Mann zuckte zusammen: Unter dem Fenster auf einem Stuhl saß Abt Berengozus und lächelte ihn an.

„Schön, dass du wieder da bist“, sagte er zweideutig. „Du hast eine weite Reise hinter dir. Wie fühlst du dich?“ „Wie komme ich hierher?“, erkundigte sich Hildebrand, ohne auf die Frage des Abtes einzugehen.

„Nun, alles der Reihe nach. Ich hatte schon gehört, dass du Abt Thietmar verlassen hast. Der Kurierdienst der Mönche von Sankt Salvator und das Schreiben deines Vorgesetzten haben mich aufgeklärt. Ich habe dich daraufhin erwartet, aber da du nicht auftauchtest, musste ich meine Fühler ausstrecken, um dich zu finden.“

Hildebrand schloss die Augen und schwieg. Das Zimmer begann sich langsam um ihn zu drehen wie eine Walze, deren ruhende Achse er selber war.

„Wie bist du nur auf den Gedanken gekommen, mit Reliquien könne man lukrative Geschäfte machen? Heilige lassen nicht mit sich handeln, das hast du gemerkt. Und sich nicht meistbietend verhökern, das musstest du bitter erfahren.“

Hildebrand schwieg, was sollte er dem Abt auch antworten? Seine Pläne waren durchkreuzt, seine Absichten durchschaut.

„Zu allem Überfluss bist du auch noch drei berüchtigten Tagedieben in die Falle gegangen“, seufzte Abt Berengozus.

„Haben die drei mich hierher geschafft?“, erkundigte sich Hildebrand und richtete sich auf. Der Schmerz fuhr wie ein Dolchstoß in seinen Rücken.

„Ja. Allerdings nicht ohne ein hübsches Sümmchen Finderlohn abzukassieren.“

„Wie gemein!“

„Ja, das mag sein. Da du mit ihnen ein Geschäftchen tätigen wolltest und sie einen Hinterhalt witterten, haben sie den Spieß umgedreht, dir irgendein Mittelchen in dein Getränk getan und dich bei mir abgeliefert.“

„ Warum ausgerechnet bei dir?“

„Ganoven erkennen sich an der Form ihrer Nase“, scherzte der Abt. „Lass das mein Geheimnis bleiben. Ich freue mich, dass es dir besser geht.“

„Es geht mir hundsmiserabel, vor allem, wenn ich daran denke – wie schuldig ich mich gemacht habe.“

„Das ist eine Sache, die zwischen dir und deinem Abt geklärt werden muss. Da möchte ich mich nicht einmischen“, sagte Abt Berengozus ernst. „Da du hier nicht kriminell geworden bist, ist die Sache für mich erledigt.“

„Aber der Finderlohn, der Finderlohn!“, jammerte Hildebrand. „Den kann ich niemals zurückerstatten. Wie hoch war die Summe überhaupt?“

„Über die Sache beginnt bereits Gras zu wachsen. Mach dir deshalb keine Sorgen. Hauptsache, du kommst wieder auf die Beine und kehrst bald in dein Kloster zurück.“

Hildebrand sah den Abt unschlüssig an. „Die werden mich nie wieder bei sich aufnehmen“, befürchtete er. „Nicht wenn du dich weiterhin so dumm anstellst, wie du es getan hast. Aber ich habe eine Lösung für dein Problem gefunden.“

„Eine Lösung?"

Der junge Mönch versuchte sich abermals aufzurichten. Er spürte wieder den stechenden Schmerz im Rücken, aber diesmal gab er der Versuchung, sich auf die Pritsche zurückgleiten zu lassen, nicht nach, sondern setzte sich auf.

Der Abt klatschte in die Hände. Ein Mitbruder erschien, ein gut versiegeltes Päckchen in der Hand.

„Das wird Thietmar milder stimmen, wenn er erfährt, was du ihm mitgebracht hast."

Hildebrand starrte abwechselnd auf Abt Berengozus und auf das kleine Paket.

„Das ist dein Geschenk für deinen Klostervorsteher", ergänzte er. „Wenn du es ihm überreichst, wird sein Groll verfliegen."

Hildebrand fand keine Worte. Er wusste nicht, wie er dem Abt danken und sich verhalten sollte.

„Das Päckchen enthält eine ungewöhnlich kostbare Auswahl von mehreren Reliquien. Es sind nicht nur Relikte von Heiligen darunter, sondern auch Gebrauchsgegenstände – so zum Beispiel eine Windel Jesu, die seine Mutter Maria nach der Geburt des göttlichen Kindes verwendet hat."

Hildebrand zog die Hände, die sich nach dem Geschenk ausgestreckt hatten, scheu zurück. „Das kann ich nicht annehmen", hauchte er.

Abt Berengozus ermunterte ihn, nicht so zurückhaltend zu sein. „Alles, was man in unserer Welt braucht, lieber Hildebrand, sind gute Beziehungen. Das ist nicht nur in der großen Welt der Fürsten und Landesherren so, sondern auch in der Kirche. Gewöhne dich daran, wenn du zu Ämtern mit Pfründen aufsteigen willst. Du hast bewiesen, dass du ein cleveres Bürschchen bist. Nutze deine Chance."

Hildebrand sah den Abt an, doch dessen Blick war der einer Sphinx.

„Schlafe noch ein paar Stunden, dann lasse ich dich wecken. Nach Mitternacht wirst du einen Reitknecht mit zwei Pferden an der Rückseite des Klosters von Sankt Maximin finden. Er wird dich so lange begleiten, bis du auf deine Leute stößt. Wenn du dich sputest, wirst du mit Abt Thietmar und seinem Gefolge rechtzeitig an dem Ort zusammentreffen, an dem sich die große Reliquienprozession zum feierlichen Einzug in Helmarshausen sammelt."

Hildebrand wunderte sich, wie genau Berengozus über die Phasen dieser Reise informiert war. Der Abt erhob sich und nickte ihm zu, aber die Hand streckte er dem jungen Mönch zum Abschied nicht entgegen.

Freue dich, o Diözese Paderborn, jetzt da der Großmut des Allmächtigen sich zum wiederholten Male durch das neue Patronat den Gläubigen offenbart, sie in Liebe umfasst, ihnen gewogen ist, sie schützt und erhebt", frohlockte Thietmar in überschäumender Freude. Alle seinem Wortschatz geläufigen Attribute wandte er an, um die Größe der Heiligen zu rühmen und ihr Leben zu preisen, das sich in der ewigen Anschauung Gottes vollendet hatte und nun beispielhaft das noch unfertige irdische Leben der Menschen im Sachsenland bereicherte. Es schien, als reichten seine Worte nicht aus, die den Himmel und seine Bewohner mit Ruhm und Ehre überhäufen wollten. Für ihn war durch die Präsenz der Reliquien ein Stück des Himmels auf die Erde gekommen; hier weilten leibhaftig die unter ihnen, die in der Ewigkeit im Licht der Heiligkeit Gottes standen.

In seiner Freude zu teilen überließ Thietmar Abt Gumbert und seinen Mitbrüdern im Abdinghofkloster sowie auch dem Klerus von Paderborn mit Zustimmung der Helmarshäuser Mönche kostbare Reliquien aus dem *Sacrarium* des Apostels Petrus, die ihm mit Gottes Einwilligung vom Klerus in Trier und Köln mit auf die Reise an die Diemel gegeben worden waren: Zu diesem Schatz gehörten der vollständig erhaltene Körper einer der heiligen Jungfrauen, Gebeine des heiligen Bischof und Märtyrers Probus, des heiligen Modoald, des heiligen Erzbischofs Auctor, der Erzbischöfe Bononius und Abrunculus, Stücke von der Stola und dem Mantel des heiligen Erzbischofs Maximin, Schulterblatt, Kopf und Rippen eines der heiligen Thebäer, Gebeine des heiligen Bischofs und Märtyrers Pamphilius, Rippen eines der heiligen Mauren, des heiligen Märtyrers Kilian.

Der Abt von Helmarshausen und seine Begleitung – neben dem Postulanten Immanuel Mönche der unterwegs aufgesuchten Abteien – erholten sich zwei Tage in der Bischofsstadt

Paderborn von den Anstrengungen der Reise, dann drängte es Thietmar nach Hause. Er hatte mittlerweile erfahren, dass die Brüder seines Klosters in tiefer Verehrung vor dem neuen Schutzheiligen einen einzigartigen Empfang vorbereitet hatten, aber auch, dass das Auf und Ab der Verhandlungen mit dem ungewissen Ausgang in Trier sie zu großen Buß- und Fastenübungen angehalten hatte und sie von den Vigilien erschöpft waren. Deshalb wollte Thietmar nicht länger in der Stadt bleiben und verabschiedete sich von den Domherren und den Mitbrüdern des Abdinghofklosters. Zuvor aber suchte er mit seinen Begleitern, zu denen sich immer mehr Volk gesellte, die *Busdorfkirche* auf, jenes Gotteshaus, zu dem der zweite Abt von Helmarshausen, Wino, der einmal Mönch im Abdinghof gewesen war, die Baupläne aus dem Orient beschafft hatte.

Am 24. April näherte sich die Prozession dem Einzugsbereich der Helmarshäuser Abtei. Aus allen Richtungen strömten die Menschen zusammen, um den mit Fahnen und Kerzen geschmückten und von Weihrauch umwölkten Zug zu sehen sowie um dem neuen Schutzherrn der Abtei die gebührende Hochachtung zu erweisen. Es war beschlossen worden, sich in Thesle – Deisel – zu sammeln und die letzte Phase der Reise in besonders feierlicher Formation zurückzulegen. In Deisel fanden sich auch alle Klosterbrüder von Helmarshausen zum Willkommensgruß ein. Zu ihnen gesellte sich unauffällig auch der verlorene Sohn Hildebrand. Eine Meile vor dem Ort hatte er sein Pferd der Obhut seines Begleiters anvertraut. Er wollte sich nicht hoch zu Ross der unter Gesängen und Gebeten dahinziehenden Prozession nähern, sondern reuig und demütig unter die Augen des Abtes treten. Thietmar nahm ihn zunächst nicht wahr, so weltentrückt war er in die Hymnen und Litaneien vertieft, die die Reliquienübertragung seit dem Aufbruch aus Trier begleiteten. Hildebrand näherte sich von der

Seite, reihte sich ohne Aufhebens in die Schar der Beter ein, das Reliquienkästchen wie eine Trophäe vor sich hertragend, als könne es ihm ein Schlüssel zu den verschlossenen Herzen sein. Als Thietmar Hildebrand schließlich bemerkte, zuckte er unwillkürlich zusammen, sein Prozessionsschritt kam kurzfristig aus dem Rhythmus, dann hatte er die Überraschung verwunden und zu seiner alten Gangart zurückgefunden.

„Bist du endlich wieder da!", zischte Thietmar Hildebrand an. „Wie konntest du mir das antun? Ich hoffe, du hast eine plausible Erklärung für dein Verschwinden." Hildebrand antwortete nicht, er verneigte sich tief und präsentierte dem Klostervorsteher wortlos und mit verhaltener Feierlichkeit sein Geschenk. Als Thietmar das Reliquienkästchen des Abtes Berengozus mit den außergewöhnlichen Andenken in den Händen hielt, mäßigte sich sein Unmut über den flüchtigen Mitbruder augenblicklich. Würdevoll, wenngleich auch noch nicht versöhnt, nahm er das Kästchen in Empfang und wies Hildebrand an, sich ohne weitere Erklärungen in die Prozession einzureihen.

In einem unauffälligen Augenblick näherte Hildebrand sich der todbleichen Imma, der die Begegnung zwischen Abt Thietmar und dem reumütig zurückgekehrten Sünder nicht entgangen war.

„Herr des Himmels, ich habe Blut geschwitzt!", flüsterte sie. „Ich bin deinetwegen fast in Teufels Küche gekommen."

„Ich war schon drin." „Sag, was ist passiert!"

„Später, nicht jetzt", antwortete Hildebrand leise und drückte Immas Hand. „Ich werde dir nachher alles erklären."

Eine große Menschenmenge, die von den Wundertaten des heiligen Modoald gehört hatte, begleitete die *Translatio* mit den Mönchen zu ihrem Ziel. Die Worte reichen nicht aus, um zu beschreiben, wie festlich und voller Rührung sich der letzte Akt der Reliquienübertragung vollzog, der anfangs von so großen Vorbehalten und Hemmnissen begleitet gewesen war und sich dann mit dem Segen des Himmels zu einem Triumphzug für den neuen Schutzpatron entwickelt hatte.

Am 26. April, zwölf Tage nachdem die Gruppe in Trier aufgebrochen war, erreichte sie die Abtei an der Diemel. Die Festtagsfreude steigerte sich zu immer größeren Ovationen zu Ehren des neuen Gastes. Die Chronik berichtet, die Leute hätten laut, aber schrecklich falsch Dankeslieder angestimmt.

Die armen und bedürftigen Menschen waren die ersten, die sich der Fürsprache des neuen Schutzherrn erfreuten. Mit Geld, das von der Gemeinde für den heiligen Modoald gesammelt worden war, kaufte man Speisen und Trank für sie, deren Genuss sie in fröhliche Stimmung versetzte. Dann entfalteten die kirchlichen Würdenträger ihre Pracht zu Ehren des ihnen entgegenziehenden Heiligen: In liturgischer Festtagskleidung schritten die Kleriker den Kreuzträgern und Weihrauchschwenkern nach, die sich zum Empfang der Trierer Prozession gesammelt hatten. In ihrer Mitte ging der Propst von Corvey als Vertreter jener Abtei, die die Mutter aller Klöster des Reiches und auch die des Klosters Heimarshausen war. Er und einige Vorsteher des Klosterbezirkes hatten die Reliquien des heiligen Stephanus, des ersten Märtyrers der Christenheit, und die des heiligen Vitus mitgebracht, der im Jahre 836 eine ähnliche *Translatio* erlebt hatte wie jetzt der heilige Modoald und der zum Stammesheiligen der Sachsen geworden war. Zur Rechten des Propstes schritt ein geistlicher Herr, der ein mit Schmucksteinen und Gold besetztes Reliquienkästchen des Apostels Petrus trug. Den Reliquien des heiligen Petrus und des heiligen Stephanus folgten auf Traggestellen die Reliquiare vieler Heiliger, darunter auch die Armreliquie des heiligen Erzbischofs Auctor, der in den fast zwei Jahren seiner Anwesenheit in Helmarshausen nicht nur dem Kloster, sondern auch den Menschen große Gnaden erwiesen und manche Wunder gewirkt hatte.

Beide Prozessionen bewegten sich würdevoll aufeinander zu. Als sie an einer bestimmten Stelle zusammentrafen, setzten die Diakone die Traggestelle ab, und alle Kleriker stimmten das *Tedeum* an, um Gott für den glücklichen Ausgang der Reise zu danken. Die Priester umschritten die *Reliquiare*, besprengten sie mit geweihtem Wasser, schwenkten die Weihrauchfässer und lobten Gott mit der vollen Kraft ihrer Stimmen, sodass man später erzählte, man hätte glauben können, der ganze Himmel sei erfüllt gewesen von ihrem Lobpreis. Das Echo dieses Lobgesangs habe von den Berggipfeln widergehallt, sei aus den Tälern aufgestiegen; selbst Quellen, Flüsse und Teiche hätten vor Freude kraftvoll gerauscht.

So wurde – wie Thietmar selbst später in seinen Aufzeichnungen bemerkte – der heilige Modoald, Erzbischof von Trier und Schutzpatron, unter dem Jubel einer Riesenmenge von Menschen in feierlicher Dreischrittprozession in den Schoß der Kirche der allzeit reinen Jungfrau Maria und des Fürsten der Apostel aufgenommen.

Einer der Ersten, die die Flut der Opfergaben mit ihrem Vermögen bereicherten, war Graf Sigefrid, ein angesehener und einflussreicher Mann. Er überschrieb dem heiligen Modoald seine Ortschaft Begedal mit allen Gebäuden, dazu zehn Hektar Grund und Boden mit den leibeigenen Bauern und allen Einkünften.

Auch Graf Erpo, ein an Ansehen nicht geringerer Herr, schenkte ebenfalls Grundbesitz in beträchtlicher Größe, während seine Frau ein beachtliches Quantum Gold sowie kostbare Steine der Klosterwerkstatt vermachte.

Thietmar legte dem Volk in seiner Begrüßungsansprache das hohe Ansehen der Heiligen und den Grund für ihre Ankunft dar. Er betete mit ihm das Glaubensbekenntnis und hielt es zur Beichte an. Danach gewährte er ihm auf Fürbitten der Heiligen Nachlass und Vergebung aller Sünden. Die Leute dankten es ihm, indem sie aus ihren Geldbeuteln reichlich spendeten.

Der Reliquienschrein des heiligen Modoald und die anderen Reliquiare fanden im nun fertiggestellten Ostchor der Abteikirche ihren Platz. Dort wurden sie über dem Altar der heiligen Gottesmutter Maria aufgestellt. Das geschah am 26. April 1107 in der dritten Tagesstunde. Der neue Patronatsherr sollte sich, wie die Geschichte bewies, als überaus beliebter und hilfreicher Fürsprecher und Freund erweisen.

Abt Thietmar scheute keine Anstrengung, den Bekanntheitsgrad des heiligen Modoald zu mehren. Obgleich sich dessen guter Ruf in allen Regionen des Diemel- und Wesergaus bald herumgesprochen hatte, nutzte Thietmar vor allem den Geburtstag des Schutzherrn, den 12. Mai, und den Vortag, um die Gottesdienste, die heiligen Messen und Abendandachten durch Psalmen- und Hymnengesang zu bereichern. Am Geburtstag, um die dritte Stunde, als die Mitbrüder die Allerheiligenlitanei angestimmt hatten, übertrug der Abt die Gebeine Sankt Modoalds in einen mit Eisenbändern gesicherten Deckelschrein, benetzte sie mit wohlriechenden Spezereien und legte auch die Gebeine der anderen Amtsbrüder hinzu, nämlich Schädel und zwei Körperpartien des heiligen Auctor, den Unterkiefer des heiligen Abrunculus und den Arm des heiligen Bononus, denen er die gleiche Verehrung und Hochachtung erwies wie dem Patron des Klosters. Thietmar verfügte, dass dieser Gedächtnistag genauso festlich und gleichrangig begangen werden solle wie der der heiligen Gottesmutter und der des heiligen Petrus. Ferner bestimmte er, dass der Tag des heiligen Auctor ebenso wie der des Apostels Andreas mit einem festlichen Hochamt zu beginnen habe und dass die anderen Heiligen jeweils an ihrem Gedächtnistag geehrt werden sollten. Auch für seine Nachfolger hatten die Bestimmungen des Abtes für den Festkalender zu gelten. Aus dem Zins des von Graf Sigefrid ererbten Grundbesitzes musste ein ewiges Licht unterhalten werden, das vor dem Altar der allzeit reinen Jungfrau Maria und dem Schrein des heiligen Modoald brannte. Diese Verfügung traf Thietmar am 12. Mai 1107, im 27. Jahr seiner Berufung zum Klostervorsteher, und zugleich an dem Tag, an dem Imma die Erlaubnis zur Ausbildung im *Skriptorium* erhielt.

Die Nacht dehnte sich still unter der gläsernen Kuppel des Himmels. Sterne erleuchteten die Mitternacht der Sommersonnenwende. Über den fruchtbaren Wiesen an der Diemel hingen die Düfte der saftigen Gräser. Imma war noch wach, sie konnte nicht schlafen. Sie stand am geöffneten Fenster des Dormitoriums und blickte in die Dunkelheit, in der vereinzelt Sternschnuppen aufleuchteten und nach kurzer Reise durch das All verglühten. Die vergangenen Monate waren ereignis- und segensreich gewesen. Der neue Schutzherr der Abtei bot sich vielen Gemeinden, Gruppen und einzelnen Betern als generöser Gastgeber an. Die Menschen wallfahrteten zu seinem Sarkophag, entzündeten Kerzen, spendeten für die Armen und für das Kloster, erwarben Andenken im Devotionalienladen, die sie an den Tag in Helmarshausen erinnern sollten. Bruder Meinolf verstand es mit viel Kunstfertigkeit, Miniatur-Nachbildungen des Reliquienschreins aus Erlen- und Lindenholz anzufertigen. Auch berührte er mit kleinen Spitzen umsäumten Leintüchern das Grab des Heiligen und veräußerte sie mit großem Gewinn. Es verging kein Tag, an dem es im Klosterbereich nicht vom Gebet und Gesang der Pilger widerhallte und das Glöckchen an der Tür zum Klosterladen nicht ständig schrille Töne von sich gab. Bruder Felix hatte sich auf die Zubereitung von Teesorten aus Lindenblüten, Wegerich, Brombeere und Huflattich eingestellt, die er in kleinen Portionen zum Kauf anbot.

Nach der *Translatio Sancti Modoaldi*, die Abt Thietmar im Anschluss an die Reliquienübertragung verfasst und die der Mönch Reinhard, der spätere Abt von Reinhausen, unter Immas Assistenz mit geschickter Hand aus einem Guss niedergeschrieben hatte, kam die Abtei Helmarshausen immer mehr ins Gespräch. Sie wurde manchmal sogar in einem Atemzug mit Corvey genannt, wo sich ein Zentrum an Bildung und Gelehrsamkeit befand und sich viele Geistliche, Adelige und

Bischöfe die Klinke in die Hand gaben. In Helmarshausen aber fanden sich immer mehr Kunstliebhaber ein, Abgesandte von Fürsten, Klöstern und Kathedralen, die sich die Kelche, Patenen und Monstranzen des Mönchs Rogerus zeigen ließen. Eine so hochrangige und geschätzte Kunstwerkstätte wie Helmarshausen konnte kein Kloster Sachsens aufweisen.

Jedoch auch das Skriptorium erfreute sich ungewöhnlicher Auftragsarbeiten, seit Pater Rothardus der Buchmalerei neue Impulse gab. Klöster wie das benachbarte Lippoldsberg oder Bursfelde, Bischöfe wie Liemar von Bremen und Sigewart von Minden schätzten die ornamentale Gestaltung der Schriften, die Sattheit der Farben und die vollendeten Formen der Gesichter auf den *Dedikationsbildern* und in den Evangeliaren. Die Schreibkultur konnte sich deshalb so großartig entfalten, weil Schreiber und Buchmaler aus anderen Skriptorien nach Helmarshausen kamen, um ihre Kunst zu zeigen, und umgekehrt Helmarshäuser Mönche in anderen Klöstern die Buchherstellung erlernten. Rothardus hatte mit der Konzeption eines Evangeliars für den Dom in Lund begonnen. Doch wusste er noch nicht, wem er die Ausführung übertragen sollte. Der Mönch Friedericus hatte für den genannten Bremer Erzbischof Liemar bereits ein Buch geschrieben, für das der Oberhirte der Abtei als Gegenleistung einen Hof in Bremen schenkte. Zu den kostbaren Stücken, die in Helmarshausen entstanden waren, gehörte die Urkunde König Konrads III. für Kloster Corvey in Goldschrift und Purpur; eine kostbare Kopie dieses Dokumentes soll auf Imma zurückgehen.

Imma horchte in die Nacht hinaus, die von einer eigenartigen Stimmung durchwoben war, erfüllt von ferner Musik, vom Lachen der Menschen, die mit Feuer und Tanz die Sonnenwendfeier begingen. In dieser Nacht lebten die alten Bräuche wieder auf, die das Christentum nicht hatte ausmerzen können und die auf versteckten Wegen von Generation zu Generation weitergegeben worden waren. In dieser Nacht ersehnten die Menschen das Licht der Sonne, erwarteten sie ihren ersten Strahl, der im Morgengrauen über den Horizont zuckte.

Imma wandte ihre Augen vom sternenreichen Himmel ab dem Skriptorium zu. Auch in dieser Nacht glühte hinter einem der Fenster ein Licht. Imma war sich sicher, die Kerzen gelöscht zu haben, als sie als letzte der Kopisten die Räume verließ. Jetzt aber flackerte das Licht wie gestern um Mitternacht unruhig hinter den getönten Scheiben. Irgend jemand musste in die Schreibwerkstatt zurückgekehrt sein und seine Arbeit wieder aufgenommen haben. Der Vorgang schien ungewöhnlich, denn trotz der guten Auftragslage an Schreibarbeiten erlaubte der Abt nicht, dass die Mönche den Ablauf des Tages mit seinen Gottesdienst- und Gebetszeiten und der Phase der Rekreation veränderten. Er maß der Erholung und Kräftesammlung den gleichen Stellenwert wie der Arbeit zu, denn ein schlecht ausgeruhter Mönch konnte nach seinen Worten auch nur schlecht gregorianische Choräle singen.

Imma beschloss klopfenden Herzens, der Sache auf den Grund zu gehen. Sie nahm allen Mut zusammen und verließ, sich vergewissernd, dass niemand ihr nachging, den Schlafsaal mit seinen gemischten Geräuschen. Leise schlich sie durch den Kreuzgang, der ihren Schatten schräg gegen die Wände warf, über den Innenhof zum Skriptorium hinüber. Vorsichtig öffnete sie die Tür.

Am Ende des lang gestreckten Raumes, am hintersten Arbeitsplatz, saß ein Mönch. Er mochte etwa vierzig Jahre alt sein. Seine Glatze war von einem Kranz ungepflegter Haare umgeben. Er hatte Kerzen auf einen Leuchter gesteckt und einen kostbaren Psalter vor sich, aus dem er in gelassener Ruhe eine Seite kopierte. Der Mönch gehörte nicht zu den Helmarshäuser Brüdern, sondern war seit einigen Tagen Gast im Kloster. Er stammte aus Reinhausen, wo Graf Hermann von Winzenburg ein auf hohem Rotsandsteinfelsen gelegenes Chorherrenstift in eine Benediktinerabtei umzuwandeln gedachte. Vielleicht hatten der neue Propst und Abt Thietmar diesen Besuch vereinbart, um dem Mönch Gelegenheit zu geben, den Alltag in einem lange bewährten Kloster sowie seine Werkstätten kennenzulernen. Imma konnte sich indes nicht erinnern, den Gast bisher in der Werkstatt gesehen zu haben.

Seine Tätigkeit erschien ihr höchst rätselhaft. Wenn Imma und die Brüder Texte und Bilder kopierten, nutzten sie möglichst das volle Tageslicht, um die Farben in ganzer Leuchtkraft zu erfassen und unverfälscht übertragen zu können. Kerzen waren höchstens an dunklen Regentagen erlaubt. Doch was ihr noch mehr Rätsel aufgab: Wie kam der Mönch überhaupt in den Besitz eines Psalters, der sicher zu den kostbarsten Stücken seiner Art gehörte und nach jeder Benutzung von Bruder Friedericus persönlich weggeschlossen wurde? Imma konnte sich nicht vorstellen, dass Friedericus das einzigartige Dokument vergessen oder dem Mönch ohne Sicherheiten überlassen hatte. Als Imma die Tür sanft ins Schloss fallen ließ, schnellte der Mönch herum. Fast gleichzeitig versuchte er, den Psalter mit den weiten Ärmeln seiner Kutte zuzudecken. Imma hatte ihn zweifellos beim unerlaubten Kopieren überrascht!

„Was tust du da?“, fragte sie scheinbar ruhig. „Es ist längst Schlafenszeit.“

„Das könnte ich dich ebenfalls fragen“, erwiderte der Mönch schroff. „Du geisterst hier herum und solltest längst auf deiner Pritsche liegen.“

„Ich konnte nicht schlafen“, sagte Imma. „Ich auch nicht“, kam patzig die Antwort.

„Der Ort, an dem du dich niedergelassen hast, ist übrigens mein Arbeitsplatz“, bemerkte Imma kühl. „Und ich habe ja wohl ein Recht zu erfahren, was du an diesem Platz treibst.“

„Nichts!“

„Nichts? Und was verdeckst du mit deinen Ärmeln, wo es doch nichts zu verbergen gibt?“

„Das ist … Ich habe mir einen Psalter ausgeliehen, um einige Schreibübungen zu machen.“

„Einen Psalter, geliehen, so. Selbst wenn es so wäre, würden Pater Rothardus oder Bruder Friedericus dich nicht allein mit dem wertvollen Unikat im Skriptorium lassen, sondern dir eine Begleitung stellen. Damit dir und dem Psalter nichts passiert.“

„Was soll mir denn passieren?“

„Vielleicht nicht dir, aber dem Pergament. Soweit ich erkennen kann, ist es viele Tausend Silberstücke wert.“ „Schön zu wissen“, grinste der Mönch. „Aber mir ist sein Wert wohl bewusst, sonst …“

„Sonst würdest du das Blatt nicht kopieren, nicht wahr? Am Ende wärst du imstande, die Kopie zu hinterlegen und dich mit dem Original aus dem Staube zu machen.“

Der Mönch sprang auf. Imma stellte mit raschem Blick fest, dass die halb fertige Seite wirklich ein Meisterstück war.

„Das unterstellst du mir? Das ist unerhört! Ich werde mich beim Vater Abt beschweren“, brauste der Mönch auf.

„Dann erkläre ihm bitte auch, wie du in den Besitz dieses Psalters gekommen bist“, lächelte Imma. „Von Bruder Friedericus hast du ihn nicht.“

„Ich bin Gast. Gästen gegenüber ist der Abt großzügig.“

„Das mag wohl sein, aber nicht, was ein so unersetzliches Dokument betrifft. Zudem ist jedes Kopieren der Heiligen Schrift ohne Erlaubnis verboten, Komm, gib mir das Buch heraus. Ich werde es für den Rest der Nacht gut verwahren und morgen Bruder Friedericus aushändigen.“

„Das wirst du nicht tun! Nicht eher, bis ich meine Arbeit zu Ende gebracht habe!“ Der Mönch stellte sich Imma in den Weg und nahm eine drohende Haltung ein.

„Gut. Dann werde ich jetzt ins Dormitorium zurückgehen und die Mitbrüder wecken." Imma wandte sich zur Tür. Der fremde Mönch unterdrückte einen Fluch, fasste sie an der Kapuze und Imma herumwirbelnd warf er sich mit ganzer Kraft auf seinen vermeintlichen Widersacher, der mit leisem Schrei zu Boden ging. Imma versuchte sich frei zu machen, aber der Gast aus Reinhausen lag wie ein Bleigewicht auf ihr, presste ihr die Hände gegen den Hals und drückte zu. Sie keuchte, rang nach Luft. Schwindel überkam sie. Es war ein ungleicher Kampf. Imma strampelte, bäumte sich auf und wehrte sich nach Kräften, die Kutte rutsche ihr über die Knie hinauf, gab ihre langen, schönen Beine frei. Der Mönch stutzte, lockerte seinen Griff, ließ von ihr ab, richtete sich auf, sprang zwei, drei Schritte zurück. Mit ungläubigen Augen starrte er auf die Gestalt am Boden, die sich erschöpft aufrappelte.

„Du bist gar kein Mönch, du bist – eine Frau!"

In diesem Augenblick durchschnitt ein spitzes Messer, von kräftiger Hand geworfen, den Raum. Es traf den Fremden im Nacken und bohrte sich tödlich in die Schlagader seines Halses. Mit gurgelndem Laut sackte der Mönch in die Knie und fiel mit dem Gesicht voran auf die Erde. Eine breite Blutspur bahnte sich ihren Weg über den Boden.

Imma stand mit zerrissenem Habit über der Leiche. „Hildebrand, du?"

Thietmar war am Ziel seiner Wünsche, aber doch nicht ganz glücklich. Wie immer im menschlichen Leben, wenn man viel Zeit auf eine Sache verwendet, die einen ganz fordert, wenn man keine Mühen und Anstrengungen scheut, um eine Aufgabe zu lösen und plötzlich am Endpunkt des Weges ankommt, ist die Freude über den erreichten Erfolg zweigeteilt. Alle menschliche Überredungskunst hatte Thietmar aufgewendet, um die Ganzkörper-Reliquie des heiligen Modoald zu bekommen, und war gleichsam als Belohnung noch mit Erinnerungsstücken an zahlreiche bekannte und weniger namhafte Heilige bedacht worden. Jetzt erlebte er den Ruhm seines Erfolges und konnte ihn doch nicht genießen. Sah er aus dem Fenster seines Abthauses, so gewahrte er die Bauleute, wie sie emsig wie Ameisen auf ihren Gerüsten und Treppen auf und ab stiegen, Steine und Holz zum Gesims der neuen Werkstatt hinaufschleppten. Die Wände streckten sich empor wie die erhobenen Hände eines Priesters in Gebetshaltung. Der Bau wuchs seiner erwartungsvollen Bestimmung zu.

Er, Thietmar, hätte gern seine Kraft darauf verwendet, den ganzen Klosterbezirk umzugestalten, denn wenn schon einmal so viel Unruhe entstand und sich das monastische Leben vorübergehend räumlich beschränken musste, so wären die Umbauarbeiten gleichsam in einem Aufwasch vonstattengegangen, doch die Begrenztheit des Geländes hinderte ihn daran. Nicht nur die Diemel, auch der Hainbach und der Mühlgraben standen den Bauplänen im Wege und die Klostergebäude jenseits des Wassers fortzuführen, wäre ein verwegenes Abenteuer gewesen wegen der ständigen Gefahr durch die Überschwemmungen. Dem Abt schwebte die Verwirklichung einer Anlage nach dem *Sankt-Galler-Klosterplan* vor, der zwar schon aus den zwanziger Jahren des 9. Jahrhunderts stammte und an dem immer wieder gefeilt und gedrechselt wurde, dessen kultische, ökonomische, pädagogische, gastronomische und caritative Baulichkeiten jedoch in einer wohldurchdachten Zuordnung zueinander standen.

Der Kreuzgang liegt nach diesem Plan im Süden der Kirche, und seine Bogenreihen umschließen einen quadratischen Garten. Von jeder Seite des Kreuzgangs führt ein Weg in die Gartenmitte, wo im Schnittpunkt ein *Sevenbaum* steht, der als ein Symbol ewigen Lebens und des Paradieses zu deuten ist. Der Klosterplan nennt die Flügel des Kreuzgangs *porticis*. Der *porticus ante ecclesiam*, der Flügel entlang der Kirche, hat die Funktion des Kapitelsaals. Der Ostflügel zieht sich an einem zweigeschossigen Gebäude entlang, das im Erdgeschoss die Wärmestube und das *Kalefakiorium* beherbergt, in dessen Obergeschoss das Dormitorium, der Schlafraum, untergebracht ist. Der Südflügel des Kreuzgangs grenzt ebenfalls an ein zweigeschossiges Klausurgebäude, das unten den gemeinschaftlichen Speiseraum, das Refektorium, und oben die Kleiderkammer aufnimmt. Der Westflügel befindet sich in unmittelbarer Nachbarschaft zum Vorratshaus mit den Kellern für große und kleine Weinfässer – *Cellarium* genannt – im Erdgeschoss und sonstigen Vorratskammern im ersten Stock. Der Klosterplan sieht ferner vor, dass das Vorratshaus nicht direkt an die Kirche anstößt, sondern sich zwischen beiden ein Durchgangsraum zur Klausur auftut, in dem Gäste des Klosters mit den Mönchen Gespräche führen können.

Thietmar besaß eine Kopie dieses *St.-Galler-Klosterplanes*, der das Grundmuster einer klösterlichen Siedlung darstellte und mancherorts, wenn auch in Variationen, verwirklicht worden war, und hütete sie wie seinen Augapfel. Was sein Initiator, nämlich Abt Haito von der Reichenau, einst an den Empfänger der Bauzeichnung, Abt Gozbert von St. Gallen, geschrieben hatte, galt auch für seine Überlegungen: „Ich habe Dir, liebster Sohn Gozbert, dieses bescheidene Exempel der

Anschauung der Klostergebäude zugesandt, damit Du Deinen Geist an ihm üben kannst …"

Damit Du Deinen Geist an ihm üben kannst … Wie oft hatte Thietmar über den Rechtecken und Quadraten gesessen, den Zirkel in der Hand, hatte die Linien und Kreise verfolgt und Maß genommen, mit Zahlen jongliert und Traumhäuser in Helmarshausen gebaut. Mit diesem Klosterplan vollendete sich ein Stück der politischen Kirchenziele Karls des großen, der das Mönchtum vereinheitlichen wollte und ihm die benediktinische Regel vorschrieb, so wie er die Gregorianischen Gesänge für die Messgestaltung im Reich für verbindlich erklärte. Dieser Klosterentwurf eröffnete also ein Bauschema, nach dem man überall verfahren konnte, wo klösterliche Niederlassungen geplant waren. Von der Spanischen Mark bis nach Thüringen und Norddeutschland hinauf überzog inzwischen ein starkes Netz von Klöstern und Stiften das Land, die nicht nur dem Gotteslob huldigten, sondern zugleich als Stützpunkte der Verwaltung und der Ökonomie, der Wissenschaft und der Künste dienten – und ihre Träger waren in erster Linie Mönche.

Thietmar empfand es dennoch als schicksalhaftes Ereignis, dass ausgerechnet beim Neubau des Klosters von St. Gallen nicht nach dem mit roter Tinte auf Pergament gezeichneten Entwurf verfahren worden war. Der *Sankt-Galler-Klosterplan*, der wegweisend für Jahrhunderte werden sollte, wurde an dem Ort, für den er gedacht war, nicht nach entsprechendem Vorbild realisiert. Was dort um 830 begann, wich von der schematischen Gebäudeaufteilung und ihrem funktionellen Zusammenspiel erheblich ab. Doch immerhin sicherten die Kompromisse dem Abt eine eigene Wohnung und den Mönchen den Luxus eines Bades zu, während den Gastmönchen ein eigener Schlafraum in Nähe der Kirche zugestanden wurde. Die Schule für Laien und die Werkstätten für Handwerker blieben innerhalb des Klosterbezirkes bestehen.

Thietmar hatte Radger, den klösterlichen Baumeister, ins Vertrauen gezogen und mit ihm seine utopischen Pläne für einen Neubau des Klosters Helmarshausen besprochen. Sie waren sich einig, dass das Zentrum der Abtei die Klausur bleiben müsse, die Vierflügelanlage um den Kreuzgang, wobei die Kirche in der Regel den nördlichen Teil einnahm. Nördlich und östlich von Kirche und Klausur postierten sie das Gästehaus, die Schule und das Haus des Abtes, ferner schufen sie hier Raum für die Kranken und ließen Platz für die Gärten sowie den Friedhof. Der südliche und der westliche Teil des Klostergeländes sollte dem landwirtschaftlichen und handwerklichen Betrieb vorbehalten bleiben. Da das Wetter an Weser und Diemel gerade in den Wintermonaten rau, kalt und neblig war, überlegten die beiden Mönche, wie sie die Mitbrüder vor der größten Kälte schützen könnten, wenn sie sich im *porticus ante ecclesiam*, im Kreuzgangflügel an der Kirche, zu täglichen Lesungen, zum Gericht, zu Wahlen und zu Beratungen versammelten. Es war also zweckmäßig, den Kapitelsaal ins Untergeschoss des Ostflügels der Klausur unter das Dormitorium zu verlegen, wo sich der Wärmeraum für die Mönche befinden sollte.

Alle diese Überlegungen galten dem Kloster im Tal an der Diemel, während auf dem Krukenberg oberhalb der Abtei inzwischen ganz andere Baumaßnahmen im Gange waren, die freilich nicht in die Verantwortung des Abtes, sondern in die des Bischofs von Paderborn fielen. Als Karl der Große im Jahre 797 sein Standlager im benachbarten „Niwi Haristalli – Neu-Heristal – *Herstelle* – aufschlug, oberhalb jener Flusslandschaft der Weser, die ihn an sein geliebtes Heristal in Frankreich erinnerte, befand sich in seinem Gefolge außer einer ansehnlichen Streitmacht auch eine erhebliche Anzahl Mönche für die Missionierung des Sachsengaues. Sie errichteten die ersten Kirchbauten an exponierten Plätzen, wie auf dem Mons Haddenbarch, dem späteren Jakobsberg, und wohl auch auf dem *Mons Helmerateshusa* oberhalb der Diemelfurt. Zu ihrem Schutz bezogen kaiserliche Truppen leicht verteidigungsfähige Höhen linksseitig der Weser, der Diemel und der Bever, denn das Gebiet war ein Land des Aufruhrs und des Krieges, eine *terra dissensionis et belli*, wie Alkuin, der angelsächsische Gelehrte und Freund Karls des Großen, einst bemerkt und mit diesen Worten eine Einladung des Herrschers nach Herstelle ausgeschlagen hatte. Die ersten Missions- und Taufkirchen trugen oft den Namen Johannes des Täufers. So wird auch auf dem Krukenberg ein karolingisches Gotteshaus aus Holz entstanden sein, dessen Maße jedoch nicht überliefert sind.

Der Paderborner Bischof Heinrich II. setzte seit ungefähr 1100 alles daran, diesen Berg mit einer auffallend schönen Kirche zu schmücken. Zu diesem Zweck verwandte er die vermeintlichen Baupläne der Heilig-Grab-Kirche in Jerusalem, die einer seiner Vorgänger, Bischof Meinwerk, hatte besorgen lassen. Im Jahre 1033 hatte Meinwerk nämlich Abt Wino aus dem Kloster Helmarshausen ins Heilige Land geschickt, um die genauen Pläne ausfindig zu machen. Wino traf am Ziel jedoch nur auf eine Ruine. Als die Araber 637 Jerusalem eroberten, ließen sie die Grabeskirche zwar unversehrt, doch Kalif Hakem ordnete 1009 ihre Zerstörung an. Um nicht mit leeren Händen heimzukehren, brachte Wino den Bauplan der Kreuzkuppelkirche aus dem Vorderen Orient mit nach Hause, der der Grabeskirche am ehesten glich. Meinwerk begann in Paderborn kurz vor seinem Tode mit dem Bau der Kirche am *Busdorfstift*; ihre Vollendung hat er nicht mehr erlebt.

Man ahnte, warum Bischof Heinrich den Bau der Krukenbergkirche mit besonderem Eifer betrieb: Er hatte während seiner nicht ohne Ränke verlaufenen Amtszeit eine Wallfahrt ins Heilige Land gelobt, die er jetzt wegen seines hohen Alters nicht mehr unternehmen konnte. So folgte er einer Empfehlung seines Domkapitels, das für die Reise angesparte Geld zum Bau einer Heilig-Grab-Kirche zu verwenden. Die Mittel für den Kirchbau wurden in der Tat fast ausschließlich von dem Oberhirten aufgebracht.

Fast gleichzeitig beschäftigte Heinrich sich mit einem zweiten Bauprojekt: Er ließ in ein bekanntes Felsmassiv, das man Externsteine nannte und im Teutoburger Wald gelegen war, eine Kapelle schlagen. Ein Mönch aus dem Abdinghofkloster, zu dessen Besitz die fünf Sandsteinfelsen gehörten, hatte bei einem Besuch in Helmarshausen berichtet, dass ein Relief mit der Kreuzabnahme Christi eine der Felswände schmücken werde. So jedenfalls habe der Bischof beschlossen. Die gesamte Anlage solle als Nachbildung der heiligen Stätten in Jerusalem verstanden werden. An den Externsteinen befand sich, wie auf dem Krukenberg, in vorchristlicher Zeit ein sächsisches Heiligtum, das die Missionare hatten schleifen lassen.

Thietmar sehnte sich nach Ruhe. Das Gewusel im Klosterbezirk, der Baulärm, der vom Berg herabschallte, die Besucher, Pilger, Beter, Bettler, die Neugierigen, die Helmarshausen anzog – ob diese Unruhe wirklich im Sinne des Ordensstifters

Benedikt war? Zum ersten Mal wurde sich der Abt bewusst, dass auch die Stille ihren Preis hatte und der wachsende Bekanntheitsgrad eines Klosters nicht unbedingt die Förderung der monastisehen Ideale nach sich zog. Ja, er, der sechste Abt von Helmarshausen, war am Ziel seiner Wünsche, aber im Tiefsten seines Herzens doch nicht glücklich ...

Hildebrand, was tun wir jetzt?" Imma stand bebend vor dem jungen Mann, ihre Hände wiesen Kratzspuren vom ungleichen Kampf gegen den Mönch aus Reinhausen auf. Hildebrand schüttelte den Kopf. Er schien wie gelähmt zu sein, noch unfähig zu begreifen, was sich ereignet hatte. Seine Füße waren wie angewurzelt, und zugleich verspürte er den Drang davonzulaufen. „Ich kann dich nicht mit ihm allein lassen."

Hildebrand deutete auf den Toten, der in gekrümmter Haltung vor ihm lag. Sein Blut gerann am Boden. „Wenn sie dich erwischen, werden sie dich einsperren und hängen – wegen Mordes!"

„Ich wollte ihn nicht töten, Imma, das musst du mir glauben. Aber als ich ihn auf dich losgehen sah, da hat bei mir der Verstand ausgesetzt und ich habe das Messer gezogen."

Imma wusste, dass sie das Opfer der Auseinandersetzung geworden wäre, hätte Hildebrand nicht zum Messer gegriffen. Sie wäre jetzt vermutlich tot und der Mönch aus Reinhausen längst geflohen. „Was machen wir jetzt mit ihm?", fragte sie zitternd und deutete mit dem Kopf auf den Körper des Mannes. „Er muss vor der *Matutin* verschwunden sein, unbedingt."

„Dann haben wir nicht mehr viel Zeit."

„Wohin sollen wir ihn bringen? Auf den Friedhof?" Hildebrand zuckte die Achseln. Vor einer Viertelstunde hatte er nicht einmal geahnt, dass er innerhalb kürzester Zeit zum Mörder werden würde. Und jetzt musste er sich in wenigen Minuten entscheiden, wohin er eine Leiche verschwinden lassen sollte.

„Wir werfen sie in den Mühlgraben", schlug Imma vor. „Damit sie am Wehr hängen bleibt und aller Welt verrät, dass ein Mord geschehen ist? Niemals!"

„Die Sache wird ohnehin auffliegen."

„Ja. Nein, nicht solange du schweigen kannst und dir nichts anhängen lässt."

„Ich? Wieso ich? Was ist mit dir?"

„Weiß nicht, Imma. Vielleicht muss ich verschwinden."

„Dann fällt der Verdacht erst recht auf dich."

„Ich meine, wir sollten den Mönch verscharren. Aber nicht hier." Hildebrand löste sich allmählich aus der Erstarrung, die ihm das Denken erschwerte. „Nein, besser nicht hier. Wir müssen den Klosterbezirk verlassen und ihn irgendwo in den Diemelwiesen vergraben. Die Mahd ist vorüber und die Bauern mit ihren Sensen werden so bald nicht wiederkommen."

Imma nickte. „Aber zunächst müssen wir den Boden sauber machen. Die Blutspur verrät den Mord."

„Nein, zuerst müssen wir die Leiche in einen Teppich oder in ein großes Tuch einrollen und von hier fortschaffen."

Imma erinnerte sich, dass in einem der Sakristeischränke die großen Prozessionsfahnen aufbewahrt wurden, die man an den Festtagen mitführte oder vor der Kirche hisste. Sie beeilte sich, ein Fahnentuch zu besorgen. Imma breitete es auf dem Boden aus, dann rollten Hildebrand und sie den Leichnam hinein. Ein toter Körper wiegt schwerer als ein lebendiger. Beide keuchten unter der Last, die sie Meter für Meter aus dem Skriptorium durch den Kreuzgang an der Innenseite des Klosterhofes entlang zum Tor schleiften. Um diese Zeit war der Eingang verschlossen, der Schlüssel befand sich im Besitz des Priors. Es wäre unsinnig gewesen, ihn jetzt zu bitten, das Portal zu öffnen oder den Schlüssel herauszugeben. Pater Altfried hätte nach dem Grund gefragt. Hildebrand musste im Gerätehaus Stricke besorgen, um den Körper des Toten dort, wo die Mauer am niedrigsten war, nach der anderen Seite abseilen zu können. Doch wie sollten sie die Leiche auf die Mauer hieven? Die Bauarbeiter hatten Teile des Gerüstes, das beim Wiederaufbau der Abteikirche benutzt worden war, noch nicht weggeräumt. Hildebrand fand zwei breite Bretter, die sie wie eine schiefe Ebene benutzten. Es kostete alle Kraft, bis die Leiche schließlich auf der Brüstung lag. Einen Augenblick überlegten sie, ob sie den Toten jetzt nicht einfach an der Außenseite hinunterfallen lassen sollten. Aber die Pietät und die Angst, zu laute Geräusche zu verursachen, hinderten sie daran. So umwickelten sie die Füße des Mönches mit zusammengeknoteten Stricken und ließen ihn vorsichtig hinab.

Vom Hainbach zog Nebel in feinen Fahnen herauf, eine willkommene Tarnung für die unchristliche Beerdigung. Eine kleine Bodenmulde in der Wiese entpuppte sich als geeignete Begräbnisstätte.

„Hildebrand", flüsterte Imma aufgeregt, „wir haben Hacke und Schaufel vergessen!"

Hildebrand rannte, einen Fluch unterdrückend, zurück, kletterte über die Mauer und schlich abermals zum Gerätehaus. Nach wenigen Minuten war er zurück. Dann begannen sie ihr Werk. Hildebrand stach das Rechteck ab, das sie ausheben wollten, während Imma vorsichtig die Grasschicht löste und sie beiseitelegte. Sie gruben abwechselnd. Der Boden war weich, doch die Arbeit kam ihnen unbeschreiblich schwer vor.

„Genug so?"

„Nein, Imma, noch ein paar Zoll. Sonst nehmen Hunde die Witterung auf und fangen zu scharren an."

Schließlich war die Grube tief genug. Mit Grausen fassten sie die Leiche an Kopf und Fuß und ließen sie in das Grab gleiten. Allmählich erst wurde ihnen die Tragweite des Geschehens bewusst. Hildebrand schaufelte wie ein Besessener, um die Erde an ihren Platz zurückzubefördern, Imma trat sie fest und platzierte die Grasschicht an ihre alte Stelle. Im Zwielicht der Nacht sah der Ort unauffällig auf. Sie überzeugten sich, dass sie keine Spuren hinterlassen hatten. Hildebrand schulterte Hacke und Schaufel.

„Bitte, noch ein Gebet“, bat Imma.

„Aber schnell, wir haben keine Zeit“, drängte Hildebrand.

Imma rannen die Tränen über die Wangen. Sie schluchzte. Einen Augenblick verharrten sie schweigend. Hildebrand brachte kein Gebet zustande.

„Herr, lass ihn ruhen in Frieden“, sagte er dumpf, bevor er von Weinkrämpfen erschüttert wurde.

„Und wir?“, fragte Imma mit erstickter Stimme. „Werden wir Frieden finden nach dem, was wir getan haben?“

Hildebrand hob die Schultern. „Ich weiß nur, dass du in drei Tagen zur letzten Ruhe gebettet würdest, wenn er dich umgebracht hätte.“

„Ein Mord im Kloster. Ungeheuerlich!“

„Ein Totschlag, Imma. Aber auch der ist entsetzlich genug.“

Imma nickte. „Komm, auf uns wartet noch eine andere wichtige Aufgabe. Wir müssen das Blut aufwischen und die Spuren beseitigen.“

„Wir werden noch manche wichtige Aufgabe zu lösen haben“, sagte Hildebrand tonlos. Sie kletterten über die Mauer in den Klosterbereich zurück. Von jenseits des Hofgutes schlug ein Hund an und zugleich zuckte der erste dünne Lichtstrahl des heraufziehenden neuen Tages über den Reinhardswald.

Der Gedenktag aller verstorbener Mönche sollte am 2. November, einen Tag nach dem Fest Allerheiligen, begangen werden. Die Bestrebungen gingen dahin, diesen Gedenktag auf alle in die Ewigkeit abberufenen Menschen auszudehnen, auf Verwandte und Freunde, auf Nah- und Fernstehende, erst recht auf die, die keine Angehörigen mehr besaßen und derer niemand mehr gedachte. Pater Gunther, der Novizenmeister, nutzte die Stunden der frühen Dämmerung, um mit den Novizen und Postulanten die Frage zu erörtern, wohin die noch nicht gänzlich reine Seele nach dem Tode entschwebe oder wo die Seelen der Menschen blieben, die mit dem Makel der Sünde behaftet ohne Buße und Absolution in die Ewigkeit abberufen würden. Imma und Hildebrand litten in solchen Stunden Höllenqualen. Der Tote in den Diemelwiesen stand drohend und, wie es ihnen schien, Rache fordernd vor ihrem geistigen Auge, wobei er ihnen besonders ankreidete, ohne kirchlichen Segen in ungeweihter Erde verscharrt worden zu sein.

Wohin aber gingen die Seelen, nachdem sie den sterblichen Leib verlassen hatten? Kirchenväter und große Gelehrte waren noch zu keinem einheitlichen Ergebnis gekommen, sie ergingen sich in Mutmaßungen und Deutungen, wobei sie sich auf Aussagen Jesu und die seiner Apostel beriefen. Denn kaum jemand mochte glauben, dass jede Seele sofort von der Erde in himmlische Gefilde aufsteigen und der ewigen Anschauung Gottes zuteilwerden würde, sondern dass die befleckten Seelen der Läuterung bedürften. Und: Gab es für die Seelen der schweren Sünder wirklich nur ewige Höllenstrafen? Diese Frage wurde gerade in den Klöstern erörtert, denn hier war der Ort der geistigen Auseinandersetzung mit den Fragen des Lebens. Andererseits waren es gerade Klosterinsassen gewesen, die nach einer seelischen Entrückung von merkwürdigen Visionen und unerklärlichen Erlebnissen in einer sagenhaften Anderswelt berichten konnten.

Gregor der Große, dessen Werke – die *Moralia* und auch die *Dialogi* – in den Klöstern viel gelesen wurden, hatte Träumen misstraut, gar vor ihnen gewarnt, und Petrus Darniani hatte manche Warnung aufgegriffen und die Mönche aufgefordert, wachsam zu sein, Visionen und Erscheinungen von teuflischem Gaukelspiel zu unterscheiden, wie es schon Sankt Antonius, der Mönchsvater der Wüste, verstanden hatte. Im zweiten Teil seines Werkes *De diversis apparitionibus et miraculis* – Über verschiedene Erscheinungen und Wunder – berichtete dieser Petrus Darniani, ein italienischer Mönch, der bis zum Kardinal von Paris aufstieg, von zwei Fällen, in denen Seelen erschienen, die zu Reinigungsstrafen verurteilt waren. Der Priester Johannes hatte ihm in Rom vom ersten Fall erzählt: In der Nacht zu Mariä Himmelfahrt sah eine Frau während einer Betstunde in der Basilika Santa Maria in Campitello eine Verwandte, die etwa ein Jahr zuvor gestorben war. Da sie diese wegen der Volksmenge in der Kirche nicht ansprechen konnte, wartete sie am Ausgang der Basilika auf sie. Als die Verwandte vorbeikam, fragte die Frau: „Bist du nicht Marozia, meine verstorbene Gevatterin?"

„So ist es", lautete die Antwort. „Und wie kommst du hierher?"

Die Verwandte erklärte: „Bis heute war ich durch eine schwere Strafe gebunden. Denn als junges Mädchen gab ich mich schamlosen Ausschweifungen hin, die ich zwar gebeichtet, aber nicht dem Bußgericht unterbreitet habe. Heute aber betete die Königin des Himmels für mich und erlöste mich von meiner Pein." Mehr Seelen, als die Stadt Rom Einwohner zähle, würden heute von ihren Qualen erlöst, fügte die Gevatterin hinzu. Da die Frau dem Bericht nicht so recht Glauben schenken konnte, sagte Marozia: „Damit du die Wahrheit dessen, was ich gesagt habe, glaubst, sollst du wissen, dass du heute in einem Jahr an eben diesem Feiertag sterben wirst.

Solltest du weiterleben, so kannst du mich der Lüge bezichtigen." Darauf verschwand die Erscheinung. Die Frau lebte von nun an bewusster ihre Tage und zielgerichtet auf die Ewigkeit. Nach einem Jahr, am Vorabend von Mariä Himmelfahrt, erkrankte sie und starb.

„Diese schreckliche Geschichte gibt uns zu denken", sagte der Novizenmeister und drohte mit dem Zeigefinger. „Wenn die Frau wegen ihres Fehltritts so große Qualen erleiden musste, dass selbst die Gottesmutter als Fürsprecherin für sie auftrat, wie werden erst die Seelen der Kinderschänder und Mörder bestraft werden?"

Der Novize Chlodwig bekreuzigte sich, während Richard, der jüngste Novize, zum Weihwasserkessel schlich und sich heimlich besprengte. Hildebrand und Imma saßen wie versteinert auf ihren Plätzen und wagten nicht, die Augen zu erheben.

Auch den zweiten Fall hielt Pater Gunther als Anschauungsunterricht für berichtenswert. Ein gewisser Martin, ein frommer Mann, der in der Einsiedelei der Camaldoni lebte, hatte das merkwürdige Ereignis dem Petrus Damiani erzählt. Demnach lebte im Kloster Ad Pinum ein sündiger Mönch, dem eine harte und lange Buße auferlegt worden war. Er bat einen frommen, mit ihm befreundeten Mitbruder, die Last der Buße mit ihm zu teilen, was dieser auch versprach. Doch der Freund wurde vom plötzlichen Tod überrascht. Wenige Tage nach dem Begräbnis erschien der Tote dem Freund im Traum und sagte, er habe ein hartes und schweres Los zu tragen. Er sei zwar von den eigenen Sünden erlöst, doch nun trage er an der Schuld des Mitbruders. Und er bat, das ganze Kloster möge ihm durch Gebet und Buße zu Hilfe kommen. Die Mönche beteten und taten Buße. Nach wenigen Tagen erschien der Verstorbene abermals, diesmal heiterer, ja, sogar glücklich. Er erklärte, dank der Mithilfe der Brüder sei er nicht nur gänzlich von Schuld befreit, sondern auch in den Kreis der Erwählten aufgenommen, die zur Rechten Gottes stehen.

Der Novizenmeister führte noch weitere Beispiele an, wie gerade Mönche Opfer oder Mittler in überirdischen Dingen geworden waren. Die Vision des kranken Mönches Wetti mit ihren fantastischen Jenseitsvorstellungen machte die Runde. Die Postulanten und Novizen lauschten mit hochroten Köpfen oder bleich und verängstigt den Worten Pater Gunthers. Je mehr der Mönch spürte, wie seine Worte Eindruck machten, um so mehr malte er die Szenen mit schauerlichen und schönen Worten aus, um so mehr hob und senkte er seine Stimme. „Brüder, seid wachsam, damit ihr nicht in Versuchung fället!", mahnte er zum Schluss der Lehrstunde. „Wenn ihr den Geboten Gottes und der Kirche sowie den Anweisungen eures Abtes folgt, werdet ihr niemals im Endgericht der Strafe der Hölle anheimfallen, sondern die Früchte eures strengen Klosterlebens im Paradiese kosten dürfen."

Als der Novizenmeister seinen Vortrag beendet und die Instruktionsstunde mit einem Gebet abgeschlossen hatte, nahm Drythelm Hildebrand beiseite. „Er sagt uns nicht alles", flüsterte er, als sich die Tür hinter dem Novizenmeister schloss. „Er erzählt nur, was ihm unseren Gehorsam verspricht. Mit Speck fängt man Mäuse, und mit Angst fängt man Menschen. Es gibt auch andere Erfahrungen und Erkenntnisse."

„Wie meinst du das?", fragte Hildebrand und schaute sich um, ob ihnen auch niemand zuhöre.

„So wie ich es sage. Ich habe Dinge vernommen, das heißt, Jotsuald, mein Vetter, hat sie gehört und mir berichtet. Er war Mönch im Kloster Flechtdorf, ist aber vor der Profess wieder ausgetreten."

„Nun, was hat er gehört? Spann mich nicht auf die Folter."

„Was der irische Mönch Honorius Augustodunensis schon vor langer Zeit im Kloster Regensburg von sich gegeben hat.

Er revolutionierte die Vorstellungswelt von höheren Sphären und vom Himmel. Aber das erzählen sie dir hier nicht. Honorius, der ein Schüler des Johannes Scotus Eriugena gewesen sein soll, hat eine Art Katechismus, ein *Elucidarium*, geschrieben, in dem er die Glaubenswahrheiten des Christentums summarisch darlegte und für seine Zeit ungewöhnliche Ansichten über die Orte verbreitete, an denen sich die Seele nach dem Verlassen des Leibes aufhält, vor allem aber über Formen der Bestrafung, denen sie im Jenseits ausgesetzt ist."

„Welche Formen der Bestrafung sind das?", fragte Hildebrand mit fliegendem Atem.

„Warte, alles der Reihe nach. Für Honorius waren die Regionen des Jenseits geistige Orte, was nicht ausschloss, dass sie nicht auch eine gewisse Körperlichkeit bildeten, außerdem jedoch als eine rein symbolische, metaphorische Wirklichkeit verstanden werden konnten."

„Halt, halt, das ist mir zu hoch!", rief Hildebrand, dämpfte jedoch sogleich seine Stimme, als er neugierige Blicke der anderen Postulanten und Novizen auf sich gerichtet sah …

Drythelm fuhr unbeirrt fort: „Was im Werk des Honorius auffällt, ist, dass er die Erde, den Lebensraum der Menschen, für eine Form der sieben Höllen hält, wobei er in der *Scala Coeli major*, in der Rangordung der höheren Welten, auch die Hölle nicht unterirdisch lokalisiert, sondern sie als Symbol des Niedrigen, der Schwermut und Traurigkeit wertet. Wenn ein Raum eine Länge, eine Breite und eine Höhe hat, so argumentierte er, wie kann eine Seele, die diese Maße nicht kennt, in einem solchen Raum eingeschlossen sein?"

Diese Erklärung leuchtete Hildebrand ein.

„Es erschien Honorius widersinnig, Seelen und Geister, die unkörperlich sind, in körperliche Räume einsperren zu wollen. Auf die Frage nach dem Paradies antwortete er, es handle sich nicht um einen materiellen Raum, in dem die Glückseligen Gott von Angesicht zu Angesicht gegenüberstünden, sondern um einen spirituellen Raum im geistigen Himmel. Honorius unterschied Stufen der Vollkommenheit wie auch unterschiedliche Grade des Glücks der Seelen. Selbst unter den erwählten Seelen sah er noch solche, die der Reinigung bedurften."

Drythelm blickte Hildebrand an, als erwarte er Zustimmung oder skeptische Verneinung. Hildebrand schwieg.

„Doch können die Gebete der Heiligen und die Almosen der Lebenden helfen, manche Seele bereits vor dem Jüngsten Tag an angenehmen Stätten verweilen zu lassen", fuhr Drythelm fort. „Nach dem Endgericht aber werden sie in den Kreis der Engel aufgenommen."

„Das ist ja alles sehr schön gesagt, mein Lieber, aber wer garantiert, dass das so ist, was dieser Honorius verspricht?", warf Hildebrand ein. Er machte ein unglückliches Gesicht.

Drythelm zuckte die Achseln. „Ich gebe nur weiter, was ich gehört, von Jotsuald erfahren habe. Messen, Gebete, Opfergaben und andere fromme Werke empfahl Honorius als Mittel zur Erlösung der Unvollkommenen.

Honorius wurde auch nach der Beschaffenheit des Reinigungsfeuers befragt. Manche Menschen, so seine Überzeugung, würden schon in diesem Leben durch Krankheiten, durch den Verlust eines geliebten Menschen oder ihrer Habe, durch Prüfungen aller Art und allerlei Übeln ‚gereinigt'."

„Über diesen Honorius würde ich gern mehr erfahren", sagte Hildebrand. „Seine Worte sind – wenn sie zutreffen – Balsam für meine Seele."

Solche Theorien hätte Pater Gunther, wenn überhaupt, nur mit Vorbehalt kommentiert. Sie stimmten nicht mit der Lehre der Kirche überein, wie ja manches, was die irische Kirche in ihrer Eigenart überliefert hatte, der römischen Kurie verdächtig erschien und was sie nach Möglichkeit zu übergehen trachtete. Das Problem generell war, ob das, was als einleuchtend und als verständlich angenommen wurde, auch tatsächlich wahr war oder nur der individuellen Vorstellung von Wahrheit entsprach. Aber was war Wahrheit? Die Frage des Pilatus wurde in dieser Welt so oft mit solcher Leidenschaft und Wissbegierigkeit gestellt, dass man an ihr hätte verzweifeln können, weil es eine letztendlich für alle Zeiten gültige Wahrheit überhaupt nicht gab. Die Wahrheit aller Wahrheiten erschloss sich wohl erst in der persönlichen Begegnung mit dem Schöpfergott, und diese Wahrheit war individuell, zugeschnitten auf die persönliche Erkenntnis dieses großen, undefinierbaren Weltenlenkers, der in seiner Universalität so vielseitig und vielschichtig und vieldeutbar war, dass man an ihm verzweifeln konnte. Der irische Mönch Honorius baute eine Brücke, damit der Mensch nicht verzweifelte, seinen Halt nicht verlor, damit es irgendwo einen Lichtpunkt am dunklen Nachthimmel gab, nach dem man sich ausrichten konnte, ohne ganz in die Irre zu gehen.

Dagegen ergriffen die Vision des Iren Tnugdal und die Schilderung vom *Purgarorium Sancti Patricii Hildebrand* und Imma so sehr, dass sie sich der ewigen Verdammnis verfallen glaubten, denn ein Mord konnte nach den hier vorgestellten schrecklichen Erscheinungen, wenn überhaupt, nur nach wahren Torturen kräftezehrender Sühne getilgt werden.

„Wir können nur wieder unbelastet schlafen, wenn wir unser Verbrechen offenbaren", flüsterte Imma bei einem der abendlichen heimlichen Treffen zwischen Rekreation und Komplet im letzten Winkel des Kreuzgangs, wohinein auch tagsüber kaum ein Lichtschimmer fiel. „Wir müssen mit dem Abt sprechen."

„Bitte, übereile nichts", flehte Hildebrand. „Ich weiß nicht, was wir tun sollen, ohne alles noch schlimmer zu machen, als es schon ist. Wenn ich verschwinde, bringe ich uns beide in tausend Nöte. Bleibe ich, finde ich keine Ruhe."

Imma hatte vor Tagen einige Seiten der in der irischen Kirche typischen *Pönitentialien* für Mönche und Nonnen kopiert, deren Originale aus dem sechsten Jahrhundert stammen und ausführliche Verzeichnisse von Verfehlungen und ihre Sühnemöglichkeiten enthalten. In diesen Bußbüchern wurde eine Sünde in Gedanken der begangenen sündhaften Handlung gleichgestellt. Meineid hingegen wurde als größere Sünde bewertet als Mord. Je nach Schwere der Verfehlung gab es sechs Schläge für ein vergessenes „Amen" beim Chorgebet, die Mönche mussten stundenlang mit ausgebreiteten Armen in kalten Gebirgsbächen stehen, und wer es gar ganz schlimm getrieben hatte, wurde zu einer Leiche ins Grab gelegt. Im Bußbuch des heiligen Finnian war vermerkt, dass eine Nonne, die ein Kind bekam, sechs Jahre büßen musste, erst im siebten Jahr wieder zum Altar treten durfte. Dann erhielt sie Kleid und Krone zurück und durfte sich wieder Jungfrau nennen.

„Wenn wir unsere Schuld bekennen, wird uns wohler ums Herz sein", beharrte Imma.

„Bekennen?", fragte Hildebrand mit bebender Stimme. „Nicht vor diesem Gericht, das sich aus Gesetzen, aus der stoischen Nüchternheit eines Klosters zusammensetzt, in dem die Regel, aber nicht das Gefühl, nicht das Herz gilt. Nein, Imma, das kannst du von mir nicht verlangen!"

„Aber so können wir doch nicht weiterleben!" Imma warf sich Hildebrand in die Arme und begann herzzerreißend zu schluchzen. Hildebrand stand steif wie ein Brett, er wies Imma nicht zurück, aber er gab ihr auch kein Zeichen von Zuneigung.

„Ich glaube, ich werde mich nur Gott offenbaren und nur von ihm Vergebung erhalten können", sagte der junge Mann mit monotoner Stimme. „Die menschliche Hand reicht nicht weit genug, um mir den Frieden anzubieten, den ich brauche."

Imma klammerte sich an Hildebrand, aber sie spürte keinen Halt. Sie hätte sich auch ebenso gegen eine Mauer lehnen können, um nicht umzufallen. Sie mochten sich doch, das spürte man und bedurfte keiner Frage. Warum dann diese Kälte, die von ihm ausging, diese Kluft, die nicht zu überbrücken war?

Frieden – wie oft buchstabierte Hildebrand dieses Wort, wie oft ließ er es auf der Zunge zergehen? Nie zuvor war ihm seine Bedeutung so klar und konkret vor Augen getreten wie in diesen Stunden, die seine Seele aufwühlten und ihn in Unfrieden mit sich selbst wie in eine dunkle Nacht entließen, durch die kein Weg führt. Bekennen? Nein, niemals! Jedenfalls nicht so, wie Imma ihm vorgeschlagen hatte. Und vor Gott? Ja, auf den ersten Blick schien es ihm plausibel, sich Gott zu offenbaren, wie er gerade noch gemeint hatte. Doch schon kamen ihm Bedenken. Gott diente letztendlich doch nur als Ausrede, als Fernziel, als Oberbegriff für etwas, das außerhalb eines messbaren Rahmens lag. Gott war weit, nicht vorstellbar, nicht zu begreifen, nicht mit den Gedanken zu fassen, geschweige mit den Händen. Kein wirkliches Du, dem man Auge in Auge gegenübertrat, kein Gott, der sich von seinem Standort oberhalb der Welt und Zeit anhörte, was der andere zu sagen, zu bekennen hatte. Und der doch im Grunde schon alles wusste, was sein elendes Geschöpf zu ihm sagte, wenn es flehte und betete. Kein Mensch hatte die Größe Gottes je fassen können, und würde man alle Menschen, die gelebt hatten oder noch unter den Lebenden weilten, nach Gott fragen – keine Antwort oder Wertung würde mit der anderen übereinstimmen. Vielleicht war Gott die Summe aller existierenden Gedanken, auch der vergangenen und zukünftigen. Wie konnte sich dieser Gott mit den Problemen eines kleinen Postulanten befassen, der zufällig und widerwillig zum Mörder geworden war und nicht wusste, wie er aus seiner Notlage herauskam, ohne dass sein ganzes zukünftiges Leben auf den Kopf gestellt würde?

Doch es gab Augenblicke, in denen Hildebrand diesen fernen und unbegreiflichen Gott aus seiner Anonymität lösen und ihn für sich sichtbar machen konnte. Dann redete er ihn wohl so an: Gott, was du auch bist, wo du dich auch aufhältst, du Allumfassender, du Grenzenloser, ich spreche dich an, demütig und klein, unaufdringlich und mit linkischen Worten. Ich kann nur stammeln angesichts deiner Größe, von der ich keine Vorstellung habe, ich kann nur hoffen, dass ich deinen Blicken nicht entgleite bei allen Fehlern, die ich habe, trotz der Schwere der Schuld, die ich auf mich geladen habe. Zieh deine Hand nicht von mir, verdamme mich nicht, sondern gib mir die Möglichkeit, aus der Wirrnis meiner Gedanken einen Weg zu finden, den ich mit deiner Gutheißung gehen kann. Gott, du unbegreiflich ferner, hoher, mächtiger Herrscher über das All. Gott, sei mir Sünder gnädig …

Am schlimmsten waren die Nächte. Dann wälzte sich Hildebrand auf seinem Lager und fand keinen Schlaf. Er hörte den satten Atem der anderen, ihre wohligen und knurrenden Laute, die sägenden Schnarchgeräusche, und er fühlte sich inmitten der Mönche im Dormitorium so unwohl und fremd, dass er am liebsten gleich davongelaufen wäre. Manchmal hörte er, wie jemand im Schlaf sprach. Auch wenn es verschwommene und undeutliche Worte waren, die durch die Tuchbespannung zu ihm drangen – was, wenn er nun selbst redete und die Tat verriet, die nicht versehentlich zu erwähnen schon im Wachzustand alle Konzentration erforderte?

Zuweilen schlich Hildebrand nachts, wenn ihn die Schlaflosigkeit und das bohrende Gewissen umtrieben, in den Kreuzgang und blickte in das Dunkel hinaus. Von den Diemelwiesen stiegen dünne weiße Schwaden auf, die an seltsame Gebilde mit menschlichen Umrissen erinnerten. Unwillkürlich suchten Hildebrands Augen die Stelle, an der sie den Mönch begraben hatten. In mondlosen Nächten meinte er kreisende Irrlichter zu sehen, die alle Welt auf das scheußliche Verbrechen hinweisen wollten. Einmal trat Imma unbemerkt an seine Seite.

„Siehst du? Es wird nicht mehr lange dauern, bis unsere Tat entdeckt ist“, murmelte Hildebrand und wies mit dem Zeigefinger auf die auf und ab wirbelnden Lichtpunkte. Imma schüttelte den Kopf.

„Die Fantasie spielt ihren Schabernack mit dir. Du wirst sehen, wenn wir unsere Schuld bekannt und dem Abt gebeichtet haben, werden wir wieder ruhig schlafen können.“

„Im Kerker gibt es nur feuchtes Stroh und ausgehungerte Ratten“, erwiderte Hildebrand und schüttelte sich. Er tröstete sich mit dem Gedanken, dass es sich auch um Glühwürmchen handeln könnte, die in den warmen Spätsommernächten ihre Tänze vollführten. Ja, in einem Punkt hatte Imma sicher recht: Das überreizte Gehirn stellte ihm Bilder vor Augen, die der Apokalypse des Untergangs nahe kamen. Und so definierte Hildebrand schließlich auch seinen Standort: am Rande des Abgrunds. Es bedurfte nur noch weniger Schritte, um in die undurchdringliche, bodenlose Tiefe zu stürzen.

Bruder Rudolphus war für die Zubereitung der Hostien zuständig, auf deren Herstellung er größte Sorgfalt verwendete. Zunächst war es ihm ein Anliegen, Weizen bester Qualität zu erwerben, der sorgsam ausgelesen, gewaschen und in einem Leinenbeutel geborgen wurde. Darauf beauftragte Bruder Rudolphus einen zuverlässigen Mönch, das Korn zur Mühle zu tragen. Er musste in der Mühle eigenhändig die Mahlsteine abwaschen und sie mit Tüchern bedecken, bevor der Mahlvorgang begonnen werden konnte. Dann bekleidete er sich mit dem Schultertuch, dem *Amikt*, das er nach der Vorschrift so weit über den Kopf zog, dass nur die Augen frei blieben, um Verunreinigung der Körner durch mögliche Schweißtropfen zu verhindern, und mit dem weißen Priestergewand, der *Albe*. Der Mönch brachte das gewonnene Mehl Bruder Rudolphus zurück, und dieser übergab es dem *Akokrisiarius*, dem Schatzmeister, dem zum Backen zwei Priester und ein Laienmönch zur Seite standen. Die vier Männer zogen nach dem Nachtgebet ihre Sandalen aus und wuschen sich Gesicht und Hände. Dann fanden sie sich vor dem Altar des heiligen Benedikt ein und verrichteten die Laudes. Anschließend beteten sie sieben Bußpsalmen. Daraufhin legten sie Schultertücher und Alben an und begannen mit der Arbeit: Einer knetete den Teig auf einer blanken Fläche und besprengte ihn mit kaltem Wasser, damit die Hostien eine weiße Färbung erhielten. Zwei Mönche formten die Oblaten. Der Laienmönch hielt das Backeisen, in dem jeweils sechs Hostien Platz fanden, auf einem Gestell über das Feuer, das mit eigens vorbereitetem Holz versorgt wurde. Ein mit Leinen bedeckter Korb nahm die fertigen Hostien auf. Während des Backvorgangs sangen die Mönche Psalmen. Dann schwiegen sie, damit kein Speichel, nicht einmal ein Atemhauch die Hostien traf.

Konsekrierte Hostien wurden mit so großer Ehrfurcht behandelt, dass sie nie ohne Kerzen und Weihrauch von einem in einen anderen Teil der Kirche getragen werden durften. Wenn der Priester die Hostie in den Leib des Herrn verwandelt hatte, nahm er sie vom Altartisch auf und zeigte sie den Gläubigen. Die *Elevation*, das Hochheben und Zeigen des Abendmahles, war noch neu, setzte sich aber allmählich durch und sollte wohl eines Tages allgemein üblich sein.

Bruder Rudolphus war ein Mann, der jeden Tag, seit er im Kloster war, bewusst und mit wachen Sinnen lebte, so wie er auch seiner Aufgabe der Hostienzubereitung mit Sorgfalt und Gewissenhaftigkeit nachkam. Er übte mit sich keine Nachsicht und forderte empfindliche Strafen, wenn er sich der geringsten Unaufmerksamkeit oder Ablenkung bezichtigen musste. Er ging täglich in strenger Gewissenserforschung mit sich ins Gericht. Was Rudolphus für sich nicht durchgehen ließ, gestand er auch seinen Klosterbrüdern nicht zu. Verfehlungen gehörten nach seiner Meinung an den Pranger des öffentlichen Schuldbekenntnisses, nicht der Aburteilung wegen, sondern um die Gefahr der Wiederholung auszuschließen. Seit der heilige Modoald seine schützende Hand über die Abtei Helmarshausen hielt, hatte sich die Disziplin im Kloster gefestigt, die Mitbrüder begegneten einander in der Regel voller Rücksicht und Hilfsbereitschaft. Ja selbst in der Klosterschule war der Einfluss des Heiligen unter den *pueri oblati* zu spüren. Das war nicht in allen *kontemplativen* Klöstern des Landes so. Und doch gab es unter den Konventualen eine für ein ungeübtes Auge kaum wahrnehmbare Neigung, dieser Entwicklung entgegenzusteuern, so wie eine Meeresströmung, die an der Oberfläche zwar dem Ufer zustrebt, sich in Grundnähe jedoch sogartig dem offenen Ozean zuwendet. Rudolphus hätte die Namen der drei, vier Mitbrüder in Helmarshausen benennen können, die nach seiner Meinung zu den heimlichen Außenseitern und Quertreibern gehörten, doch war es ein Gebot der Fairness, sie nicht beim

Abt anzuschwärzen, sondern ihnen Gelegenheit zur Einsicht und freiwilligen Umkehr zu geben.

Eines Abends hatte er sie in einer verschwiegenen Ecke des Kreuzgangs angetroffen, wo das Licht der Fackel Schatten an die Wände warf, wie sie über ein neues Buch diskutierten, das auf unerklärlichen Wegen einem der Klosterbrüder zugespielt worden war. Sein Autor hieß Guibert von Nogent; er hatte seiner kritischen Arbeit den Titel *Pignora Sanctorum* gegeben – die Reliquien der Heiligen. Guibert beklagte sich über die übermäßige Zunahme von Reliquien. Alles, was einem lieb und teuer war, was das Prädikat wertvoll verdiente, wurde gehandelt, wobei sich die Bieter gegenseitig austricksten. Christus musste geradezu einen unvorstellbaren Wust von Haupthaaren besessen haben, so viele Einzelexemplare waren als Reliquien im Umlauf. Und der heilige Johannes der Täufer hätte ein dreifaches Gebiss besitzen müssen, was die Anzahl seiner verehrten Zähne betraf. Niemand hatte die Milchtropfen der Muttergottes gezählt, mit denen sie ihr Kind in der ägyptischen Wüste nährte, und doch wussten Reliquienhändler sehr wohl darüber Bescheid. Guibert geißelte besonders lächerliche Fälle der Reliquienverehrung, und er wehrte sich gegen den Versuch, eine Heiligenreliquie einem Talisman gleichzusetzen, dessen magische Heilkräfte seinen Träger schützen sollten.

Der Mensch scheint, was seine religiösen Gefühle betraf, wohl von Natur aus zu bestimmten Verirrungen und Verwirrungen zu neigen, dachte Rudolphus, der Pedant in Angelegenheiten des Gewissens und Streber nach Vollkommenheit. Einer von denen, die sich im Schatten des Kreuzgangs heimlich getroffen hatten, war Hildebrand gewesen, über den er seither mit Argusaugen wachte. Er wusste nicht, wie er den jungen Mann einschätzen sollte. Seit seine Trierer Eskapade im Kapitel unter Vorsitz des Abtes behandelt worden war und sich die Mehrheit der *officiales* für eine angemessene Strafe, aber nicht für den Ausschluss aus dem Konvent ausgesprochen hatte, ging er den Mitbrüdern aus dem Weg. Hildebrand erschien pünktlich zu den *Horen*, nahm an den vorgeschriebenen Gottesdiensten und Konferenzen teil, erledigte seine Arbeit in den Kunstwerkstätten gewissenhaft und zur Zufriedenheit seines Vorgesetzten, des Mönchs Rogerus, jedoch mied er jeden weiteren Kontakt. Er gehörte zu den Ersten, die im Morgengrauen am Waschzuber standen, sich das kalte Wasser ins Gesicht spritzten und über Arme und Hände gossen, und zu den Letzten, die sich unter der groben Bettdecke zur nächtlichen Ruhe ausstreckten. Der Abt hatte lange gezögert, welche Strafe er Hildebrand auferlegen sollte. Er schätzte seine künstlerische Begabung, er wertete auch wohlwollend seine Dienste auf der Reise nach Trier bis zum Zeitpunkt der Flucht aus habsüchtigen Motiven und sah in Hildebrands wenn auch verspäteter Rückkehr in die Reihen der Mönche einen Akt der Reue und in dem mitgebrachten Reliquienkästchen des Abtes Berengozus den Versuch, die Tat wiedergutzumachen. Ganz straffrei konnte Hildebrand indes nicht ausgehen, und so legte Thietmar ihm auf, ein Jahr lang jeden Sonntagmorgen nach dem Hochamt Almosen an die Bettler und Notleidenden auszuteilen, die die Klosterpforte umlagerten. Der Almosenpfleger war zudem für die Krankenfürsorge in der Umgebung der Abtei zuständig, was von ihm nicht nur einen erheblichen zeitlichen Einsatz erforderte, sondern ihn auch stark in die Verantwortung band: Er musste Geld verwalten, das zu einem Großteil aus dem Zehnten der unter der Verfügungsgewalt der Abtei stehenden Gemeinden stammte. Diese nicht unerhebliche Summe diente einmal zur Unterstützung der Armen, aber auch als Unterhalt für die Geistlichkeit. Zu den Geldern kamen noch Nahrungsmittel und Kleider, die Hildebrand an Bedürftige zu verteilen hatte.

Rudolphus' einziger Wunsch war, dass die Erneuerung der klösterlichen Ordnung auch jene Mitbrüder einschloss, die ihr noch nicht überzeugt folgen konnten, die gleichsam den unterschwelligen Gegensog der Meeresströmung bildeten oder mit anderen Vorstellungen vom Klosterleben in die Abtei eingetreten waren. Erneuerung war ein Postulat, das lebenslang galt. Seit geraumer Zeit machten Wandermönche auf sich aufmerksam, die als Volksprediger auftraten und einen großen Zulauf bei Bettelarmen, bei Bauern und Unfreien hatten. Sie hatten mit oder ohne Billigung ihrer Äbte, das wusste Rudolphus nicht, die Klöster verlassen, das sorgenfreie Leben aufgegeben und sich den Unwägbarkeiten der Straße anvertraut. Von Peter von Amiens waren die tollsten Gerüchte im Umlauf. Er sei freigebig in der Verteilung der Dinge, die ihm geschenkt würden, er sorge dafür, dass Dirnen eine Aussteuer erhielten, schaffe Frieden, wo Fehden und Streitigkeiten herrschten. Die Leute hingen ihm mit solcher Begeisterung an, dass sie seinem Esel die Haare ausrissen und als Reliquie verwahrten. Dieser Peter musste auffällig wie Johannes der Täufer herumstolzieren, im wollenen Rock, darüber einen Mantel aus grobem Stoff, der ihm bis zu den Fersen herabfiel. Arme und Füße waren nackt. Er ernährte sich allerdings statt von Heuschrecken und wildem Honig von Fisch und Wein. Der Fisch galt nicht nur als Christusmonogramm, sondem auch als Symbol für das eucharistische Brot und die wunderbare Brotvermehrung, und der Wein war wesentliche Substanz der heiligen Messfeier. Es kümmerte die Menschen nicht, dass Peter von Amiens ohne päpstlichen Auftrag predigte, sich von jeder Bindung an die Diözese oder *Parochie* lossagte und sich allein auf Gott berief. Entscheidend war, dass hier ein Mann die Sehnsüchte und Stimmungen des Volkes erkannte und auszusprechen wagte. Wie viele sehnten sich nach einer Kirche der Armen, der Einfachheit und

Gleichheit, der geschwisterlichen Solidarität, wie sie in den ersten Jahrzehnten nach Jesu Tod bestanden hatte.

Robert von Arbrissel hatte sich mit seinen Schülern in einem undurchdringlichen Waldgebiet des Niedermaine im Craon angesiedelt, um die Welt zu verachten und nackt dem nackten Christus am Kreuz zu folgen. Dem Bischof Marbod von Rennes bekannte er: „Nachdem du das Ordensgewand abgelegt hast, gehst du einher mit einer Tunika aus Ziegenhaaren. Mit halb nackten Schenkeln, einem lang herabwallenden Bart, an der Stirn abgeschnittenen Haaren und barfüßig begibst du dich unter das Volk …“ Der Bischof mahnte ihn, nicht zu vergessen, das der Aufzug in Lumpen und Säcken weder mit dem geistlichen Amt noch mit dem Priesterstand vereinbar sei. „Ein weiser Mensch wird die öffentlichen Sitten nicht verwirren und das Volk auch nicht durch diese Neuheit seiner eigenen Person zuwenden“, erklärte er ihm. Denn durch ausgefallene Kleidung Bewunderung hervorzurufen sei lächerlich, einfache Kleidung dagegen zieme sich für Glauben und Bescheidenheit, zerlumpte offenbar nur für Dummheit und Verworrenheit des Geistes.

Auch Norbert von Xanten war mit zwei Begleitern nach Saint-Gilles-les-Boucheries aufgebrochen, hatte allen Reichtum und alle Ehre von sich gewiesen und betrachtete sich fortan als „Armer in Christo“. Er ging selbst bei Sturm und im Winter mit bloßen Füßen und ohne Kopfbedeckung umher, trug ein härenes Gewand und einen schäbigen Mantel, verabscheute eine feste Behausung und ertrug alle Mühsal um Christi willen. Nun stand sein Beispiel in so hohem Ansehen, dass man Norbert zum Erzbischof von Magdeburg wählen wollte.

Bruder Rudolphus begriff, dass sich die Welt erneuerte und dass es viele Christen mit der Nachfolge Christi ernst nahmen. Der Segen, der von den *Eremiten* ausging, die das Leben der Väter erforschten und sich in der Bretagne und in der Normandie eine neue *Thebais* geschaffen hatten, setzte sich über die Wanderprediger fort, aber er musste auch auf manche Klöster übergreifen, auf faule Mönche, schlechte Priester und satte Reiche. „Doch wehe euch, ihr Reichen, denn ihr habt euren Trost empfangen! Wehe euch, ihr Satten, denn ihr werdet hungern." Diese Warnung aus dem Lukasevangelium geisterte durch die Gemüter und galt denen als Rechtfertigung, die den Reichtum der Kirche für eine teuflische Macht und die offiziellen Vertreter der Hierarchie für ihre schamlosen Nutznießer hielten. Das Evangelium des Lukas bot den Wanderpredigern Anhaltspunkte für ihre bedingungslose Forderung nach Armut. Jesus sei ein Freund der Armen, der Sünder und Verlorenen gewesen, und seine Jünger hätten um seinet- und des Himmelsreiches willen alles aufgegeben, woran ihr Herz gehangen habe. Auch bei Markus stand ein Wort, an dem sich die Armen aufrichteten: „Wie schwer werden die Reichen in das Reich Gottes hineingelangen." Diese Prophezeiung Jesu hielten sich die Mühseligen und Beladenen zugute.

Ja, Bruder Rudolphus begriff, das sich die Welt erneuerte – allerdings schien diese Erneuerung nicht ohne neue Verwundungen möglich zu sein. Nicht jedes Kloster konnte sich eines Heiligen erfreuen, der Hoffnungsträger und Vorbild war, zu dem Mönche und Volk vertrauensvoll aufblickten in sicherer Gewissheit, in ihren Anliegen gehört zu werden und in ihren dunklen Stunden nicht vergessen zu sein. Ein Mensch, dessen Lebenswandel im Geiste und in der Nachfolge des Herrn durch die Erhebung zur Ehre der Altäre offiziell bestätigt worden war, war sympathisch und sein Beispiel nachvollziehbar.

Wie erhaben und fern erschien ihnen der Vatergott, und selbst Jesus war in seiner Vollkommenheit unerreichbar.

Äbte, Bischöfe und Adelige befassten sich in ihren Klöstern und Domänen in Westfranken mit der Pflege von Spezialkulturen, wie Wein- und Obstanbau, um die Erträge meistbietend zu veräußern. Die Bauern der Umgebung wurden von ihren Ländereien verdrängt. Gegen solche und andere Verfehlungen der Hierarchie zogen Männer wie Robert von Arbrissel, Bernhard von Tiron und Girald von Salles zu Felde, sie verurteilten Reichtum und Simonie, predigten Buße und Umkehr. Dass Lüge, Mord und Raub die Welt immer mehr in Atem hielten, dafür machten sie den Adel und den hohen Klerus verantwortlich. Armut war aber nicht nur materieller Mangel, sondern auch geistiger. Welche Chance hatte ein ungebildeter Mensch gegen die Kniffe und Tücken der gebildeten Welt, die ihn übervorteilte und ausnutzte? Es ging also nicht allein darum, dem Armen Barmherzigkeit zu erweisen, ihn zu speisen und zu kleiden, sondern ihn auch mit geistigem Wissen auszustatten, das bisher nur einer bestimmten Bürgerschicht sowie Klerikern und Klosterinsassen vorbehalten war. Bernhard von Tiron entzog den Mönchen des Klosters das Brot, um es Armen und Kranken, Bettlern und Krüppeln zu geben.

Rudolphus' Weltsicht entsprach nicht dem allgemein gültigen Bild, es entsprach einer Idealvorstellung, die zu verwirklichen einige Wanderprediger ausgezogen waren. Aber der Klosterbruder Rudolphus aus Helmarshausen wusste, dass auch die Wanderprediger, die die Sehnsüchte der Armen in Worte kleiden konnten, noch weit von ihrem Ziel entfernt waren: die Welt heil zu machen.

Imma musste die Arbeit am *Liber vitae* unterbrechen, weil der Abt sie zu sich rufen ließ. Jedes Mal, wenn sie dem hohen Würdenträger gegenübertrat, begann ihr Herz heftiger zu schlagen. Sie war sich stets bewusst, dass ihre Identität gelüftet werden konnte. Seit Hildebrand und sie den Mönch unter die Erde gebracht hatten, war sie besonders wachsam.

Thietmar empfing sie am Schreibtisch sitzend mit einem Lächeln, nachdem sie eine fromme Begrüßung gestottert hatte.

„Ich habe dich zu mir gebeten, Bruder Immanuel, weil ich mit dir eine Sache besprechen möchte, die mir am Herzen liegt." Mit einer Handbewegung bat er Imma, Platz zu nehmen. „Du erinnerst dich sicher wie ich voll Dankbarkeit unserer gemeinsamen Reise nach Trier, wo wir so reich mit Reliquien beschenkt worden sind." Ohne Immas Antwort abzuwarten, fuhr der Abt fort: „Dass wir nicht nur Erinnerungsstücke an die großen Heiligen und Vorbilder heimgeführt haben, sondern lebendige Heilige, zeigt sich in ihrem Wirken in unserem Kloster. Der heilige Modoald, unser Schutzpatron, hält seine Hand segensreich über die klösterliche Gemeinschaft. Die Zahl der Beter und Besucher wächst ständig, sodass wir die frommen Pilger oft gar nicht speisen oder beherbergen können. Manche Menschen in den Dörfern ringsum, die zu unserem Klosterbezirk zählen, erfahren die Hilfe der Heiligen in persönlichen Anliegen, vor allem in Krankheiten. Viele Wunder sind inzwischen geschehen. Menschen haben nach der Anrufung unserer geschätzten Heiligen und inständigen Gebeten zu ihnen ihre Gesundheit wiedererlangt. Davon ist mir in jüngster Zeit wiederholt berichtet worden, sodass ich unseren Mitbruder Godehard gebeten habe, den Erzählungen nachzugehen. Inzwischen hat er mir einen Überblick gegeben, den ich dir, Bruder Immanuel, anvertrauen möchte. Schreibe die Wunder nieder, kopiere die Seiten, damit wir sie an unsere Brüder in anderen Klöstern senden, vor allem aber auch unserem geneigten Bischof Heinrich in Paderborn zukommen lassen können, der uns den Weg nach Trier bei seinem Mitbruder im Bischofsamt geebnet hat."

Der Abt erhob sich, um Immanuel eine beachtliche Anzahl Aufzeichnungen zu überreichen. „Die Blätter sind nach Orten gefasst. Der zeitliche Ablauf der Wundertaten müsste noch berücksichtigt werden. Es ist eine ehrenvolle und dankbare Aufgabe, Immanuel. Ich hoffe, du bist dir der Auszeichnung bewusst. Gib dir Mühe. Du bist für diese Dokumente, die das Wirken des Himmels auf unserer sündigen Erde bestätigen, verantwortlich."

Thietmar streckte die rechte Hand aus, zum Zeichen, dass der Mönch entlassen war, und Imma küsste den Ring. Sie drückte die Mappe mit großer Scheu gegen ihr Habit und ging rückwärts zur Tür.

Waren schon in der Vorzeit der großen Reliquienübertragung wundersame Zeichen geschehen, die man dem heiligen Petrus zugeschrieben hatte, zum Beispiel, dass eine der Glasampeln in der Kirche sich von einem Strick oder ein Glasleuchter vor der Holzskulptur unseres Erlösers sich aus der Aufhängung gelöst hatte, zu Boden gefallen und heil geblieben war, so gab es nun größere und auffälligere Ereignisse, die das Staunen ihrer Umgebung hervorriefen. Schon neun Tage nach der Ankunft des heiligen Modoald konnte sich der verehrungswürdige Klausner Adelbert aus seiner gebeugten Haltung, in der er Gott zu preisen pflegte, nicht mehr aufrichten. Trotz inständiger Bitten und Psalmengesänge erlöste Gott ihn nicht von seinem Leiden. Kaum aber hatte er den neuen Schutzpatron des Klosters um Hilfe angerufen, da verlor der Rücken seine Starre und er konnte sich erheben, als sei nichts geschehen.

In *Muthen*, einem Dorf in der Nähe des Klosters, lag eine Frau todkrank zu Bett. Sie hatte bereits zeitweise das Bewusstsein und ihre Sprache verloren. Doch als Freunde ihr in einem Augenblick, als sie die Augen aufschlug, rieten, sich in Vertrauen an den heiligen Modoald zu wenden, legte sie ihm ein Gelübde ab. Sofort wich die Krankheit von ihr. Da die Frau die Einlösung des Gelübdes jedoch hinauszögerte und schließlich vergaß, kehrte die alte Krankheit zurück. Nun boten die Nachbarn alle Kräfte auf und brachten die Kranke in die Klosterkirche von Helmarshausen. Dort löste sie ihr Gelübde ein und gewann ihre Gesundheit augenblicklich zurück.

Eine ehrbare Frau hatte Sankt Modoald eine Wachskerze geweiht und ihn gebeten, die Kerze möge nicht gelöscht werden, bevor sie ganz niedergebrannt sei. Nun befand sich zu der Zeit ein Gast aus Soest im Kloster, der nach der *Sext* mit zwei Gefährten die Kirche betrat, um sich umzusehen. Als sie die Tür öffneten, drang ein heftiger Windstoß in das Gotteshaus ein, der die Kerze Funken sprühen ließ und ein helles Feuerwerk entfachte. Dann verlöschte sie, wobei sie so viel Rauch entwickelte, dass die Besucher der Kirche sich erschraken. Nach einer Stunde jedoch begann der Docht zu glühen und die Kerze entzündete sich von selbst. Zwei Stunden später ging sie abermals aus, wobei diesmal kein Rauch entstand. Der Gast aus Soest bemühte einen Zeugen für diesen unerklärlichen Vorgang und wandte sich an einen Klosterbruder, der von dem Wunsch der Stifterin gehört hatte, die Kerze möge nicht erlöschen, bevor sie zu Ende gebrannt sei. Dieser Mönch entzündete die Kerze nach einem kurzen Gebet aufs Neue, und sie brannte ruhig nieder.

Imma ordnete die Manuskripte und schrieb, und je mehr Buchstaben sie an Buchstaben reihte, um so ehrfürchtiger vertiefte sie sich in die Wunderberichte. Sie merkte nicht einmal, dass Bruder Friedrich ihr über die Schultern schaute oder der Leiter des Skriptoriums, Rothardus, kopfschüttelnd vor ihrem Arbeitsplatz stehen blieb. Solchen Eifer lobte er und wünschte ihn sich für alle seine Schüler. Die Schreibarbeit wurde nur durch die Gebetszeiten und den Mittagstisch unterbrochen. Eine *Dispens* von den Gottesdiensten zu erbitten, um ungestört weiterarbeiten zu können, wagte Imma nicht; Abt oder Prior hätten sie ihr wohl auch nicht gewährt.

An einer körperlichen Versteifung, die sie schließlich rund wie eine Kugel erscheinen ließ, litt ein kleines Mädchen in *Membrasteheim* – Meimbressen – einem Dorf, das dem König gehörte. Kopf und Rücken und die übrigen Glieder waren derart verformt, dass das bedauernswerte Kind nicht nach oben schauen konnte. Nachdem die Eltern ärztliche Hilfe vergebens in Anspruch genommen hatten, suchten sie die Heilung für ihre Tochter durch göttlichen Beistand zu erlangen. Sie versprachen dem heiligen Modoald, das Gewicht des gewaltigen Buckels in Naturalien aufzuwiegen, falls er dem Mädchen seine ursprüngliche Gestalt wiederschenken würde. Nach sieben Tagen war es von seinem Übel genesen.

In der Nähe von Hildesheim restaurierte ein erfahrener Bauhandwerker das Gewölbe eines Gotteshauses, das dem heiligen Modoald geweiht war. Als er versehentlich auf einen lockeren Stein trat, verlor er den Halt und stürzte in die Tiefe. Der Verwalter des Gutes, das zur Kirche gehörte, sah den Mann vom Gerüst fallen, konnte ihm aber nicht zu Hilfe kommen. So rief er in höchster Not: „0 mein Herr, heiliger Modoald!" Der Bauhandwerker landete unbeschadet am Boden. Vor Schreck über diesen Sturz fiel der Mann in Ohnmacht. Man legte ihn zu Hause ins Bett. Doch bereits am nächsten Tag konnte er seine gewohnte Arbeit wieder aufnehmen.

Ein Mastschwein, das einem Hörigen der Kirche gehörte und dessen ganzer Besitz war, litt an einer Krankheit und drohte zu verenden. Der Bauer hatte sich bereits mit seinem Tod abgefunden und es aus dem Stall ins Freie geschafft, als seine Frau zu jammern begann, innerhalb einer Stunde verlören sie alles, worauf sie so lange hingearbeitet hätten. Da fiel ihr Blick auf das Gotteshaus. Spontan gelobte sie dem heiligen Modoald Kopf und Rücken des Tieres, falls es wieder gesunde und geschlachtet werden könne. Am nächsten Morgen trafen sie das Schwein quicklebendig an.

Einem leibeigenen Hütejungen war beim Pferdehüten die Jacke gestohlen worden. Sein Herr, ein freier Landmann, verdächtigte eine Person, konnte ihr aber den Diebstahl nicht nachweisen. Da rief der Landmann vertrauensvoll den heiligen Modoald zu Hilfe. Sogleich vernahm er mehrere Male eine Stimme, der er in eine bestimmte Richtung folgte. Unter einem Haufen aus Laub und Gras fand er die gestohlene Jacke.

Im Dorf *Bodenhausen* litt ein Junge an Geschwüren an den Beinen. Er fühlte seinen Tod nahen und ließ seine Eltern rufen, um sich von ihnen zu verabschieden. Doch Vater und Mutter setzten ihre ganze Hoffnung auf den Schutzherrn des Klosters und gelobten ihm ein Stück Silberbrokat in der Länge der erkrankten Beine. Fast augenblicklich spürte der Junge Besserung, und noch während seine Eltern dabeistanden, erhob er sich und war gesund.

Der Ort Hofgeismar wurde von einer gewaltigen Feuersbrunst verheert. Ein Großteil des Ortes war bereits den Flammen zum Opfer gefallen, die Bewohner hatten sich in Sicherheit gebracht, nur am Ortsrand war eine altersschwache Frau in ihrem Hause zurückgeblieben und drohte zu verbrennen. Da rief die Frau in höchster Not den heiligen Modoald um Hilfe an, wobei sie betend in ihrem Häuschen hin und her ging, und gelobte ihm eine große Kerze, die sie vor seinem Schrein aufstellen wollte. Die Menschen wunderten sich, dass die Häuser ringsum brannten, das kleine Haus mit dem Strohdach aber verschont blieb. Als sie erfuhren, auf wen die alte Frau vertraute, riefen auch sie den heiligen Modoald an und siehe, durch göttlichen Eingriff wurden die lodernden Flammen erstickt.

Auch der Pfarrer von *Lovina* – Liebenau –, den eine schwere Krankheit ans Bett fesselte, kam mithilfe des heiligen Modoald wieder zu Kräften. Im Traum erschien dem Priester eine gottesfürchtige Frau, auf deren Drängen der Geistliche dem Schutzpatron des Klosters ein Weihegeschenk gelobte. Der Zustand des Kranken besserte sich augenblicklich. Ein Junge aus der nahen Verwandtschaft litt an einem verkrüppelten Unterschenkel. Als der Pfarrer geheilt war, erbat er auch für den Jungen die Gesundheit, indem er vor dem heiligen Modoald ein Gelübde ablegte. Zwölf Tage danach war der Junge gesund. In dem Dorf *Disia* – Dessen bei Willebadessen – war ein kleiner Junge von einer schweren Lähmung der Beine getroffen. Er bewegte sich nur auf seinen Händen kriechend fort. Die Eltern gelobten schließlich als letzte Hoffnung dem heiligen Modoald Silberbrokat als Weihegabe. Und siehe, die Lähmung ging zurück und der Junge genas. Ein ähnliches Schicksal traf auch den Sohn eines Fischers in der Nähe des Klosters. Die Lähmung ergriff den ganzen Körper. Der Fischer fragte schließlich die Mönche um Rat, und sie empfahlen ihm, dem heiligen Modoald so viel Fisch zu spenden, wie sein Sohn wöge. Der Vater tat so und konnte seinen Sohn gesund mit nach Hause nehmen.

Am Fest des Apostelfürsten, am 29. Juni, strömten viele Menschen nach Helmarshausen, darunter auch ein Bettler, der mit anderen Landstreichern im Kloster auf ein gutes Mahl hoffte. Unterwegs spottete er über die Wallfahrer und meinte zu seinen Weggefährten: „Ich kann mich nur wundern, dass so viele Leute eine so weite Reise nur einiger unbedeutender Knochen von Toten wegen auf sich nehmen, die der Abt dieses Klosters in irgendwelchen Ländern aufgesammelt hat und von denen man ebenso viele und vielleicht sogar bessere in unserer Gegend finden würde.“ Eine solche Lästerung konnte Gott nicht ungestraft hinnehmen. Der Bettler wurde von

Krämpfen geschüttelt, fiel zu Boden und blieb gekrümmt liegen. Augenblicklich erkannte er, welche Schuld er auf sich geladen hatte und weshalb er gestraft worden war. Er schleppte sich bis vor das Klostertor, wo er liegen blieb und allen, die vorübergingen, seine Tat bekannte. Unablässig bat er den heiligen Modoald um Verzeihung. Am darauf folgenden Morgen versprach der Landstreicher dem Heiligen für die Zeit seines Lebens den Zehnten dessen, was er zusammenbettelte. Und siehe, seine Kräfte kehrten zurück. Er ging in die Klosterkirche und rühmte den Schutzherrn vor aller Augen.

Eine Kirchengemeinde schickte einen Mann mit einem bestimmten Auftrag nach Helmarshausen. Unterwegs verlor der Mann seinen Geldbeutel mit dem ihm für die Reise überlassenen Geld. Zwei Stunden, nachdem er sein Portmonnaie vermisst hatte, betrat er das Heiligtum. Er zankte mit dem heiligen Modoald, warum er auf der Reise nicht besser auf seinen Diener, der doch in kirchlichem Auftrag unterwegs war, aufgepasst habe. In Zukunft, drohte er, werde er dem Heiligen keinen Dienst mehr erweisen, wenn er den Verlust nicht ersetze. Als der Mann das Gotteshaus verließ, fand er, wie durch ein Wunder, alle seine Geldstücke auf dem belebten Vorplatz der Abteikirche verstreut. Dankbar wandte er sich dann an das Kloster, um den Auftrag, dessentwegen er unterwegs war, zu erledigen. Doch welch weiteres Unglück, dass ihm während der Nacht, die er im Kloster verbrachte, das Pferd gestohlen wurde, weil der Stallwächter eingeschlafen war. Zunächst ratlos, wandte sich der Mann im Vertrauen auf das vorige Wunder abermals an den heiligen Modoald. Vor dem Schrein des Heiligen warf er ein Geldstück in den Opferstock und machte sich dann zu Fuß auf den Heimweg, den schweren Sattel und das Zaumzeug auf dem Rücken. Nach mehreren Meilen erblickte er sein Pferd auf einer Wiese. Überglücklich legte er ihm den Sattel auf und ritt nach Hause. Er hat in Zukunft dem Schutzherrn von Helmarshausen gern treue Dienste geleistet.

Auch ein Bauer aus *Deisel* vermisste nach langem Tagwerk seinen vollen Geldbeutel. Er versprach dem Heiligen ein Goldstück, wenn er den Verlust herbeischaffen könne. Am nächsten Morgen ging er bedrückt an sein Tagwerk. Als er anfing, sein Feld zu pflügen, lag der Geldbeutel unbeschadet vor ihm.

Als sich Bischof Heinrich einmal nach Helmarshausen aufmachte, um dem heiligen Modoald Dank für die Genesung von langer Krankheit zu sagen, nahm er – um nicht mit leeren Händen vor ihm zu erscheinen – zwei goldene Ringe als Dankesgabe mit. Er hatte sie aber wohl so lässig über die Finger gestreift, dass er einen unterwegs verlor. Darauf schickte er einen Bediensteten aus seinem Gefolge zurück, nach dem verlorenen Ring zu suchen. Der Bedienstete zweifelte wohl daran, den Ring je wiederzufinden, denn wo sollte er anfangen, nach ihm zu forschen? Der Bischof aber sagte: „Wenn meinem Mitbruder Modoald der Ring als Geschenk gefällt und die Zahl meiner Sünden nicht zu groß ist, habe ich keinen Zweifel, dass ich meine Weihegabe darbringen kann.“ Und siehe, auf einer belebten Kreuzung, die von vielen Menschen benutzt wurde, fand man den Ring und brachte ihn zum Bischof. Heinrich streifte ihn zu dem anderen auf den Finger und erneuerte sein Gelübde, das er dem heiligen Modoald gegeben hatte.

Imma war geraume Zeit mit der Aufzeichnung dieser Wundertaten beschäftigt. Es kamen noch andere hinzu, die sie ebenfalls notierte und kopierte. Ihre Schriftstücke machten bald die Runde zu anderen Klöstern. Die Menschen, die das Kloster besuchten oder vom heiligen Modoald Hilfe erfahren hatten, erzählten überall im Diemel- und Wesergau und selbst in entfernten Regionen des Sachsenlandes von den wundersamen Dingen, die auf Fürsprache des Helmarshäuser Schutzpatrons geschehen waren und sich noch ereigneten.

„Wohin wirst du nun gehen?“, fragte Imma, und ohne Hildebrands Antwort abzuwarten, ergänzte sie: „Du weißt, dass du zum zweiten Mal flüchtig wirst. Und danach führt dich kein Weg ins Kloster zurück.“

„Ich weiß“, nickte Hildebrand. „Ich hatte ja schon einmal meine Kutte ausgezogen und zusammengerollt wie jetzt. Aber nun ist es endgültig.“

„Willst du es dir nicht doch noch einmal überlegen?“, bat Imma. Sie vergewisserte sich, dass niemand in der Nähe war, dann getraute sie sich, ihre Hand auf Hildebrands Arm zu legen. Der Abend war lau, die Erde hatte die Nachmittagshitze mit dem Gewitterregen aufgesogen, nun dampfte es aus den Wiesen und dem dichten Wald.

„Da gibt es nichts zu überlegen“, sagte Hildebrand schroff. Am liebsten hätte er Imma ins Gesicht geschrien, dass er schließlich ihretwegen gehe, gehen müsse, denn ein Mord, oder sollte er strafmindernd auch als Totschlag gelten, ließ sich nicht ewig vertuschen und ein Grab in den Diemelwiesen nicht für alle Zeiten totschweigen. Das Gewissen war so lebendig wie ein Marder zur Nachtzeit; es nagte und bohrte, rüttelte und forderte, es erging sich in Ermahnungen und Wiederholungen, stellte Schreckensbilder vor Augen und ließ keine Ruhe. Hildebrand hielt es nicht mehr aus im engen Geviert des Klosters zwischen Hainbach und Mühlgraben, zwischen der immer dichter an das Kloster heranwachsenden Siedlung, die sicher bald Stadtrechte erhalten würde, und dem mons Krukenberg mit der im Bau befindlichen Heilig-Grab-Kirche.

„Ohne dich kann ich nicht bleiben“, schluchzte Imma. „Ich habe die größte Schuld am Tod des Mönches. Wir hätten uns gleich offenbaren und Vater Abt alles erzählen sollen.“

„Hätten, hätten … Am Ende ist man immer schlauer. Es war eine Affekthandlung, verstehst du? Der Tod war nicht eingeplant, wirklich nicht beabsichtigt. Als ich den Kerl über dir sah, als ich bemerkte, wie sich die Kutte immer höher an deinen Oberschenkeln hinaufschob – da habe ich rot gesehen, Imma, das musst du mir glauben! Das Messer ziehen und werfen war eins. Hätte ich den Mann im Rücken getroffen, wäre er vielleicht noch am Leben. Aber unglücklicherweise fuhr ihm die Klinge in den Hals." Hildebrand stand mit dem Rücken an der Mauer des Kreuzgangs, den Hinterkopf gegen die kalte Wand gelehnt. Sein Gesicht war fahl wie das Mondlicht, das zwischen den Rundbögen hindurchschimmerte und das Bild der Gottesmutter traf, die ihren gekreuzigten Sohn im Schoß hielt.

„Ohne dich kann ich nicht bleiben", wiederholte Imma. „Ich muss gehen, aber ich weiß nicht wohin. Vielleicht wäre ich doch besser ein Müllerbursche geworden, wozu mein Vater mich verdonnert hatte. Dann wäre das alles nicht passiert."

„Dann wärst du inzwischen unter den Körner- und Mehlsäcken zusammengebrochen. Eine Frau als Gehilfin des Müllers! Mein Gott, dein Vetter hätte dich erst gar nicht genommen, wenn er deine zarten Arme gesehen hätte. Getreide verarbeiten ist Knochenarbeit! Nein, du bist hier am richtigen Platz. Du mit deiner Begabung! Der *Liber Vitae* ist fertig geworden, die Wunderberichte über den heiligen Modoald sind abgeschlossen – was willst du mehr? Vater Abt ist hochzufrieden, und selbst der Prior hat keine Beanstandungen. Und das will was heißen bei seiner kritischen Einstellung."

Mit einem leisen Schrei fuhr Imma zusammen. „Was hast du?", fragte Hildebrand überrascht.

„Ich muss gerade an ein Wunder denken, das ich dem Prior unterschlagen habe."

„Ein Wunder und – unterschlagen?"

„Ja. Aber nicht freiwillig. Ich wollte es eigens auf ein gesondertes Blatt notieren, darüber habe ich es vergessen. Es handelt sich um den Bericht über ein Hochwasser der Diemel."

„Ein Reizthema für Prior Altfried."

„Ja, vielleicht habe ich den Bericht deshalb hinausgeschoben. Weißt du, Hildebrand, die Diemel war über die Ufer getreten und die Brücke unpassierbar geworden. Da kam ein armer Wanderer, der von Sankt Modoald Hilfe erbitten wollte. Er versuchte, mit einem Kahn überzusetzen, doch die Strömung war so stark, dass er kenterte und ins Wasser fiel. Die Leute, die das Unglück beobachtet hatten, riefen ihm zu, er solle mit ganzer Kraft den Namen des Schutzherrn dieses Klosters anrufen. Das tat er, und auf wunderbare Weise trugen die Wellen den Mann ans Ufer. Selbst seinen Wanderstab, der weit abgetrieben war, erhielt er zurück."

Hildebrand nickte. „Schön, wie sich in Wunderberichten immer alles zum Besten wendet."

„Sonst wären sie ja keine Wunder", lächelte Imma. „Aber sag, Hildebrand, willst du mich mitnehmen? Und wohin wirst du überhaupt gehen?"

„Hast du von den Unruhen unter den Bauern gehört?", fragte Hildebrand mit dumpfer Stimme. „Seit dem ersten Kreuzzug gärt es unter ihnen. Es gibt eine Bewegung, die von Nordostfrankreich, Lothringen, Flandern und den Rheinlanden ausgehend ganze Kolonnen von Bauern gen Osten, nach Vorderasien drängt. Sie suchen eine neue Heimstatt, um ihren eigenen Acker zu bebauen und nicht länger abhängig von Feudalherren wie Adel und Kirche zu sein. Nun haben die Bauern den Plan, ins Gelobte Land aufzubrechen und im Schutze des Heiligen Grabes die eigene Scholle zu pflügen und eine Hütte zu errichten."

„Das ist ja entsetzlich!", rief Imma, dämpfte aber sogleich ihre Stimme, als das Echo ihre Worte aus dem Gewölbe zurückwarf. „ Und den Bauern willst du dich anschließen?"

„Was habe ich zu verlieren?", fragte Hildebrand kühl, aber seine Stimme verriet seine Unsicherheit. „Vielleicht werde ich sogar mithelfen, Jerusalem zu befreien. Durch die Gefahren und vielfältigen Prüfungen werden den Berufenen und Erwählten die Pforten des Paradieses geöffnet."

Imma schüttelte den Kopf. „Das ist nicht deine wahre Absicht, Hildebrand. Das ist – Zynismus. Du bist verletzt. Ich habe dich verletzt. Ohne mich wärst du nie in diese Lage gekommen."

„O, ich bin nicht allein, liebe Imma. Hast du schon einmal von der Gefolgschaft des Walther Habenichts aus Pacy gehört oder von Wilhelm von Melun, von Emicho von Flonheim, von Rudolf und Huldreich von Saarwerden, Berthold von Neuffen, Walter von ..."

„Halt ein!" Die junge Frau drückte Hildebrand ihre rechte Hand auf den Mund. „Was sind das für Namen? Sie sagen mir nichts Gutes!"

Hildebrand lachte heiser. „Sie haben ganze Heerscharen auf die Reise geschickt. Ich weiß nicht, wie weit sie gekommen sind und ob sie noch leben. Wenn arme Leute ihre Ochsen nach Art der Pferde mit Eisen beschlagen und vor niedrige Karren spannen, die mit ihrer winzigen Habe beladen sind, wenn Kinder hinter den Wagen hertrollen und beim Anblick der erstbesten Stadt schon fragen, ob das Jerusalem sei, habe ich doch die Chance, es besser zu machen und zum Ziel zu kommen, meinst du nicht auch?"

„Du willst wirklich – auswandern?"

„Ich möchte dorthin gehen, wo vor mir arme Mensehen ihr Glück versucht haben: an die Stätten, an denen Jesus gelebt hat. Vielleicht geht es dort ein Stück gerechter zu als hier. Und sollte ich im Kampf gegen die Muselmanen zu Tode kommen, öffnen sich mir die Pforten des Paradieses leichter als durch ein langes, quälendes Klosterleben."

Imma fasste den jungen Mann bei den Schultern und schüttelte ihn. „Wach auf, Hildebrand, du träumst! Du redest dir etwas ein, das nie eintreten wird! Alle, die ausgezogen sind, das Heilige Land zu befreien, sind kläglich gescheitert oder bei ihren Raubzügen unterwegs aufgerieben worden!"

Hildebrand versteifte sich noch mehr. Er schien Argumenten immer weniger zugänglich zu sein. In seinem Kopf hatte sich eine Idee festgesetzt, die wie die Spinnenarme eines Skorpions alle Glieder seines Körpers zu umgreifen und zu lähmen schien. Der Mond wanderte langsam nach Westen und zog seine Lichtbahnen wie eine schwere Schleppe durch den schweigenden Kreuzgang.

„Ist dein Entschluss endgültig?", fragte Imma nach einer Weile.

„Unwiderruflich!" Das Wort klang hart wie das Geräusch eines Steines, der flach auf die Wasseroberfläche trifft.

„Dann wirst du keine ruhige Minute mehr in deinem Leben haben, Hildebrand. – Und ich auch nicht."

„Du musst den Totschlag nicht mit dir in Verbindung bringen, Imma. Das ist einzig meine Sache."

„Das ist unsere Sache!", begehrte Imma auf. „Ich dulde nicht, dass du dein Leben zerstörst – um meinetwillen."

Hildebrand löste sich mit einem Male aus der Abwehr und sah Imma mit warmen Augen an. „Lass mich gehen", sagte er leise.

„Versprich mir, dass du wiederkommst." „Versprechen – dir? Was ist denn in dich gefahren?" „Ich möchte dich nicht verlieren – weil ich dich liebe." Nun war es heraus. Imma wich einen Schritt zurück, tiefer in die Dunkelheit, die in den letzten Wochen beider Gefährte war.

„Weil du mich … „

„Ja, Hildebrand. Ich liebe dich!"

Imma spürte den hastigen Atem des jungen Mannes an ihrem Gesicht. „Bist du dir ganz sicher, Imma? Das ist nicht ein Versuch, mich zu halten?"

„Ich war immer ehrlich zu dir, und was ich sage, ist die Wahrheit."

Hildebrand schloss die Augen. Tage, Wochen, Monate bewegten sich in rasender Eile durch seine Erinnerung, die mit der Stunde begann, als Imma ihm von ihrem verwegenen Plan erzählte, sich der Kunst wegen ins Kloster zu schmuggeln, die die Erlebnisse der gemeinsamen Reise nach Trier ins Gedächtnis rief und schließlich den nächtlichen Zwischenfall im Skriptorium von Neuem wie einen Abdruck auf seine Seele legte. Nein, er konnte das Mädchen nicht an sich binden, er musste den Weg in die Zukunft ohne sie gehen.

„Ich liebe dich auch, Imma", gestand er leise und wagte nicht, sie anzusehen. „Ich habe dich schon lieb gehabt, als wir in Gottsbüren mit anderen Kindern auf der Bleiche spielten."

Hildebrand presste die Lippen zusammen, als habe er bereits zu viel gesagt. Er traute sich noch immer nicht, ihrem Blick zu begegnen. Erst als er Immas Hand in der seinen spürte, hob er die Augen. Einen Augenblick glaubte er in ihren Pupillen den Widerschein des Mondes zu sehen, der sein silbernes Licht über die Sandsteinplatten des Kreuzgangs goss.

In Helmarshausen herrschte besonders an den Sonntagen Hochbetrieb. Von überallher drängten die Menschen, um den neuen Schutzpatron in seinem goldenen Schrein zu verehren. Um die Beter und Büßer zu betreuen, hörten drei Patres stundenlang Beichte, die *Confratres* feierten drei, vier Messen hintereinander – so groß war der Andrang. Der Handel mit Devotionalien erwies sich als einträgliches Geschäft, das die Geldsorgen der Abtei mit einem Schlage minderte. Bruder Meinolf hatte die Idee, mit kleinen, leinenen weißen Spitzentüchern über den Schrein des Heiligen zu fahren. Durch diese Berührung, so verkündete er dem gläubigen Volk, gehe ein Teil der Kraft, die dem heiligen Modoald innewohne, auf die Käufer der Tücher über. Es gab kaum jemanden, der auf diese Kraft verzichten wollte. Pater Theobaldus malte mit einer kleinen Gruppe zeichenbegabter Klosterschüler unentwegt Porträts des frommen Mannes, von dem niemand wusste, wie er in Wirklichkeit einmal ausgesehen hatte. Küchenbruder Martin kam auf den Gedanken, eine eigens erfundene, nahrhafte Gemüsesuppe nach dem heiligen Modoald zu benennen und das Rezept für ein paar Groschen am Eingang zum Klosterbezirk feilzubieten, doch hier schritt der Abt ein und verbot das Erfolg versprechende Geschäft. Ihm kam es zunächst auf die gebührende Verehrung des Heiligen an und auf die seelische Stärkung der Gläubigen, die mit großen Erwartungen den Weg an die Diemel suchten.

Doch wer wusste schon etwas über den heiligen Modoald? Wer war dieser Mann gewesen? Die Quellen schwiegen, die Daten über ihn waren dürftig. Seine Gottes- und Nächstenliebe standen außer Zweifel; sonst hätte man ihn nicht zur Ehre der Altäre erhoben. Was Thietmar in Erfahrung bringen konnte, kam einem kurzen Steckbrief gleich: dass St. Modoaldus der 25. Erzbischof des ältesten deutschen Bistums, Trier, gewesen war und aus vornehmem aquitanischem Geschlecht stammte. Er sei der Freund des heiligen Desiderius von Cahors, Erzieher des heiligen Germanus von Grandval und Ratgeber König Dagoberts I. gewesen, der von 628 bis 638 regierte. Modoald habe Sankt Irmin und das Nonnenkloster der Adula von Pfalzel gegründet, außerdem das Nonnenkloster Sankt Symphorian, dem seine Schwester Severa als Äbtissin vorstand. Dort wurde er begraben, später nach St. Paulinus überführt.

Mit diesen Angaben gab sich der Abt nicht zufrieden.

Er sann darüber nach, wie er zu weiteren Informationen über den Schutzheiligen kommen könnte, und kam auf den Gedanken, einen seiner Klosterbrüder auf eine Rundreise zu den Benediktinerklöstern des Landes zu schicken und ihm aufzutragen, aus den Berichten der Geistlichkeit, den Annalen der Frankenkönige und den Überlieferungen von Gelehrten Zeugnisse über das Leben des heiligen Modoald zu sammeln. Thietmar betraute Fidelis mit dieser Aufgabe, einen Mönch von hervorragender Kondition, der nicht nur gut zu Fuß und zu Pferd war, sondern auch in seiner Auffassungsgabe den Wünschen des Abtes entsprach. Fidelis hatte das Glück, in Lüttich Stephanus, dem Abt von St. Jakob, zu begegnen. Dieser galt als ein Mann von großem Wissen und Ansehen, der auch in musischen Dingen sehr bewandert war. Aegidius von Aurea Vallis berichtete von ihm, er habe ein Lied über den heiligen Benedikt mit dem Titel „Zierde der Welt“, ferner ein Lied über den heiligen Jakobus, den Bruder des Evangelisten Johannes, sowie zahlreiche andere bekannte und in den Kirchen gern gesungene Lieder geschrieben. Fidelis fand in Lüttich nicht nur gastliche Aufnahme, sondern in der Person des Abtes Stephanus auch einen guten Zuhörer.

Einige Wochen gingen ins Land, in denen der Mönch Fidelis unermüdlich mit der Aufhellung des Lebenslaufes des beliebten Heiligen seines Klosters beschäftigt war. Stephanus unterstützte ihn dabei nach besten Kräften und schrieb schließlich einen Brief an seinen Amtsbruder in Helmarshausen.

„Thietmar, dem ehrwürdigen Abt des Klosters Helmarshausen, und seinen frommen Brüdern, die unter seiner Fürsorge leben, wünschen Stephanus, der demütige Abt zu Sankt Stephan in Lüttich, ewiges Heil im Herrn.

Gott ist der Spender aller Gnaden. Er bezeugt uns seine Gunst durch himmlische Gaben und schenkt uns vor allem die Nächstenliebe, damit wir lernen, das Gute, das uns fehlt, bei anderen schätzen zu lernen. Mit Liebe können wir mehr erreichen als durch Geschäftigkeit. Ich habe ein gutes Vorgefühl, was deinen Eifer betrifft, und bin hocherfreut über das, was du in deinen Bemühungen bisher erreicht hast. Denn ich bin durch deinen Mönch, der zurzeit bei uns ist, bestens unterrichtet und kann mir ein Bild machen von dir und deinen Brüdern. Auf diese Weise ist es mir vergönnt, dich schon jetzt in Brüderlichkeit kennenzulernen, obgleich es mir bisher nicht vergönnt war, dir persönlich zu begegnen.

Wir alle streben ja nach der Ewigkeit, dem himmlischen Jerusalem. Bis dahin ist es ein tränenreicher Weg, der von unseren Gebeten begleitet wird. Wir beten auch zu denen, die den Weg vollendet haben und in der Ewigen Stadt wohnen. Denn auch wir möchten ja einen dauerhaften Vertrag mit den Bewohnern jener Stadt abschließen. Wir richten unsere Augen vertrauensvoll zum Himmel, woher uns Hilfe kommt, und verlassen uns nicht auf Fürsten, von denen wir keine Hilfe erwarten können.

Entbrannt von dem frommen Wunsch, einen Platz im Himmel zu erhalten, hast du deinen Plan mit so großem Nachdruck verfolgt und den Trierern zwar mit dem nötigen Respekt und in gottgefälliger Demut, aber doch auch mit der gebotenen Härte einen seit vielen Jahren versteckten Schatz entrissen und ihnen als Unterpfand göttlicher Gnade den heiligen Modoald sowie die Gebeine zweier heiliger Thebäer abgefordert. Ihr wart würdig, sie zu erhalten, mitzunehmen und zu verehren und dürft sie nun als eure Patrone betrachten. Ihr habt damit einen Schatz erworben, der mit Gold und Silber nicht aufgewogen werden kann. Ach, wie viel Zeit habt ihr aufgewendet, wie viele Mühen auf euch genommen, wie viele Menschen haben euch unterstützt.

Dein Mitbruder hat uns alles bis ins Detail beschrieben. Er verdient, als ein Mensch mit gutem Charakter bezeichnet zu werden, denn er widmet sich seiner Aufgabe mit Ausdauer und Umsicht, auch wenn er derzeit fern von euch weilt. In Gedanken ist er jedoch ständig bei euch, wenn er mit den ihm aufgetragenen Nachforschungen über seinen Schutzheiligen beschäftigt ist und mit großzügiger Unterstützung unseres Ordens sehr viele Orte aufsucht. Er ist fleißig wie eine Biene, die die Süße der Blüten zu Honig zusammenträgt: Er liest in den Annalen der Frankenkönige, studiert die Geschichte der Geistlichkeit, vertieft sich in den Überlieferungen der Gelehrten. Er hat auch uns – nicht aufdringlich, doch unermüdlich und inständig – beschworen, ihm zu helfen, und gesagt, dass er es als Belohnung ansähe, wenn er von uns etwas Schriftliches über das Leben und die Wunder des heiligen Modoald bekäme, das er für Lesungen und *Responsorien* nach Hause mitnehmen könne.

Nun, wir haben aus Demut, die wir unserem Stande schuldig sind, zunächst gezögert, ihm ein Schriftstück auszuhändigen. Doch die Beharrlichkeit deines Mitbruders und sein inständiges Bitten haben uns schließlich überzeugt. Wir dachten auch an den langen Heimweg, der vor ihm lag, und so haben wir uns entschlossen, dem frommen Begehren des Freundes nachzukommen. Schließlich verdanken wir das, was wir sind und wissen, ja, dass wir überhaupt leben, unserem Gott. Wir haben nun mit Gottes Hilfe begonnen, alles aufzuschreiben, was wir über das Leben des heiligen Modoald und seine Wundertaten wissen und was wir sowohl durch die Überlieferung als auch die Lektüre authentischer Bücher haben sammeln können. Viel ist darin allerdings nicht zu finden.

Modoald hat schon in jungen Jahren den Pfad der Heiligkeit betreten und ist ihm auch im Mannesalter treu geblieben, sodass man sagen kann, dass er den Weg der Vollkommenheit ging. Der Name Modoaldus, auf den er getauft wurde, bedeutet ja *modo altus*, d. h. stark und unbeirrbar, und so war er in seiner Lebensweise. Seine Heiligkeit und seine vornehme Herkunft sind zwei herausstechende Merkmale, wobei wir unschlüssig sind, welchem der beiden wir zu Beginn unseres Berichtes den Vorzug geben sollen. Oft ist es ja so, dass die vornehme Herkunft einem heiligen Lebenswandel entgegensteht. Bei diesem Mann aber dürfen wir sagen, dass ihm beide Merkmale zum Schmuck gereichten.

Nun ist es heute leider so, dass die vornehme Herkunft bei allem, was wir tun, von größerer Bedeutung ist, während ein gottgefälliges Leben von Gott und einigen wenigen Getreuen zwar gutgeheißen, von vielen unserer Zeitgenossen jedoch gering geschätzt wird. Deshalb bitten wir den geneigten Leser, dass er bereitwillig und aufmerksam nachliest, was wir über die edle Familie zum Nutzen vieler zusammengetragen haben. Wir haben den Bericht gern um die Biografien der Väter und Vorväter erweitert und noch genauere Angaben gemacht, aber barbarische Zerstörungswut hat einst nahezu alle schriftlichen Zeugnisse über den gallischen Adel vernichtet.

Damals, so wird berichtet, hat ein Volk von Barbaren in allen Teilen Galliens gewütet, hat geistliches wie weltliches Wirken gleichermaßen verachtet und der Vernichtung preisgegeben. So wurden unermessliche Schätze in den Städten zerstört, die heiligen Stätten Gottes entweiht, hervorragende

Werke aus Menschenhand vernichtet, Zeugnisse von Heiligen, Schriften über antike Helden und ihre Namen gänzlich ausgelöscht. Keine Spur von ihren Tugenden, nichts von ihren ruhmvollen Taten, nichts von der Rechtschaffenheit unserer Väter haben sie uns gelassen. Mit Feuer und Schwert ist alles ausgerottet worden. Viele Orte sind wüst geworden. Wie wir die Zerstörung Jerusalems zu beklagen hatten, trauern wir um die Zerstörung Triers. Sie war in ihrer Bedeutung die vornehmste, und mit Recht nannte man sie das zweite Rom. Waren vorher Reichtum und Ruhm, Glück und Lebensfreude in reicher Fülle vorhanden, so kehrten nach ihrem Niedergang Not und Elend, Schmerz und Trauer um so stärker ein. Groß war der Jammer und die Trauer der in der Stadt verbliebenen Menschen über den Verlust der Zeugnisse alter Größe und Herrlichkeit, die von den weichenden Feinden mitgeschleppt wurden.

Obwohl das Feuer die Verzeichnisse alter Schriften oder deren Kopien vernichtete und somit eine vollständige Reihe alter Genealogien zunichtegemacht worden war, ist es dennoch geglückt, die Geschichte des heiligen Modoald zurückzuverfolgen und für die Nachwelt zu rekonstruieren. Dass von dieser sehr edlen Linie neben Modoald selbst auch zwei Schwestern, nämlich Itta und Severa, abstammen, oder besser gesagt aus ihr hervorgegangen sind, habe ich nicht gesichert genug in Erfahrung bringen können. Aber wie der Herr die törichte Freude seiner Jünger darüber dämpfte, dass ihnen die Geister untertan seien, und auch uns mahnt, eher Freude darüber zu empfinden, dass unsere Namen im Himmel verzeichnet sind, so magst du, unser Bruder, nicht klagen, weil in unserer Schrift fehlt, was nur im ewigen Buch der Gerechtigkeit verzeichnet ist.

Mögest du also geruhen, dieses kleine, armselige Geschenk anzunehmen. Es soll ja lediglich ein Zeichen unserer brüderlichen Liebe sein. Auch wenn wir zu deinem Nutzen, lieber Bruder, nicht genügend getan haben mögen, so haben wir dennoch Arbeit und Mühe, so gering sie auch sein mag, der Freundschaft halber aufgewandt.

Es grüßt dich in der Liebe Christi und aller Heiligen Stephanus, Abt von St. Jakob in Lüttich."

Es gab in Immas Klosterleben besonders beschwerliche Tage, nämlich wenn der Novizenmeister sein Augenmerk auf die allgemeine Hygiene seiner ihm anvertrauten Postulanten und Novizen richtete. Nun war es zwar üblich, sich regelmäßig Hände, Füße und das Gesicht zu waschen, was besonders vor den Gebetszeiten empfohlen wurde, doch die klösterliche Regel legte auf übermäßige Pflege des Körpers keinen besonderen Wert. Der Leib war vielfachen sündhaften Anfechtungen und Versuchungen ausgesetzt, weshalb man ihn am besten erst gar nicht weiter beachtete oder näher in Augenschein nahm. Alle Bestrebungen zielten darauf hin, die Seele möglichst unbeschadet durch das finstere Erdental an die Pforte des Paradieses zu geleiten. Stand nicht schon in der Heiligen Schrift bei Matthäus, dass man die Hand oder den Fuß, die Ärgernis geben, abhauen und von sich werfen solle, weil es besser sei, verstümmelt oder lahm ins ewige Leben einzugehen als mit beiden Händen oder Füßen ins ewige Feuer geworfen zu werden? Und galt diese Empfehlung nicht auch für das Auge, das Ärger macht?

Wasserscheue Mönche konnten sich auf diese Schriftstelle berufen, ohne gleich getadelt zu werden. Doch zweimal im Jahr, vor Ostern und Weihnachten, mussten auch sie in den hölzernen Zuber, den der eifrige Küchenbruder Martin mit warmem Wasser beschickte. In der Regel war es so, dass jeder Mönch allein ins Bad stieg. Allerdings sah ein Küchengehilfe oder Bruder Martin selbst von Zeit zu Zeit nach, ob das Wasser noch warm genug war oder gewechselt werden musste. Imma litt Todesqualen, wenn sie an die Badeprozedur dachte. Beim ersten Mal war sie mit Vater Abt und Hildebrand in Trier unterwegs gewesen und der Kelch war an ihr vorübergegangen, doch zukünftig sah sie keine Möglichkeit, dem Badetag auszuweichen. Es war schon schlimm genug, wenn sie ihre Regel hatte und die blutdurchtränkten Moosstücke oder die

Leinenfetzen wechseln musste, ohne aufzufallen. Noch einmal konnte sie sich auch nicht krankmelden. Diesen Trick hatte sie schon zweimal bei den üblichen Rasuren angewandt, wenn sich die Mönche im Kreuzgang in zwei Reihen aufstellten: Eine Gruppe rasierte, die andere wurde rasiert. Der Kämmerer, der die gelegentliche Wäsche der Mönchsgewänder überwachte, verteilte die Rasiermesser und zog sie nach getaner Arbeit wieder ein, um sie in einer Kiste neben der Tür zum Dormitorium einzuschließen. Während der Prozedur, die normalerweise einmal wöchentlich stattfand, rezitierten die Mönche Psalmen. So mussten sie sich abfällige Bemerkungen über Immas ausbleibenden Bartwuchs verkneifen. Es blieb jedoch nicht aus, dass der eine oder andere vor oder nach der Rasur scherzhaft über die weichen Wangen des vermeintlichen Mitbruders fuhr.

„Ob aus unserem Milchgesicht noch ein echter Mönch wird?"

„Haare auf den Zähnen hat er ja, da werden die an seinen Wangen nicht mehr lange auf sich warten lassen." „Ob er wohl ein Barbarossa, ein Rotbart, wird?" „Wenn man ihn jeden Tag rasierte, würden wir es bald wissen. Übung macht den Meister. Die tägliche Rasur würde seinen Bartwuchs bestimmt anregen."

Solche und ähnliche Sticheleien vernahm Imma fast jede Woche. Sie bemühte sich, sie zu überhören oder von sich abzulenken, was ihr jedoch nicht immer gelang. Hatten sich die hartnäckigen Spötter erst gegen sie verschworen, dauerte es eine Weile, bis sie verstummten. Gott Dank kam ihr der Novizenmeister manchmal zu Hilfe, oder Bruder Martin verdonnerte die ausdauerndsten Kontrahenten, die ständig das Silentium brachen, zum Küchendienst oder zur Mithilfe beim Kämmerer, der mit seinen Gehilfen den schon gewebten und eingefärbten Kleiderstoff zuschneiden und nähen musste.

Postulanten und Novizen fanden ohnehin ein vielseitigeres und abwechslungsreicheres Betätigungsfeld als die Mönche, die sich durch zeitliche oder ewige Gelübde an das Kloster gebunden hatten. Wahrscheinlich sollten sie so leichter an die unterschiedlich anfallenden Aufgaben einer kontemplativen Gemeinschaft herangeführt werden.

Obgleich ihre Tage durch theologische Studien, Gesangsübungen und Gebetsstunden hinreichend ausgefüllt waren, wurden Postulanten und Novizen auch mit dem Wirtschaftsleben des Klosters vertraut. Ihre Fürsorge hatte zunächst den Mitbrüdern zu gelten, dann erst durften eigene Bedürfnisse berücksichtigt werden. Die Versorgung mit Getreide, vor allem Weizen, mit Bohnen, Milch, Butter, Käse und Honig musste gewährleistet sein.

Ferner bedurfte der Konvent Wachs für die Kerzen, Stoff für die Bekleidung, Schafs- und Schweinshäute für Pergament, Holz und Steine für Bauten und Möbel. Die Produkte von weiter entfernt liegenden Gütern erreichten die Abtei in Form von Geldern, mit denen die notwendigen nicht agrarischen Produkte gekauft werden konnten.

Bruder Konrad, der Gärtner, baute im Klostergarten Bohnen, Zwiebeln und Lauch an. Von den Abgaben der Hörigen und Halbfreien stammte Milch in begrenzter Menge, ferner Butter und Käse.

Mit dem wachsenden Bedarf an Pergament stieg die Tierhaltung, doch da Fleisch auf dem Speiseplan – mit Ausnahme in der Krankenstube – fehlte, gab es nie große Schweine- oder Schafsherden. Kerzen wurden großzügig verwandt und aus reinem Bienenwachs hergestellt. Zum Süßen der Speisen diente ausschließlich Honig. Bienen und Bienenstöcke fand man überall am Rande des Klosterbezirks oder der Gärten.

Imma litt. Die Sticheleien der jungen Mönche konnte sie noch verkraften. Größer als die Gefahr, als Frau erkannt zu werden, war jetzt die Furcht vor der Entdeckung des Mordes. Jedoch in den düstersten Stunden, die ihr Gewissen belasteten, erschienen vor ihr die leuchtenden Farben der Bücher im Skriptorium, und sie waren wie Licht- und Wegzeichen in einer dunklen Nacht.

Eines Morgens im Frühherbst klopfte es an die Klosterpforte. Als Bruder Beda öffnete, blickte er in das verstörte Gesicht des Bauern Edi. „Was willst du?“, fragte der Bruder unsanft, denn er fühlte sich bei seinem zweiten, inoffiziellen Frühstück gestört. „Wenn du zum Abt willst, er ist nicht zu sprechen. Er ist mit heiligen Dingen befasst und kann sich um die Angelegenheiten eines Hörigen nicht kümmern.“

„Ich möchte nicht zum Vater Abt, obgleich er immer ein offenes Ohr für unsereins hat“, sagte Edi. Er drehte seinen abgegriffenen Strohhut in den Händen, unter deren schlaffer Haut die Adern wie kleine blaue Stränge hervortraten. „Ich möchte eine Vermisstenmeldung machen.“

„Eine was?“

„Eine Vermisstenmeldung!“

„Ist dir dein Weib davongelaufen?“ „Nein. Meine Tochter ist verschwunden.“ „Deine Tochter?“

„Ja, Imma, du wirst sie kennen.“

„Wenn ich mir alle Weibsleute merken wollte, die hier im Klostergut oder auf den Feldern arbeiten, hätte ich viel zu tun“, knurrte Bruder Beda. „Im Übrigen: Warum erzählst du mir das? Ansgar, der Ökonom, oder Longinus, der Stallmeister, wären die richtigen Gesprächspartner für dich.“

„Verzeihung“, nickte Bauer Edi. „Ich hätte dich nicht behelligt, wenn es nicht so dringend wäre.“

„Seit wann ist deine Tochter verschwunden?“, fragte Beda nun etwas versöhnlicher und bot dem Bauern im Pfortenzimmer einen Stuhl an.

„Wenn ich das so genau wüsste.“

„Du weißt es nicht?“ Bruder Beda zog die Augenbrauen hoch. „Du scheinst kein fürsorglicher Familienvater zu sein, oder?“

Bauer Edi zuckte die Achseln. „Ich hatte Imma meinem Neffen Luitger in Dienst gegeben. Er betreibt eine Mühle beim Kloster des heiligen Thomas und des heiligen Nikolaus in Bursfelde, verstehst du?“

Bruder Beda wischte sich die Milchtropfen vom zweiten Frühstück aus dem Bart. „Was ist daran so schwer zu verstehen, he? Du wolltest aus einer Tochter einen Müllerburschen machen, wenn ich richtig sehe. Und das obendrein bei der Konkurrenz, bei diesen hergelaufenen Corveyer Mönchen ohne Kultur! – Wie alt ist deine Imma überhaupt?“

„Sie dürfte inzwischen siebzehn sein.“ „Dürfte. So, so. Genaues weiß man nicht, was?“ „Ich müsste meine Frau Hildegard fragen.“

„Das lass mal lieber. Siebzehn oder achtzehn – wenn jemand verschwunden ist, spielt das Alter keine Rolle.“

Der Hörige druckste herum: „Eigentlich wollte ich Imma für ihren Übermut bestrafen – für ihr aufsässiges Reden gegen meine Frau und mich und überhaupt – und ihr eine schwerere Arbeit zuweisen, damit sie wieder zur Vernunft käme. Aber sie ist in Bursfelde nie eingetroffen.“

„Wer?“

„Nun, Imma, meine Tochter. Ich habe mir keine Sorgen gemacht, weil ich dachte, sie würde sich schon wieder zu Hause einfinden und ihre Eltern um Verzeihung für ihren Ungehorsam bitten – aber sie hat sich nicht blicken lassen.“

„Bist du bei Trost?“, rief Bruder Beda. „Wie viel Zeit ist in der Zwischenzeit vergangen und du weißt nicht, wo deine Tochter geblieben ist oder was sie derweil gemacht hat?“ „Nein“, räumte Edi kleinlaut ein. „Ich habe ihr vertraut, dass sie nach Bursfelde geht und die Arbeit bei ihrem Vetter aufnimmt.“

„Tölpel!“, entfuhr es Bruder Beda. Er stampfte mit dem Fuß auf und schritt wutentbrannt vor dem Bauern Edi auf und ab. „Man sollte dich exkommunizieren, weil du die Pflichten eines Vaters grob vernachlässigt hast. In den lodernden Flammen des Höllenfeuers solltest du schmoren, damit du wieder zu Verstand kommst."

Beda hüstelte. Was er gerade gesagt hatte, entbehrte jeder Logik. Wie sollte wohl jemand im Höllenfeuer seinen Verstand zurückgewinnen? Eher würde ihm hier der Rest aller Vernunft aus dem Gehirn gebrannt.

Edi blickte betreten zu Boden. „Was soll ich nur machen?", fragte er.

Bruder Beda blieb vor dem gebeutelten Vater stehen und legte ihm die Hand auf die Schulter. „Deine Tochter stand also in unseren Diensten?"

Der Bauer nickte. „Ja, wie ich und meine Söhne Peter und Meinolf. Mein Jüngster trat an Immas statt. Allerdings habe ich Imma seinerzeit vorschriftsmäßig aus dem Klosterdienst abgemeldet. Sie wollte unbedingt etwas lernen, mehr sein als gewöhnliche Magd, deshalb musste ich doch ihren Willen brechen und ihr eine härtere Arbeit zuweisen, damit sie wieder zu Verstand kam."

Aus der Ferne drang Gesang herüber. Aus den Dörfern des Reinhardswaldes näherte sich eine Prozession, die zum Grab des heiligen Modoald zog. Vielleicht kam sie auch von jenseits der Weser, aus den Orten des *Sollings*, aus jenem undurchdringlichen Waldgebiet, in dem noch Bären und Wölfe hausten, oder aus den fünf Orten in der Nähe von Helmarshausen, in denen Heinrich II. auf die Fürbitte des Bischofs Meinwerk und der Königin Kunigunde der Abtei Besitz vermacht hatte. Auch Forst und Wald *Siburg* jenseits des Tales waren auf diese Weise dem Kloster zugeschlagen worden.

Bruder Beda dachte über die Formulierung „den Willen brechen" nach und fand sie höchst unpassend. Sie beleidigte nicht nur seine Ohren, sondern entsprach auch nicht dem geschwisterlichen Geist, zu dem Vater Abt immer wieder anhielt. Seit Thietmar in engerem Kontakt zum Kloster Hirsau im nördlichen Schwarzwald stand, versuchte er der dortigen Reformbewegung nachzueifern und die Liebe unter den Menschen jedweden Alters und jedweder Herkunft zu predigen, obgleich einige böswillige Zungen unter den Mönchen spotteten, er gerate nun vom Regen in die Traufe, weil er mal Cluny, dann Gorze und schließlich Hirsau mit ihren Reformbestrebungen den Vorzug gebe. Beda ließ sich nichts anmerken; von einem dummen Bauern konnte er keine Einsicht in Erziehungsabläufe oder pädagogische Verhaltensmuster erwarten. Andererseits lag es ja nicht an den Bauern, dass sie dumm waren, sondern an denen, die ihnen die Bildungsmöglichkeiten vorenthielten – und hier musste auch das Kloster ein „*mea culpa*" sprechen.

Bruder Beda sah den Hörigen Edi nun mitfühlend an. „Was, glaubst du, könnte ich für dich tun?"

„Ich möchte dich bitten, die Augen offen zu halten.

Vielleicht hörst oder erfährst du etwas, wo Imma geblieben sein mag. Sie hatte ja auch Bekannte unter den Beschäftigten im Klosterbereich."

Der Mönch nickte. „Das will ich gern tun, mein Freund.

Aber hast du nie daran gedacht, dass sie möglicherweise auch das Opfer eines Verbrechens hätte werden können? Verzeih, ich will dir das Herz nicht unnötig schwer machen, aber es treiben sich seit geraumer Zeit entlassene Söldner, denen man den Lohn vorenthielt, marodierend in der Gegend zwischen Weser und Diemel herum."

Bauer Edi sprang auf. „Meinst du, Imma könnte einem Verbrechen zum Opfer gefallen sein?"

„Ich hoffe nicht", beschwichtigte Bruder Beda den Mann. „Jedoch muss man in diesen unsicheren Zeiten auch diese Möglichkeit einbeziehen. Ich rate dir, falls deine Tochter noch einmal den Wunsch äußert, etwas zu lernen, gewähre ihr diese Bitte nach besten Kräften. Bildung ist der Schlüssel zu mehr Menschlichkeit."

Bruder Beda spürte, wie unsicher sein Gast war. Er war mit Fragen und Zweifeln gekommen und schied nun ohne Trost. Ermahnungen fruchteten jetzt nichts. Deshalb sagte er: „Vielleicht solltest du deine Zuflucht zu unserem guten Schutzpatron Modoald nehmen, mein Freund. Du hörst die Lieder der Prozession, die sich jetzt der Klosterkirche nähert. Es sind heute wieder viele Menschen unterwegs, die auf die Hilfe des Heiligen vertrauen. Fast täglich treffen Pilger in Helmarshausen ein, alle überzeugt von dem Segen, der ihnen hier zuteilwird. Also, wende dich an Sankt Modoald und lass ihn dein Fürsprecher beim himmlischen Vater sein. Ich werde dich beim Beten unterstützen."

„Du?"

„Ja. Ich werde an dich denken, wenn ich zum Chorgebet gehe."

Bauer Edi seufzte tief, doch er fühlte sich gestärkt. „Ich danke dir", sagte er heiser und streckte dem Klosterbruder die schwielige Hand hin. „Und wenn du etwas von Imma hörst, bitte, lass es mich wissen. Wir sind in den nächsten Wochen zwar in *Langenthal* in der Wildkirschenernte, aber auf dem Heimweg komme ich in der Nähe des Klosters vorbei und kann mich erkundigen."

Der Mönch nickte. Er geleitete den Besucher zur Pforte und sah ihm nach, wie er über den Klosterhof humpelte und auf das Tor zuging. Doch dann besann er sich wohl der Worte, die Bruder Beda zu ihm gesprochen hatte und wandte seine Schritte der Abteikirche zu.

Imma hatte ein irisches Dokument vor sich, ein ungewöhnlich schönes Stück, Auszug aus dem Buch von Durrow, in dem die vollendete keltische Schriftkunst aufleuchtete. Was sie diesmal bei der Kopierarbeit faszinierte, waren die Anmerkungen, die die Mönche offensichtlich an den Rand des Originals geschrieben hatten. Imma fühlte sich mit ihren Schreibkollegen, die vor etwa dreihundert Jahren auf der „Grünen Insel" *Hibernia* gelebt und diese herrliche Kunst entwickelt hatten, innerlich tief verbunden. Einer hatte an den Rand des Pergaments geschrieben: „Müde ist meine Hand vom Schreiben, es zittert der scharfe Federkiel. Aus meiner schmal geschnäbelten Feder fließt ein dunkler Strom glänzender blauschwarzer Tinte ..."

Imma konnte sich jeden Begriff, von dem hier die Rede war, in Bildern vorstellen. Vor ihrem geistigen Auge erschien die Schreibwerkstatt der irischen Mönche inmitten der weiten grünen Wiesen oder am Rande eines Waldes. Unendlich tiefer Friede lag über dem Land, ein Friede, den sie hier in Helmarshausen wohl nie finden würde, erst recht nicht, seit Hildebrand sich davongemacht hatte und sie mit dem Wissen um einen Totschlag leben musste. In Irland zählten viele Mönche zu den Dichtern, den *fili*, und genossen hohes Ansehen, selbst beim Hochkönig, in dessen Nähe sie bei Versammlungen einen Ehrenplatz einnehmen durften. Imma erfreute sich besonders an den größeren und kleineren Initialen in Farbe, in Gold mit Silberelementen, einige mit angehängtem Purpurfeld, auf das kleinere Goldbuchstaben geschrieben waren. Die meisten Initialen waren mit Figuren geschmückt. Sie standen im Kontext zum Inhalt des Evangelientextes. Neben den größeren Initialen gab es noch eine Reihe kleinerer und kleinster Zierbuchstaben, die man Kapitälchen nannte und die auch in Farbe oder Gold ausgeführt und über den Text verstreut waren. Die Funktion dieser Zierbuchstaben bestand darin, einen neuen Textanfang zu bestimmen. Die Kleinstinitialen bezeichneten meistens den Anfang einer neuen Sektion nach der Zählung der Texteinheiten. Größere Buchstaben markierten möglicherweise den Beginn einer neuen Sinneinheit oder auch einer Perikope. Die großen Initialen standen meistens zu Beginn einer größeren Texteinheit oder einer solchen Perikope, die in der Liturgie gelesen wurde und einen liturgischen Rang besaß. In diese Initialen fügten die Künstler gleichsam als thematische Bereicherung bestimmte Figuren ein. Einer der Dichtermönche hatte ein schönes Gedicht verfasst, das mit dem Dokument, das Imma vorlag, wahrscheinlich über Regensburg nach Helmarshausen gekommen war:

Rings umschließt mich Waldeshang,
der Amsel Lied schallt her zu mir,
und über meinem Pergament, dem linienreichen,
erklingt der Vögel trillernder Gesang.
Vom Baumeswipfel ruft mit heller Stimme
in seinem grauen Mantel mir der Kuckuck zu.
Führwahr – es schützt mich der Herr! –
schön schreibt sich 's unter dem Waldesdach.

In diesem Augenblick sah Imma mit verschleierten Augen von ihrer Arbeit auf – und erstarrte: War das nicht ihr Vater, der über den Klosterhof ging? Sie griff rasch nach einem Tuch und rieb die Tränen fort. Ja, wahrhaftig, es bestand kein Zweifel! Wenn er jetzt zur Seite blickte, musste er sie entdecken! Imma duckte sich bis in Höhe der Fensterbank – da stieß sie mit dem Ellenbogen gegen das Tintenfass. Ein dunkler Strom glänzender blauschwarzer Tinte ergoss sich über die Kopie. Die Arbeit von drei Tagen war zunichte! Pater Rothardus eilte herbei, riss das Original an sich, die anderen Kopisten blickten sich erschrocken um.

„Wie konnte das nur passieren, Bruder Immanuel? Wo hast du nur deine Gedanken?“

Rothardus stand kopfschüttelnd vor Imma, die wie gelähmt an ihrem Platz saß, während ihr Nachbar Bragur sich mühte, den Tintenfluss mit einem Lappen zu stoppen.

„Ich weiß auch nicht. Mir geht es nicht gut“, stammelte Imma und bückte sich zu Bragur hinab, um dem Mönch bei der Beseitigung der Tintenspuren zu helfen. Tränen liefen ihr wieder über das Gesicht, doch jetzt nicht vor Rührung, sondern vor Scham.

„Bleib bitte vor der Vesper noch einen Augenblick im Skriptorium“, bat Rothardus. Dann ging er, um das irische Dokument in Sicherheit zu bringen.

Jetzt, wo ihr Vater im Kloster gewesen war, würde der ganze Schwindel auffliegen, schoss es Imma durch den Kopf. Was sie stets befürchtet, aber immer wieder verdrängt hatte, schien nun eingetreten zu sein. Sie hatte nicht bemerken können, ob ihr Vater den Klosterhof auf direktem Weg verlassen oder einen Abstecher in die Klosterkirche gemacht hatte. Jedenfalls war es zweckmäßig, sich draußen jetzt nicht blicken zu lassen.

Die Aussichtslosigkeit ihrer Lage wurde ihr noch stärker bewusst, als sie dem Leiter des Skriptoriums gegenübertrat. Die anderen Mitarbeiter hatten den Raum verlassen. Pater Rothardus wartete eine Weile, bis sich die Erregung Immas einigermaßen gelegt hatte. „Ich beobachte dich schon eine ganze Weile“, begann er die Unterhaltung. „Ich muss zugeben, dass ich dich nicht recht einzuschätzen weiß. An deiner Begabung, Immanuel, gibt es keinen Zweifel. Die Arbeiten, die ich dir übertragen habe, die Aufgaben, die du von Bruder Friedericus erhieltest, hast du zu unser beider Zufriedenheit ausgeführt. Mit anderen Worten: Du bist im Skriptorium am rechten Platz. Doch seit geraumer Zeit bist du unruhig, manchmal auch fahrig. Eine Last scheint auf deine Seele zu drücken, die dir das Leben im Kloster erschwert. Wir wissen nicht, wie wir dir helfen können, da du verschlossen bist und nicht redest. Die Unruhe mag mit dem Eintritt ins Noviziat zu tun haben, der in absehbarer Zeit bevorsteht. Es bedeutet möglicherweise einen weiteren Schritt der Bindung an dieses Haus. Vielleicht ist das Klosterleben doch nicht die wahre Berufung für dich. Du musst dich prüfen, Immanuel, was – wie ich hörte – dir auch Vater Abt und Pater Gunther, der Novizenmeister, geraten haben."

Der Mönch Rothardus machte eine Pause und sah Imma fragend an. Da sie die Augen gesenkt hielt und nichts erwiderte, sagte er: „Nun, es steht mir nicht zu, in dich zu dringen, Immanuel. Ich halte es für das Beste, wenn du ein paar Tage ausspannst, vielleicht in unserem Dorf *Fretterode* auf dem Eichsfeld, wo auch unsere Mitbrüder Odo und Wigbert zur Erholung weilen. Sie werden morgen zurückerwartet. Ich werde mit Vater Abt sprechen." Rothardus deutete mit einer leichten Verbeugung an, dass er die Unterhaltung nun für beendet hielt, Imma grüßte ehrerbietig und verließ das Skriptorium. Die Vesperglocke begann zu läuten.

Bevor Hildebrand das Kloster endgültig verließ – ein Abschied bei Nacht und Nebel wäre ihm feige und hinterhältig vorgekommen –, gestand er dem Novizenmeister und dem Abt den Totschlag des Mönches aus dem Kloster Reinhausen. Er verwandte keine Mühe darauf, den Fall zu beschönigen oder für sich günstig darzustellen. Er gab lediglich zu Protokoll, dass er einem bedrängten Mitbruder zu Hilfe gekommen war und keinen anderen Ausweg gesehen hatte, als gegen den stärkeren Gegner das Messer zu zücken. Im Grunde war die Sache klar: Ein Mensch war durch die Schuld eines anderen zu Tode gekommen, das heißt, ein Geschöpf Gottes hatte durch ein künftiges Ordensmitglied sein Leben verloren – da waren die Hintergründe von zweitrangiger Bedeutung. Man hielt Hildebrand zugute, dass er sich der drohenden Arretierung nicht entzogen hatte, sondern, um die Tat zu sühnen, willens war, ins Heilige Land zu pilgern. Eine Wallfahrt nach Rom, Santiago oder Jerusalem wurde als Ersatz für eine lange Zuchthausstrafe oder für die Bekanntschaft mit dem Galgen von fortschrittlichen, mit Bedacht wägenden Richtern gelegentlich verhängt, und da dem Abt als Vertreter der *Grundherrschaft* zugleich die Gerichtsbarkeit über die Mönchsgemeinschaft oblag, während der Klostervogt über die zum *Monasterium* gehörenden Hörigen und Halbfreien zu richten hatte, so bestand die Möglichkeit, die sonst zu erwartende Todesstrafe in eine Wallfahrt von angemessener Dauer, die am Ziel mit Dokument und Siegel bestätigt werden musste, umzuwandeln.

Der Abschied geschah in den frühen Morgenstunden des Festes des heiligen Maternus nach dem ersten Hahnenschrei und nach den ersten Chorgebeten, freilich nicht ohne den Segen des Abtes. Die Mönche waren nicht anwesend, und Thietmar hatte auch nicht vor, ihnen die wahren Hintergründe zu erläutern. Er erklärte lediglich, dass sich Hildebrand auf eine weite Reise begeben müsse, die nicht ohne Gefahren sei, und dass er der Gebete der Gemeinschaft bedürfe. Allerdings werde Hildebrand nicht mehr in den Konvent zurückkehren. Imma ahnte nichts von diesem Weggang im Morgengrauen, sie befand sich mit zwei weiteren Konventualen auf dem Weg zur Getreidemühle des Tafelgutes *Wülmersen*, das der Abtei unlängst zugefallen war. Der weitsichtige Abt hatte einen Vorwand gefunden, um sie dem Schmerz dieser Stunde nicht auszusetzen.

Es dauerte lange, bis die Berichte vom ersten Kreuzzug die westliche Welt erreichten. Sie strotzten vor Grausamkeiten, vor Überfällen, Massakern, Plünderungen und Vergewaltigungen. Es waren Meldungen, die niemand einfach bestätigen wollte, Schilderungen, die von klugen Köpfen angezweifelt wurden, Tagebucheintragungen, die man als unvorstellbar bewertete, denn der Auftrag, die heiligen Stätten vom Zugriff der Muslime zu befreien, konnte doch nur ehrenwerte und zu rechtfertigende Maßnahmen, jedoch nicht Mord und Totschlag beinhalten. Gerüchte von Gräueln schwappten in die westliche Welt, wurden kommentiert, analysiert, zurückgewiesen und als Fälschungen abgetan, denn was dort auf Pergament niedergeschrieben war, konnten nicht die Großtaten echter Christenmenschen sein. Wie schlimm es bei der Eroberung Jerusalems zugegangen sein musste, war der Chronik eines anonymen südnormannischen Ritters zu entnehmen: „Nachdem sie in die Stadt eingedrungen waren, verfolgten und massakrierten die Unseren die Sarazenen bis hin zum Tempel Salomos. Dort hatten sich jene gesammelt und lieferten während des ganzen Tages den Unseren einen Verzweiflungskampf, sodass schließlich der ganze Tempel von ihrem Blut triefte. Nachdem sie zuletzt die Heiden bezwungen hatten, ergriffen die Unseren im Innern des Tempels eine große Zahl von Männern und Frauen und töteten oder ließen am Leben, wen sie gerade wollten."

Auf dem Dach des Tempels hatten sich einige Leute unter den Schutz des Fürsten Tancred und des Gaston von Bearn gestellt – was ihnen wenig half. „Inzwischen“, so fährt der unbekannte Ritter fort, „rannten die Kreuzfahrer überall in der Stadt umher, rafften Gold, Silber, Pferde, Maulesel zusammen und plünderten die Häuser, die von Schätzen überquollen. Sodann gingen sie, trunken vor Glück und vor Freude weinend, zum Grabe unseres Erlösers Jesus und erfüllten, was sie ihm gelobt hatten. Am anderen Morgen aber kletterten die Unseren auf das Dach des Tempels. Sie griffen die Sarazenen an, die sich dorthin geflüchtet und Tancred ergeben hatten – Männer und Frauen. Sie zogen ihre Schwerter und schlugen ihnen die Köpfe ab. Einige stürzten sich vom Dach des Tempels auf die Straße. Als Tancred dies sah, wurde er sehr zornig.“

Solche und weit schlimmere Grausamkeiten sollten Christen an den Heiden verübt haben? Niemand, der davon erfuhr, wollte es glauben. Die Befreiung der heiligen Stätten von den islamischen Eindringlingen war der westlichen Welt als Christenpflicht, als eine unaufschiebbare, ehrenwerte Sache geschildert worden, an der sich Nationen, Könige und ihre Vasallen, Fürsten und ihre Heere, Abenteurer und Glücksritter, ja, selbst Züge armer Leute wie der des Petrus Heremita beteiligten. Papst *Urban* hatte schon im Vorfeld der unvorhersehbaren Ereignisse Sündenvergebung gewährt.

Imma nahm die Schreckensbotschaften, die im Kapitel vorgetragen und erläutert wurden, mit Entsetzen zur Kenntnis, wusste sie doch Hildebrand in der Nachhut der Kreuzfahrer. Die Klerikermönche in Helmarshausen diskutierten kontrovers, jedoch die Mehrheit hielt die Eroberungszüge für gerechtfertigt, um die Pilgerwege ins Heilige Land wieder öffnen und sichern zu können. Nur eine Minderheit verurteilte die Gräueltaten, das barbarische Hinschlachten von Menschen, die Beutezüge, die der persönlichen Bereicherung dienten. Man sprach geringschätzig von „Ungläubigen" und rechtfertigte diese Lieblosigkeit damit, dass auch die Gegenseite die Christen für „Ungläubige" hielt, obgleich Gott doch weder Christen noch Muslimen so grundsätzlich unterscheidungsbedürftig war. Man rühmte die Christen, die im Kampf gefallen waren, denn sie, die für Christus ihr Leben geopfert hatten, waren der ewigen Anschauung Gottes gewiss, mochten sie zuvor noch so große Leuteschinder oder Halsabschneider gewesen sein. Alle, die aus Franken zum Orient aufgebrochen waren und die gefahrvollen Wege zu Lande und zur See sowie das Schlachtgetümmel überlebt hatten, suchten irdische Güter als Ausgleich oder Belohnung für das waghalsige Abenteuer, das sie auf sich genommen hatten. Unter der Raffgier starb der religiöse Impuls, der für viele einmal treibende Kraft des Unternehmens gewesen war. Aber selbst hohe Geistliche hatten den Kreuzfahrerheeren neben der himmlischen Glückseligkeit auch die Wohltaten der Erde vor Augen gestellt. Jeder legte das Wort des Papstes auf seine Weise aus: „Sollte es jemand an Denaren fehlen, so wird die göttliche Barmherzigkeit für ihn sorgen."

Imma wusste zwar, dass Hildebrand an kriegerischen Handlungen nicht beteiligt war, doch verrieten die Berichte über Überfälle der Sarazenen auf Pilger, Handwerker und Händler die Gefahr, die auch jetzt im neuen lateinischen Königreich

Jerusalem mancherorts herrschte. In den Küstenstädten ließen sich zahlreiche italienische Kaufleute nieder, die einen blühenden Handel entfachten; vielleicht gelang es Hildebrand, in einem ihrer Betriebe Fuß zu fassen und so für seinen Lebensunterhalt zu sorgen? Doch dann brachten Pilger die Neuigkeit mit, dass es um die Küstenorte Cäsarea, Akkon und andere Häfen immer wieder zu Kämpfen komme, weil die Muslime die Versorgungswege von und nach Europa störten und vor allem die Ankunft von neuen Kriegern vereiteln wollten. Fulcher von Chartres schrieb über den Kampf um Askalon: „Die Sarazenen umgaben uns von allen Seiten und machten sich Hoffnung, unsere Reihen einzudrücken und völlige Unordnung hineinzubringen. Schon ließen die Türken, von hinten unsere letzten Reiterseharen umkreisend, einen Pfeilhagel auf sie niedergehen; dann hörten sie auf, sich ihrer Bogen zu bedienen, zogen die Schwerter aus der Scheide und schlugen damit aus größter Nähe auf die Unsrigen ein. Bei diesem Anblick riss der König, getrieben von seiner Kühnheit, sein weißes Banner aus den Händen eines seiner Ritter, und gefolgt von nur einigen der Seinen ritt er in aller Eile denen der Unsrigen zu Hilfe, die so grausam bedrängt wurden. Bald zersprengte er mit der Hilfe des Herrn die Türken durch die Wucht des Angriffs, tötete eine große Zahl von ihnen und kehrte dahin zurück, wo die zahlreichste Menge der Sarazenen und Äthiopier kämpfte. Dann flohen die Araber, Türken und Ägypter; die einen erreichten die Berge, die anderen blieben tot auf dem Schlachtfeld …“

Die große unruhige Welt drang bis in die Beschaulichkeit des Klosters. Gäste kamen mit Hiobsbotschaften, die sie irgendwo gehört und aufgenommen hatten und nun erregt oder ängstlich weitererzählten. Mancher Bericht mochte blumig ausgeschmückt sein, so wurde aus einem überschaubaren Scharmützel womöglich eine Schlacht, und die Zahl der

Getöteten stieg von fünfundzwanzig auf zweihundertfünfzig. Bei den Tischlesungen trug Wigbert, der die klarste Stimme besaß, Aufzeichnungen aus dem Tagebuch des Abtes Wino vor, der, als er vor vielen Jahren das Heilige Land bereiste, mit wachen Augen beobachtet und mit akribischer Genauigkeit niedergeschrieben hatte, was in seinem Umfeld geschah. Allerdings hatte er damals nicht erahnen können, dass sich aus lokalen Konflikten ein brutaler Vernichtungskrieg entwickeln würde.

„Ich sehe dich heute mit entspanntem Gesicht", lächelte der Abt seinem Prior zu, der ihm im Kreuzgang mit leichten Schritten entgegenkam. Obgleich Altfried beleibt und nicht sonderlich beweglich war, schien er jetzt über die sandsteinernen Sollingplatten zu schweben.

„Ich habe auch allen Grund, entspannt und gelöst zu sein", lachte Altfried und rieb sich die Hände. Ich bin mit der Entwicklung unseres Klosters zufrieden. Der heilige Modoald ist ein echter Schutzherr."

„Du hast nur die Finanzen im Blick, wenn ich nicht irre, oder?"

„Nur?" Das lachende Gesicht des Priors erstarrte. „Mit Psalmengesang und gregorianischen Chorälen allein wird Helmarshausen schwerlich gedeihen, mein Freund. Ich komme gerade vom Ökonom, von Pater Ansgar, der meine Bilanz bestätigte: Die Abtei ist wohlhabend, um es vorsichtig auszudrücken. Von Reichtümern will ich nicht sprechen, Vater Abt, weil es sich mit Blick auf die christliche Demut nicht geziemt, obgleich der Devotionalienhandel blüht und die Gaben der Beter beträchtlich zugenommen haben."

„Das heißt also, mein lieber Prior, du wirst auch zukünftig auf eine gut abgehangene Mettwurst und ein Stück vorzüglich geräucherten Schinkens im Refektorium nicht verzichten müssen."

Prior Altfried trat unwillig mit dem Fuß auf. „Dass du mich nie ernst nehmen kannst, Vater Abt! Statt sich zu freuen, dass wenigstens die materiellen Sorgen verschwunden sind, machst du dich über mich lustig!"

Thietmar blieb stehen und berührte mit der rechten Hand sacht den Oberarm des Priors. „Ich habe mich noch nie über dich lustig gemacht, Altfried. Und sei unbesorgt: Ich nehme dich ernst, so wie ich auch das ernst nehme, was du mir berichtest. Selbstverständlich freue ich mich über den spürbaren Wohlstand. Hier hat uns Sankt Modoald gewiss geholfen. Aber in einem Punkt muss er seine Fürsprache bei Gott noch etwas verstärken."

„Ich weiß, ich weiß." Der Prior wiegte den Kopf. „Ein gut gefülltes Auftragsbuch in der Gold- und Silberschmiede sowie in der Schreibwerkstatt sind für das Gedeihen eines Klosters nicht genug. Wenn doch mal wieder einer der jungen adeligen Herren an die Klosterpforte klopfen und um Aufnahme bitten würde!"

„Du sagst es", nickte der Abt. Die beiden Mönche nahmen ihre Wanderung durch den Kreuzgang wieder auf. Nachdenklich schwiegen sie, ihre Schritte hallten von den Wänden.

Plötzlich ging ein Schmunzeln wie ein Lichtstrahl über das Gesicht des Priors.

„Nun, was führst du wieder im Schilde?", fragte Thietmar neugierig.

„Der Gedanke, dass wir bald so berühmt sein werden wie Corvey, entschädigt für alle Sorgen, die ich mir um dieses Haus gemacht habe."

„Bis zur nächsten Überschwemmung", warf der Abt ein, seine Stimme klang leicht nach Spott.

Der Prior drohte: „Mal den Teufel nicht an die Wand und verdirb mir nicht den Appetit auf das opulente Mahl, das die Küche vorbereitet. Der Duft des Hirschbratens dringt sogar bis in diese heiligen Hallen."

„Ja, wenn ein Hirschbraten alle Sorgen vom Tisch fegen könnte, solltest du jeden Tag Hirschbraten genießen", lachte der Abt. „Wir leben in einer Zeit des Umbruchs", sagte Thietmar nach einer Weile. „Auf Dauer werden Klöster allein nicht mehr die Bildungsstätten der Menschen sein können. Die Städte wachsen, und damit nimmt auch das Wissensbedürfnis seiner Bewohner zu. Es wird noch andere Schulen geben als Dom- und Klosterschulen."

„Da pflichte ich dir bei“, nickte der Prior. „Die Zeichen der Veränderung sind unübersehbar. Die andere Schwierigkeit, die ich kommen sehe, ist unsere Lage.“ „Du meinst den Standort des Klosters?“

„Unsere weltabgeschiedene Lage, ja. Schau dich doch um: Wälder, die wir zum Teil gerodet haben, kleine Weiler mit einer Handvoll Menschen, Dörfer, die aus sich selbst kaum existieren können. Mögen uns die Stifter auch Land und Besitz in den Orten ringsum vermacht haben, die Erträge bleiben gering, nicht zuletzt, weil es an Menschen fehlt, die in unsere Dienste treten können, geschweige denn einen Klostereintritt ins Auge fassen.“

„Gemessen an deiner anfangs geschilderten Situation wollen wir über den augenblicklichen Stand unserer Abtei nicht klagen, mein lieber Altfried. Jedenfalls sah ich eben ein zufriedenes Gesicht.“

„Ganz recht. Ich wiederhole: Ich bin auch zufrieden, weil sich über den Verkauf von Devotionalien und die Einnahmen von den Pilgerseharen, die zu uns kommen, neue vielversprechende Möglichkeiten zur Sicherung unserer Existenz aufgetan haben. Ganz zu schweigen natürlich von den Leistungen, die unsere Kunstwerkstätten erbringen. – Doch was ist morgen und übermorgen!“

„Was meinst du?“

„Die große Zahl der Gründungen in unserem Raum und die Zuwendungen ihrer Stifter hat dazu geführt, dass sich die Klöster gegenseitig behindern. Das Erzbistum Mainz ist offenbar bestrebt, seinen Güterbesitz an der Oberweser zu vergrößern oder abzurunden. Es gibt sich mit seinen Liegenschaften um Erfurt oder um Heiligenstadt im Eichsfeld nicht zufrieden. Der Fronhof zu Nörten mit allem Zubehör wie Schloss Hardenberg gehört ihm bereits, ebenso Hofgeismar. Und Eigenkirchen besitzt das Erzstift schon in Oedelsheim,

Dransfeld, Moringen und anderswo. Nun sind ja die Klöster Lippoldsberg und Bursfelde ebenfalls Mainzer Besitz."

Thietmar seufzte. „Der heilige Modoald wird also noch manchen geistigen Kampf zu unseren Gunsten ausfechten müssen."

„Mehr als den Himmel zu bestürmen vermag unser Konvent beim besten Willen nicht, Vater Abt."

Die beiden Klostervorsteher standen unter den Arkaden des Kreuzgangs und sahen in den Hof hinaus. Eine friedliche Stille lag heute über den Abteigebäuden. Die Sonne schien. Schwalben schwirrten unter die Schatten der Dächer in ihre Nester. Am Blumenrondell vor dem Brunnen flatterten ein paar zitronengelbe Falter.

„Mehr als den Himmel zu bestürmen wird von keinem Christenmenschen verlangt", lächelte der Abt. Dabei er sah Altfried nicht an.

Die Stille des Kreuzgangs wurde unterbrochen, denn die sonntagnachmittägliche Instruktionsstunde für die Postulanten und Novizen war zu Ende. Schweigend, mit leicht gesenktem Gesicht, die Hände unter dem *Skapulier*, die Kapuzen auf dem Kopf, schritten sechs junge Männer durch den Kreuzgang an den Klostervorstehern vorüber. Als Pater Gunther mit der Gruppe gerade um die Ecke bog, erschien Bruder Beda aufgeregt von der Pforte.

„Es ist ein Bote draußen mit einer wichtigen Nachricht."

„Was sagt er?", erkundigte sich der Abt.

„Der Mönch, der kürzlich aus dem Kloster Reinhausen bei uns zu Gast weilte und so plötzlich verschwunden ist – war gar kein Mönch."

„Was redest du da?", rief der Prior. „Drück dich bitte etwas präziser aus!"

„Ich gebe nur weiter, was der Bote gesagt hat", verteidigte sich Bruder Beda. „Der Mönch war falsch!"

Der Abt machte eine Geste, die Bruder Beda zum Reden aufforderte.

„Es war ein zum Tode verurteilter Mörder, der dem Henker entkommen ist. Den wahren Mönch, das heißt, der, den der Prior von Reinhausen zu uns senden wollte, hat man im Reinhardswald erschlagen und verscharrt aufgefunden. Der Verbrecher muss ihn unterwegs getroffen, ausgehorcht und getötet haben. Er ist dann in die Kutte und somit auch in die Rolle des echten Gastes geschlüpft."

Der Abt und der Prior sahen sich entsetzt an. „Wo ist der Bote?"

„Im Besuchszimmer, Vater Abt. Er wünscht dich persönlich zu sprechen."

Thietmar nickte und folgte Bruder Beda zur Pforte, während der Prior aufgeregt auf und ab ging. Der Abt kam nach zehn Minuten niedergeschlagen zurück. „Es wäre gut, wenn du nach Fretterode reiten und mit Immanuel reden würdest, Pater Altfried."

„Mit Immanuel?"

„Ja. Doch nein" – der Abt fasste den Prior am Ärmel seines Habits und hielt ihn zurück –, „es ist wohl besser, wenn ich selbst reite. Es scheint, dass wir dem jungen Mann einiges verdanken."

Imma weilte nun zwei Monde in Fretterode, doch ihr innerer Zustand hatte sich nicht gebessert. Sie fühlte sich nach wie vor wie ausgelaugt, als wenn eine geheimnisvolle Macht alle Kräfte, die in ihr steckten, aus ihrem Körper ziehen würde. Sie unternahm lange Spaziergänge an Wiesenrainen und Bachläufen entlang, sie suchte Pilze und sammelte Beeren, es war ihr ernst mit dem Gedanken, die Natur möglichst lebendig wahr- und in sich aufzunehmen, ja, selbst ein Stück Natur zu sein, so wie ihr Vater es sie von Kindesbeinen an gelehrt hatte. „Imma", hatte er gesagt, „wenn es dir gelingt, die Seele des Baumes zu entdecken, wirst du niemals krank werden." Als Kind hatte sie nicht verstanden, was der Vater gemeint hatte, doch jetzt, wo sie sich nicht wohlfühlte, begriff sie allmählich, was er hatte ausdrücken wollen. Imma atmete die Gerüche des Waldes, sie umarmte Bäume, als wären sie Menschen, sie wog Steine in ihrer Hand, die die Wärme der herbstlichen Sonnentage gespeichert hatten. Nach den entsagungsreichen Monaten im Kloster war der Aufenthalt in der Freiheit des selbst gestalteten Tagesablaufs wie ein Aufschrei gegen die unfreiwillige Ordnung des Lebens, eines Lebens, das sie am Ende doch selbst gewählt hatte, weil sie die Ordnung der Kunst an sich hatte erproben wollen. Dass es ohne diese Ordnung nie zu gestalterischen Phasen im Leben eines Künstlers kommen würde, hatte Imma schmerzlich erfahren.

Die Abtei Helmarshausen hatte im Eichsfeld einigen Besitz. Das Haus, in dem Imma jetzt weilte und das dem Kloster gehörte, bestand aus drei Räumen, dazu kam eine Küche im Keller. Es durfte von Konventualen, die vor der Entscheidung standen, ob sie sich durch zeitliche oder ewige Gelübde an den Orden binden sollten, für eine kurze Zeit bewohnt werden, damit sie sich frei und ungezwungen für ihren weiteren Lebensabschnitt entscheiden konnten. Abt Thietmar hatte verfügt, dass in diesen Wochen der Selbstfindung oder Selbstbestätigung jeder Kandidat auf sich selbst gestellt sei, das heißt auch ohne Hilfe von außen zurechtkommen solle. Er musste für seinen Lebensunterhalt sorgen, als sei er für alle Zeit darauf angewiesen. Diese Umstellung fiel manchen Novizen nicht leicht, hatten sie doch im behüteten Tagesablauf des Klosters auch die Sorge für ihre leiblichen Bedürfnisse erfahren dürfen. Man setzte sich an den Tisch, ohne fragen zu müssen, wer die Nahrungsmittel beschafft und die Speisen zubereitet hatte. Jetzt aber musste man die Mahlzeiten selbst besorgen. Der Abt hatte jedem, der das Haus in Fretterode bewohnte, eine kleine Summe Geldes zugebilligt, mit der er sich die nötige Nahrung beschaffen konnte. Zudem warf der kleine zum Haus gehörende Garten einige Erträge ab. Die Mahlzeiten fielen nicht üppig aus, auch die Bauern aßen nicht mehr, selbst die Freien und Halbfreien mussten darauf achten, dass sie nicht zu viel Hirse und Weizen, eingepökeltes Fleisch und saures Kraut aus den Vorratskammern verbrauchten.

Ein besonderer Vorteil dieser außerklösterlichen Lebensweise war das Alleinsein mit sich selbst. Kein Mitbruder, mit dem man das Leben teilen musste. Imma genoss es, wie schon in manchen Nächten während der Reise nach Trier und des Aufenthaltes dort, wenigstens im Haus die grobleinene Kutte entbehren, wieder ganz Frau sein und sich pflegen zu dürfen. Sie lag allein in einem Raum in ihrem Bett, war weder neugierigen Blicken noch dem Schnarchen der Mönche ausgesetzt. Sie konnte die Arme recken, nach Herzenslust gähnen, die Beine zur Decke strecken und vor sich hin singen, ohne Gefahr zu laufen, dass ihre schöne helle Stimme erkannt oder missdeutet wurde.

Der äußere Rahmen für einen erholsamen Aufenthalt konnte Immas seelische Zerrissenheit nicht ausgleichen. Den größten Kummer bereitete ihr nach wie vor Hildebrand. Wo war er geblieben? Hatte er seine Pläne wahr gemacht? War er mit zweifelhaften Männern nach Vorderasien gezogen, um im Heiligen Land als Glücksritter sein Los zu verbessern? Imma hatte nichts mehr von ihm gehört, und auch das Kloster war ohne Nachricht geblieben. Jedoch warum hätte Hildebrand auch schreiben sollen? Er hatte mit dem Kloster gebrochen, und es lag ihm doch daran, die Spuren des Totschlags zu verwischen und nicht durch Lebenszeichen aus fernen Ländern auf sich aufmerksam zu machen. Was aber nun sie beide betraf: Gab es keine Möglichkeit, ihr eine Nachricht zukommen zu lassen, etwa des Inhalts: „Ich lebe. Ich liebe Dich! Hildebrand"? – Nein, es kam kein Zeichen, und erst recht nicht ins ferne Fretterode, wo sich Hase und Igel Gute Nacht sagten. Ob Hildebrand möglicherweise seinen Eltern eine Botschaft übermittelt hatte …? Aber wie und wodurch hätte er sich melden sollen, wo es doch bis auf den Pfarrer in Gottsbüren im Dorf niemanden gab, der lesen und schreiben konnte?

Imma war tief in Gedanken versunken, als sie aufblickend Abt Thietmar gewahrte, der aus dem Wald kommend auf einem Schimmel auf sie zuritt. Von seinem möglichen Besuch hatte Rothardus nichts erwähnt, und auch der Novizenmeister hatte keinerlei Andeutungen gemacht. Der Abt sah, wie sein Postulant zusammenzuckte, und bemühte sich, den Augenblick des Erschreckens möglichst lässig zu überspielen.

„Ich komme gerade von Reinhausen, wo unser Mönch Reinhard seinen Dienst als neuer Abt angetreten hat", begann er das Gespräch. „Ich habe mir überlegt, dass mir ein kleiner Umweg nicht schaden würde, wenn ich bei dieser Gelegenheit einen unserer Nachwuchsmönche zu Gesicht bekäme, die nun ins Noviziat aufgenommen werden sollen. Erholst du dich gut, Immanuel?"

Imma bekam kein Wort heraus, sie nickte. Der Versuch, eine geziemende Antwort zu geben, scheiterte in einem Hustenanfall. Thietmar lächelte. Imma hatte keine Vorstellung von der geografischen Beschaffenheit der Gegend, sie wusste auch nicht, wo das Kloster Reinhausen lag und ob es von dort eine direkte Verbindung nach Helmarshausen gab. Doch sie ahnte, dass Vater Abt ihretwegen einen nicht zu unterschätzenden Zeitverlust hingenommen hatte. Was hatte sein Besuch zu bedeuten?

Thietmar sprang schwer atmend vom Pferd. Die Reise hatte ihn angestrengt. Wahrscheinlich war er über eine längere Strecke Galopp geritten, denn das Pferd zeigte Schweißspuren an Flanken und Hals. Eine Weile führte er das Tier am Halfter.

„Eine schöne Landschaft", bemerkte er nach einer Weile des Schweigens.

Imma nickte.

„Dort, wo Gott seine Hand so verschwenderisch schön über die Welt ausgestreckt hat, um seine Schöpfung zu vollenden, lässt es sich am besten reden, meinst du nicht auch?"

Imma nickte abermals.

„Ich denke, du solltest dein Herz frei machen, Immanuel. Denn es gibt vieles, das dich bedrückt."

Imma zuckte zusammen. Was wusste der Abt? Oder sprach er nur einen Verdacht aus, eine Vermutung, die sich auf Andeutungen, auf Gerüchte oder leere Worte begründete? Vielleicht wollte er seinen jüngsten Mitbruder nur auf die Probe stellen, seine Standfestigkeit oder Schlagfertigkeit prüfen, vielleicht hatte er auch nur einfach etwas dahingesagt, weil er mit Immanuel ein Gespräch beginnen wollte.

Da der Postulant schwieg, begann der Abt zu reden. „Ich möchte dir eine Geschichte erzählen, Immanuel. Bitte, unterbrich mich nicht, auch wenn dir bestimmte Passagen in meinem Bericht vertraut erscheinen sollten. Es ist die Lebensgeschichte der heiligen Theodora aus Alexandrien, die zur Zeit Kaiser *Zenos* lebte."

Der Abt machte eine kleine Pause, wie wenn er seine Gedanken noch einmal ordnen müsste.

„Theodora war eine schöne Frau, von vielen Männern umschwärmt und begehrt. Einer von ihnen machte ihr besonders aufdringlich den Hof, überhäufte sie mit Geschenken, obgleich sie verheiratet war. In dem Maße, in dem Theodora ihn abwies, in dem Maße steigerte sich seine Leidenschaft zu ihr, und er wünschte nichts sehnlicher, als sie möge sein Werben erhören und ihm zu Gefallen sein. Der Teufel führte Theodora in Versuchung; er schickte eine Zauberin zu ihr, die ihr riet, den Verehrer heimlich zu empfangen, doch Theodora sagte, sie wolle vor den Augen Gottes, die alles sehen könnten, keine Sünde tun. Die Zauberin aber erwiderte, was bei Tage geschehe, das sehe Gott, was sich jedoch des Nachts ereigne, das könne er nicht sehen. Theodora glaubte ihr, denn sie war wie verblendet. Sie ließ den Mann in ihr Haus, erlag seinem Liebeswerben, bereute jedoch augenblicklich ihre Tat und weinte so bitterlich, dass auch ihr Gemahl, der von dem Vorfall nichts ahnte, sie nicht trösten konnte. Theodora war so untröstlich, dass sie ihre Haare abschnitt und Männerkleider anlegte. Sie ging zu einem Kloster, das acht Meilen vor der Stadt lag, und bat um Aufnahme in die Reihen der Mönche. Man gewährte ihr die Bitte."

Als der Abt an dieser Stelle seines Berichtes angelangt war, machte er eine kurze Pause und sah Imma eindringlich von der Seite an. Doch Imma blickte mit versteinertem Gesicht geradeaus.

Thietmar fuhr fort: „Als man sie nach ihrem Namen fragte, sagte sie statt Theodora Theodorus. Sie übernahm von nun an alle Dienste, die man ihr auftrug, in Demut, sie beschwerte sich nie und ertrug das harte Leben im Kloster als Sühne für ihren Fehltritt. Derweil war Theodoras Gemahl sehr betrübt, denn er glaubte, seine Frau habe sich mit dem Verehrer auf- und davongemacht. Eines Tages nun gebot der Abt Bruder Theodorus, er möge die Ochsen anspannen und Öl aus der

Stadt holen. In der Nacht zuvor erschien ein Engel des Herrn Theodoras Gemahl im Traum und teilte ihm mit, dass seine Frau ihm morgen früh auf der Straße Sankt Petri und Pauli Marter begegnen werde. Theodora erkannte ihren Gemahl, doch er erkannte sie nicht. Sie litt entsetzlich, da sie sich ihm als Mönch nicht zu erkennen geben konnte, doch ihr Gemahl glaubte, abermals betrogen worden zu sein.

Theodora zog sich immer mehr aus dem öffentlichen Leben zurück. Sie betete viel und entsagte allen Freuden des Lebens. Sie errang eine so große Stufe der Heiligkeit, dass sie viele Wunder tun konnte. Das aber behagte dem Teufel nicht und er sann auf eine neue List. Theodora musste eines Tages auf dem Wege aus der Stadt zum Kloster in einer Herberge übernachten. Des Nachts kam eine Magd zu ihr – die doch als Mann in Mönchskleidern auftrat – und bot ihr an, mit ihr zu schlafen, was Theodora entrüstet ablehnte. Darauf ging die Magd zu einem anderen Mann, der in der Herberge übernachtete. Als die Magd ein Kind erwartete und man sie fragte, von wem es sei, so antwortete sie: ‚Theodorus, der Mönch, schlief bei mir.' Als das Kind geboren war, schickte man es zum Abt. Der Abt war außer sich und verbannte Theodora mitsamt dem Kind aus dem Kloster. Theodora nahm die Schmach auf sich, um weiterhin ihren Ehebruch zu sühnen, und sorgte für das fremde Kind. Nach sieben Jahren erbarmte sich der Abt des verstoßenen Mönches, denn er sah, wie aufopferungs- und liebevoll Theodorus das Kind erzog, und nahm beide wieder ins Kloster auf. Als Theodora das Ende ihres Lebens gekommen sah, umarmte sie das fremde Kind wie ihr eigenes, herzte und küsste und ermahnte es, Gott und den Brüdern im Kloster in Demut durch Gebet und Fasten zu dienen.

In der Nacht jedoch hatte der Abt einen seltsamen Traum. Er sah die Vorbereitung für eine große Hochzeit, an der Engel, Propheten, Märtyrer und viele andere Heilige teilnahmen. In der Mitte aber stand eine Frau, von unaussprechlicher Glorie umgeben. Und eine Stimme sprach: ‚Dies ist der Mönch Theodorus, den man fälschlich eines Kindes zieh und der in Wirklichkeit eine Frau ist. Viele Jahre hat sie, die einmal Ehebruch beging, gebüßt.' Als der Abt erwachte, weckte er seine Brüder, und sie eilten zu der Zelle des Theodorus – und fanden ihn tot. Sie schlugen die Decke zurück und sahen, dass es eine Frau war."

Der Abt schwieg, und Imma wagte kaum zu atmen. Die Kutte schnürte sie ein, sie fühlte sich wie in einem Käfig, dessen Gitter ihre Glieder beengten. Ein Specht trommelte mit großem Eifer gegen einen Baumstamm, und ein Eichelhäher gab erregt warnende Laute von sich.

„Die Geschichte ist damit noch nicht zu Ende", sagte Abt Thietmar, „doch sie ist an einem Punkt angelangt, an dem wir sie abbrechen können."

Immas Gesicht war weiß wie eine Kirchenwand. Sie spürte, wie ihre Beine zitterten und ihr der Schweiß in den Nacken lief. Einen Augenblick musste sie sich gegen den Stamm einer Föhre lehnen. Thietmar ging ein paar Schritte voraus und sah sie besorgt an.

„Du weißt also, Vater Abt …" „Ja, ich weiß."

„Doch woher? Ich habe mir reichlich Mühe gegeben, nicht aufzufallen."

„Eine Weile schien ja auch alles gut. Bis mir ein Verdacht kam."

Sie schritten nun nebeneinander, Imma mit fliegendem Atem, der Abt in betonter Ruhe. Sie hörten das Prusten des Pferdes hinter sich, das Thietmar jetzt an der langen Leine führte, und das Geräusch der Hufe, die den Boden des sandigen Weges aufwirbelten.

„Welcher Verdacht?"

„Im Grunde durch eine einfache Geste. Ich beobachtete euch Postulanten und Novizen einmal in der Stunde der *Rekreation*. Jemand hatte einen Ball aus Stoffresten geformt und den habt ihr euch gegenseitig zugeworfen. Du hast den Ball immer mit gespreizten Beinen aufgefangen, die anderen mit zusammengepressten Knien. Das machte mich nachdenklich. Denn das war ein Zeichen dafür, dass du den Rock gewohnt warst, während die Männer sich so verhielten, als ob sie noch Hosen trügen. Dann erzählte mir einer der Brüder von einer merkwürdigen Unterhaltung zwischen Hildebrand und dir, von der er zufällig Zeuge geworden war."

Imma fiel dem Abt zu Füßen und küsste ihm die staubigen Schuhe, doch Thietmar richtete sie auf.

„Warum hast du mich nicht gleich aus dem Kloster verbannt?"

„Ich brachte es nicht über mich. Du darfst mir glauben, dass ich nächtelang gegrübelt habe, was ich tun müsse. Ich habe niemanden ins Vertrauen gezogen, nicht einmal Pater Gunther, den Novizenmeister. Mit ihm werde ich noch reden müssen. Es war ein Kampf zwischen Herz und Verstand. Denn ich habe deine Begabung im Skriptorium erkannt und respektiere auch deinen Wunsch nach Bildung. Doch eine Lösung wird sich in Helmarshausen nicht finden lassen."

„Verzeih mir, Vater Abt, bitte, verzeih mir!"

„Da Gott stets verzeiht, will auch ich mich bemühen, dir zu verzeihen. Doch Sorge bereitet mir die Versöhnung mit deinen Eltern. Ich habe nicht gewusst, dass du ihnen davongelaufen bist, bis mir Bruder Beda vom Besuch des Bauern Edi berichtete."

„Meine Eltern …"

„Ja, Imma. Ich muss jetzt wohl Imma sagen, nachdem der Postulant Immanuel gestorben ist, verstehst du?"

Imma nickte.

„Also, deine Eltern waren in großer Sorge um dich.

Aber sie wissen jetzt Bescheid."

„Sie wissen, dass ich – Mönch werden wollte?", rief Imma entsetzt.

Thietmar tätschelte den Schimmel, der unruhig geworden war, als das Mädchen die Stimme hob.

„Nein, denn Mönch wolltest und konntest du in Helmarshausen ja nicht werden. Aber ich habe sie unter dem Siegel der Verschwiegenheit verpflichtet, über die Sache Stillschweigen zu wahren und auch dir gegenüber nie ein Wort des Vorwurfes zu äußern."

„Vater wollte mich strafen, nur weil ich den Wunsch zu lernen geäußert habe", sagte Imma tonlos, „begreifst du das?"

Aus dem nahen Gebüsch sprang ein Fuchs und suchte das Weite. Das Pferd scheute, und der Abt hatte Mühe, es zu besänftigen.

„Du schuldest ihnen Ehrfurcht und Respekt", sagte Thietmar ernst. „Sie haben kein leichtes Leben. Ich will mich dafür einsetzen, dass einige Hörige aus der Abhängigkeit des Klosters entlassen werden, so sehr wir jede Hilfskraft brauchen. Zu ihnen soll auch dein Vater gehören."

„Aber dann, Vater Abt, entziehst du ihm Arbeit und Brot", schluchzte Imma.

„Er soll frei sein und seine eigene Scholle beackern." „Frei – was ist frei?", fragte Imma, aber sie befragte eher ihr eigenes Gewissen als den Abt, der neben ihr ging.

„Du hast etwas bei mir gut", sagte der Abt nach einer Weile. „Erinnerst du dich an die Nacht, in der du den vermeintlichen Mönch aus dem Kloster Reinhausen im Skriptorium überraschtest?"

Imma schüttelte sich. Ein Schauder lief ihr über den Rücken, wenn sie an dieses Erlebnis dachte, das ihre Hoffnungen zerstört hatte. „Die Nacht werde ich nie vergessen können, Vater Abt. Aber – vermeintlich?"

„Du hast richtig verstanden. Es war ein falscher Mönch, der sich Zugang zu unserem Kloster verschaffte, ein Verbrecher, der dem Galgen versprochen war." „Mein Gott!"

„Das kann man wohl sagen. Nicht auszudenken, was geschehen wäre, wenn Hildebrand …"

Der Abt hielt inne und blickte Imma an, die bis unter die Haarwurzeln erbleichte.

„Du verdankst ihm wahrscheinlich dein Leben, Imma, und

die Abtei Helmarshausen verdankt dir den Erhalt einiger ihrer kostbarsten Schätze." Dann fügte Thietmar nach einer kleinen Pause hinzu: „Hildebrand sühnt den Totschlag, den er begangen hat, durch eine Wallfahrt ins Heilige Land. Auch wenn er nicht mehr ins Kloster zurückkehren wird, hoffe ich doch, dass wir bald von ihm hören."

Der Himmel dehnte sich aus, als sei er grenzenlos.

Über den Höhen des Eichsfeldes spannte er sein Zelt in zartem Blau, durchsetzt von weißen schäumenden Wolken, die von Westen nach Osten segelten. Abt Thietmar blieb stehen und wies mit der Hand nach vorn. Am Ortseingang von Fretterode stand eine Gestalt im grauen Kleid. Imma glaubte in ihr ihre Mutter zu erkennen, die ihr scheu entgegenwinkte.

Es gibt Augenblicke, in denen man sein Leben für gescheitert hält. Alle Anstrengungen, ein Ziel zu erreichen, haben nicht gefruchtet. Man ist stehen geblieben, hat gleichsam auf halbem Wege Schiffbruch erlitten und weiß nun nicht weiter. Imma befand sich in einer solchen Situation. Nachdem sich ihr großer Lebenstraum nur zu einem Teil erfüllt, sie jedoch die Grundlinien der Kalligrafie, der Schönschreibkunst, gelernt hatte, stand sie auf der Straße. Es gab keinen Lehrabschluss, auf den sie verweisen, keine Empfehlung, auf die sie sich berufen konnte. Auch wenn ihre Vorgesetzten in der Schreibwerkstatt mit ihr höchst zufrieden gewesen waren, durfte sie von ihnen doch kein Zeugnis verlangen, ohne ihre Identität preiszugeben. Und: Welches Männerkloster wäre wohl in der Lage einzugestehen, dass es eine junge Frau statt eines jungen Mannes in seinen Werkstätten eine Ausbildung hatte beginnen lassen, ohne zu merken, dass es geprellt worden war? Diese Blöße würde sich auch Rothardus nicht geben, auch Friedericus nicht und erst recht nicht der Novizenmeister, Pater Gunther. Wenn Imma die Abtei nun verließ, dann gewissermaßen durch die Hintertür, ohne Aufhebens, ohne offizielle Verabschiedung. So sang und klanglos war schon Hildebrand verschwunden, doch der hatte zum Abschied wenigstens noch den Segen des Abtes bekommen.

Nach der Rückkehr aus Fretterode durfte Imma nicht mehr in die Klausur zurückkehren. Doch wollte der Abt sie nicht aus seiner Nähe entlassen, bevor er nicht noch etwas für ihren weiteren Lebensweg getan hatte. So bezog Imma im Gästehaus der Abtei vorübergehend Quartier. Eine ihrer letzten Handlungen im äußeren Klosterbereich galt der Aufstellung eines Kreuzes. Abt Thietmar hatte Imma um die Bezeichnung des Ortes gebeten, an dem Hildebrand und sie den falschen Mönch begraben hatten. So waren sie mit einigen Bauhandwerkern, mit Sägen und Balken in die Diemelwiesen gezogen, um ein schlichtes Kreuz ohne Korpus zu errichten. Thietmar versprach, das nächste Kapitelsamt für die Seele des unglücklichen Menschen zu feiern, der mit Immas und Hildebrands Leben auf so erschütternde Weise verbunden war.

Imma schritt, ihr Bündel in der Hand, noch einmal durch die Abteikirche. Die Farbe an den Wänden roch noch frisch. Das Gotteshaus machte einen hellen, freundlichen Eindruck. Man merkte, dass bei der Ausstattung der wiedereingerichteten Klosterkirche nicht gespart worden war. Zahlreiche Heiligenfiguren bevölkerten die Erker und Nischen. Der Küster hatte überschwänglich Blumenschmuck verteilt. Die Fülle des Herbstes blühte und grünte vor den Statuen und Bildern; es kam Imma vor, als ginge sie durch einen himmlischen Festsaal. Zum Schluss ihres Rundgangs blieb sie vor dem Sarkophag des heiligen Modoald stehen. Der Schutzherr des Klosters hatte allgemeinen Wohlstand gebracht, doch es schien, als habe er Imma dabei ausgenommen. Man hatte den Eindruck, er habe den Empfang seiner Gebeine in Trier, die Schwierigkeiten vor und während der *Translatio* verdrängt und entsinne sich jetzt nicht einmal der Personen, die ihm die glückliche Reise an die Diemel ermöglicht hatten. Nein, der Segen des Heiligen war Imma nicht zuteilgeworden. Doch Augenblicke des Glücks hatte sie in Helmarshausen wohl erlebt – trotz allem. Die Schriftzeichen, die sie gelernt hatte, waren ihr ins Herz geschrieben, die Farben erleuchteten ihre Seele, die Möglichkeiten der Gestaltung beflügelten ihr Herz. Imma fühlte sich glücklich, wenn sie den Federkiel in den Händen hielt, den weichen Stift, mit dem sie die Linien vorzeichnete, die Initialen umriss. Worte des unbekannten irischen Mönches kamen ihr wieder in den Sinn: „Aus meiner schmal geschnäbelten Feder fließt ein dunkler Strom glänzender blauschwarzer Tinte …“ Ja, darin lag ein Stück Erfüllung ihres Lebens, auf das sie fortan nun leider verzichten musste.

Ihr Bündel unter dem Arm betrat Imma die Klosterpforte. War es Zufall oder hatte Abt Thietmar es so eingerichtet – Bruder Beda, der Pförtner, war in dieser Stunde nicht anwesend. Stattdessen öffnete der Klostervorsteher Imma das Tor, um sie in die freie Welt hinauszulassen. Einen Augenblick sahen sich beide schweigend an. In beider Augen lag ein dunkler, wehmütiger Glanz.

„Ich möchte dich nicht ohne ein persönliches Wort von hier scheiden sehen", sagte der Abt, ein kaum wahrnehmbares Lächeln lag auf seinen Lippen. „Du weißt, Imma, dass ich dich schätze, aber die Umstände zwingen mich zu diesem Schritt. Ich habe hier eine Adresse für dich." Thietmar nestelte an seinem Habit und zog einen Brief hervor. „Dies ist ein Schreiben an die Oberin des Klosters *Gandersheim*. Sie steht einem von dem sächsischen Grafen und späteren Herzog Liudorf gegründeten Damenstift vor. Am Ende des 10. Jahrhunderts lebte hier die bedeutende Dichterin Hroswitha. Wenn du in der bewährten Tradition dieser kunstsinnigen Nonne leben möchtest, wirst du bei den Kanonissen Aufnahme finden. Ich bin mir sicher, dass du die Möglichkeit erhältst, deinen künstlerischen Neigungen nachzugehen und dich fortzubilden."

„Verzeih, ich habe von dieser Nonne noch nicht gehört, Vater Abt."

„Sie schrieb Legenden in Versen, in Hexametern, und verherrlichte in lateinischen Epen die Geschichte ihres Klosters und die Taten Kaiser Ottos I. Sie gilt als erste deutsche Dichterin."

„Und du meinst, ich würde in dieser erlauchten Umgebung meinen Lebenssinn finden?"

„Ich hoffe", lächelte der Abt. „Gott segne dich!" Thietmar überreichte Imma das Schreiben und fast gleichzeitig machte er das Zeichen des Kreuzes über sie. Wortlos wandte er sich der Pforte zu. Imma wartete, bis die schwere Tür mit einem dumpfen Ton ins Schloss fiel.

Drei Jahre später. Es war an einem lauen Abend im Mai – die Mücken tanzten und die Schwalben setzten zum Tiefflug an, als ein ungestümer Besucher zur Zeit des Nachtgebetes an der Klosterpforte von Gandersheim läutete und Einlass begehrte. Er war außer Atem und schien bis auf die Haut durchschwitzt zu sein. Einen erschöpfteren Eindruck machte jedoch sein Pferd, das mit bebenden Flanken unter einer Eiche im Vorhof angebunden stand. Man sah ihm an, dass es unterwegs nicht geschont und dass das Letzte an Kraft aus ihm herausgepresst worden war. Als sich die Pfortenschwester nicht bereit erklärte, dem Begehren des bärtigen Mannes nachzukommen, klopfte der Fremde mit der Haselnussgerte ungehalten an seine lederbesetzte Reithose und nahm eine drohende Haltung ein.

„Ich kann Schwester Irmhild zu dieser Stunde unmöglich ins Besuchszimmer bitten", erläuterte die verängstigte Nonne. „Schwester Irmhild weilt mit den übrigen Novizinnen, die morgen die feierliche *Profess* ablegen, zum stillen Gebet in der Klosterkirche. Da darf ich nicht stören."

„Und ob du darfst!", brauste Hildebrand auf. „Ich bin nicht Tag und Nacht von Helmarshausen bis Gandersheim geritten, um mir hier von dir eine Abfuhr zu holen. Also, beweg dich, sonst geht es dir schlecht."

Die Pfortenschwester zuckte unter den Worten, die sie wie Peitschenhiebe trafen, zusammen. So hatte noch niemand mit ihr zu sprechen gewagt, und sie war auch nicht bereit, die wüste Beschimpfung ohne Widerspruch hinzunehmen.

„Wenn du nicht augenblicklich verschwindest, hole ich die Stallknechte, die werden dir das Fell über die Ohren ziehen", sagte sie mutig und machte Anstalten, die schwere Flügeltür vor dem Besucher ins Schloss zu werfen. Doch Hildebrand setzte schnell seinen Fuß in den Spalt.

„So haben wir nicht gewettet!", rief er. „Ich lasse mich nicht wegschicken wie einen verlausten Hund! Du gehst augenblicklich zu deiner Oberin und sagst ihr, dass ich Schwester Irmhild zu sprechen wünsche."

„Die ehrwürdige Äbtissin wird dich nicht ins Haus lassen und schon gar nicht deinem Begehren stattgeben." Die Pfortenschwester warf sich vergeblich gegen die Flügeltür, um Hildebrand aus dem Eingang zu drängen.

„Du wirst gehen, und zwar sofort! Andernfalls" – Hildebrand zog ein scharfes Messer –, „ich habe Erfahrung mit diesem Ding. Es ist zwar nicht meine Art, mir auf diese Weise Gehör zu verschaffen, aber du zwingst mich dazu."

Mit einem spitzen Schrei wich die Pfortenschwester zurück. Der Fremde trotzte breitbeinig in der Tür, entschlossen, seinen Standort zu verteidigen.

Aus dem dunklen Eingangsbereich des Klosters näherten sich schlurfende Schritte. „Was ist denn das für ein Lärm, Schwester Anna? Wer stört denn zu so später Stunde den Frieden unseres Stiftes?"

Eine ältere vornehm wirkende Dame im Schleier trat ins Licht der Pforte.

„Hier ist ein Mann, der sich nicht abweisen lassen will, ehrwürdige Mutter. Er möchte unbedingt mit Schwester Irmhild sprechen. Ich habe ihm gesagt, dass ..."

„Ich habe gehört, was du ihm gesagt hast, denn eure Unterhaltung dringt ja durch das ganze Haus." Die Äbtissin wandte sich dem Besucher zu. „Den Worten von Schwester Anna ist nichts hinzuzufügen, mein Herr. Schwester Irmhild befindet sich mit zwei anderen Novizinnen in der Klosterkirche, um sich in der letzten Nacht vor ihrer Profess im Gebet mit dem Herrn zu vereinen. Sie wird morgen Braut des göttlichen Heilandes." „Daraus kann nichts werden!", rief Hildebrand. „Denn sie hat schon einen Bräutigam – und das bin ich!"

„Du bist ..." Den frommen Frauen verschlug es die Sprache.

„Nein, dass du die Unverschämtheit besitzt, uns solche Lügenmärchen aufzutischen“, begehrte die Äbtissin auf. „Unsere Mitschwester Irmhild ist eine hochanständige Frau, die auf Empfehlung eines Abtes, des Klostervorstehers von Helmarshausen, zu uns kam und sich hier sehr wohlfühlt. Morgen wird sie sich durch zeitliche Gelübde an unser Stift binden.“

Hildebrand wollte nicht glauben, was er hörte. Hatte Imma ihm vor seinem Aufbruch ins Heilige Land nicht gesagt, dass sie ihn liebte? Wovon hätte er in all den beschwerlichen Monaten der Wallfahrt und der von Rückschlägen gezeichneten Phase der Existenzgründung leben sollen, wenn nicht von diesen drei Worten: Ich liebe dich! Aus diesem Bekenntnis bezog er täglich seine ganze Energie, alle Impulse, jeden Antrieb, wenn es ihm dreckig erging und wenn die Mutlosigkeit ihn niederdrückte. Dann sah er auch Immas Bild vor sich, ihren hübschen Kopf mit dem kurz geschnittenen Haar, das in Wirklichkeit blond statt schwarz war, den weichen Mund und die sanften braunen Augen, die ihn ein wenig wehmütig anblicken konnten, manchmal unsicher und voller Fragen, dann voller Verlangen, aber auch voller Zweifel und Enttäuschung. Es ist meine Schuld, dass ich ihr kein Lebenszeichen geschickt habe, dachte Hildebrand. Es ist meine Schuld, dass ich nicht mehr Zeit aufgewandt habe, nach Wegen zu suchen, um ihr eine Nachricht zukommen zu lassen. Zu schnell habe ich mich mit der Auskunft, die Transportwege nach Europa seien gestört oder in Feindeshand, zufriedengegeben.

Mit einem Male stand Hildebrand vor dem Scherbenhaufen seiner Hoffnungen.

Die Äbtissin hatte sich derweil beruhigt und blickte den Besucher forschend an, während die Pfortenschwester ihn missbilligend musterte.

„Wir möchten dich nun bitten, dich zu entfernen“, sagte die Oberin des Klosters.

„Genau das werde ich nicht tun!“ Hildebrand erschrak vor seiner eigenen Stimme, so hart und entschlossen klang sie. Er spielte mit dem Messer in der Hand und spürte, wie sich die Faust immer fester um den Knauf schloss. Schwester Anna trat unwillkürlich einen Schritt zurück, als sie die Klinge im Halbdunkel aufblitzen sah.

„Schwester Irmhild hat sich entschieden, bei uns zu bleiben und Mitglied unseres Konvents zu sein“, erklärte die Äbtissin. „Sie ist eine künstlerisch hochbegabte junge Frau und schätzt die Förderung, die wir ihr bieten können.“

„Das muss sie mir schon selbst sagen“, beharrte Hildebrand. „Ich kann ihr ebenfalls etwas bieten, wenn auch nicht hinter sicheren Gemäuern, sondern in einer Oase am Rand der Wüste.“

„Wüste?“ Die Pfortenschwester riss den Mund auf und erstarrte.

„Ja, in einer Gegend, die auch unser Herr Jesus Christus geliebt hat. Ich habe Land gekauft und fruchtbar gemacht.“

Die Äbtissin hob abwehrend die Hände. „Das dürfte kaum eine Beschäftigung für unsere Schwester Irmhild sein – bei ihrer zarten Statur. Also, junger Mann, schlag dir die Flausen aus dem Kopf. Geh, geh mit Gott!“

„Niemals! Jedenfalls nicht, bevor ich Irmhild, hm, Imma wiedergesehen habe. Sie soll mir selbst sagen, was sie will.“

Hildebrand machte Anstalten, in den Klostergang zu treten.

„Du wirst doch das Hausrecht nicht verletzen wollen, oder? Das dürfte dir schlecht bekommen. Schwester Anna, geh, ruf die Knechte aus dem Gesindehaus!“

„Schwester Anna bleibt!“ Hildebrand umklammerte den Arm der Pfortenschwester und hielt ihr das Messer an den Hals. „Ich werde das Hausrecht nicht verletzen und auch sonst niemandem etwas antun. Es sei denn, er hindert mich, mit Imma zu sprechen.“

Die Äbtissin erkannte, dass Hildebrand zu allem entschlossen war. Sie nickte Schwester Anna zu und verschwand augenblicklich in der Klausur. Es dauerte einige Zeit, bis sie zurückkehrte, hinter sich eine verstört wirkende junge Frau.

Hildebrand ließ die Pfortenschwester los und steckte das Messer in die Scheide.

„Entschuldige, dass ich dich so hart anfassen musste“, sagte er zu ihr, „aber ohne dieses Mittel wäre ich nicht zum Ziel gekommen.“

Eine Weile sahen sich die beiden jungen Menschen an. Hildebrand war breiter geworden, die Arbeit hatte seine Fäuste gestählt, sein bärtiges Gesicht war gebräunt, das wirre Haar an den Schläfen an zwei Stellen schon leicht angegraut.

„Ich gebe dir fünf Minuten, Schwester Irmhild“, sagte die Äbtissin. Sie gab der Pfortenschwester ein Zeichen, und die beiden zogen sich einige Schritte in den Gang zurück. Hildebrand wartete, bis sie außer Sichtweite waren.

„Ich bin zurückgekommen, Imma.“ Seine Stimme klang belegt.

„Du bist von den Toten auferstanden, Hildebrand. Wie Lazarus. Und ich hatte dich in meinen Gedanken längst begraben und beweint.“

„Es tut mir leid, dass ich dir nicht geschrieben habe.

Es ging nicht. Ich habe mich bemüht, aber …“ „Schon gut.“

„Nichts ist gut!“, rief Hildebrand. Seine Stimme hallte von den Mauern wider. „Ich habe alles falsch gemacht, alles! Ich hätte dich mitnehmen sollen – damals! Nein, hätte ich besser nicht! Die Gefahren unterwegs, die Überfälle, die rauen Sitten, der Hunger und der entsetzliche Durst! Du hättest das nicht …“

„… überstanden, Hildebrand? Weißt du nicht, was die Liebe vermag? Die Liebe ist langmütig, gütig, nicht eifersüchtig, sie prahlt nicht, sie handelt nicht taktlos, sie sucht nicht ihren eigenen Vorteil, sie lässt sich nicht erbittern, sie trägt das Böse nicht nach …“

Imma machte eine Pause und sah Hildebrand an. Ihre Arme hingen schlaff wie ohne Muskeln an ihrem Körper, und sie vermochte nicht einmal, dem Freund die Hand entgegenzustrecken. Da Hildebrand schwieg, fuhr Imma fort: „Die Liebe deckt alles zu. Alles glaubt sie, alles hofft sie, alles erträgt sie.“

„Alles?“ „Ja, alles.“

„Und verzeihen? Wie ist es mit dem Verzeihen, Imma?“

„Die Liebe hört niemals auf, Hildebrand, das solltest du wissen. Das hat uns Pater Gunther, der Novizenmeister, doch immer wieder beigebracht, nicht wahr?“

Hildebrand machte einen unsicheren Schritt auf Imma zu, und Imma wich ihm nicht aus. Sie spürte, wie sich zwei kräftige Arme um ihre Schultern legten, und empfand augenblicklich eine lang entbehrte Geborgenheit, die ihr das Stift, die Mitschwestern und die Aussicht, nun auf Jahre ihre Gemeinschaft teilen zu dürfen, nicht geben konnten. Sie hob ihr schmales Gesicht zu dem um einen Kopf größeren Hildebrand empor und ließ ihren Tränen freien Lauf.

„So hat Sankt Modoald mich schließlich doch noch erhört“, schluchzte sie.

„Sankt Modoald?“

„Ja, ich habe täglich zu ihm gebetet, dass er dich sicher in die Heimat zurückführen möge.“

„Und ich habe ihn angefleht, dir im Heiligen Land an meiner Seite eine neue Heimat zu geben.“

Die Äbtissin trat aus dem Zwielicht des Pfortenbereichs. „Du musst mir nichts erklären, Schwester Irmhild. Ich habe alles gehört – und verstanden. Schwester Anna ist dabei, deine Habseligkeiten zu packen. Unter diesen Umständen ist es wohl besser, wenn du noch in dieser Stunde unser Stift verlässt.“

Thietmar starb nach einem reichen und erfüllten Leben am 1. Januar 1120, betrauert von seinen Mönchen, beweint von vielen Bewohnern der Klosterregion, denn er war ein milder und verständnisvoller Patron gewesen, der seine Untertanen gerecht behandelt und auch nicht übervorteilt hatte und dem die Seelsorge an den Menschen in den zahlreichen ihm unterstellten Dörfern eine ernste Herzenssache gewesen war. Er genoss unter den Gelehrten den Ruf eines wissbegierigen, fragenden Mannes, der den Beruf des Wissenschaftlers und Forschers nicht minder überzeugt hätte ausüben können als den des Theologen, denn die Suche nach neuen Erkenntnissen über die Welt und ihre Zusammenhänge hatte zu seiner beliebten Beschäftigung in den wenigen Mußestunden gehört. In die Corveyer Annalen ging er als ein Mann *piae memoriae* ein, was seine Anerkennung als Abt von außerordentlicher Frömmigkeit beflügelte.

Im letzten Lebensjahr Thietmars fragte Bischof Sigewart von Minden im Kloster an, ob Helmarshäuser Mönche die Ausmalung seiner Grabeskirche in Idensen übernehmen könnten. Er stelle sich großflächige Szenen nach Vorbildern aus der Buchmalerei vor. Abt Thietmar versprach, das Angebot zu prüfen, doch musste er wegen seiner fortschreitenden Erkrankung die Entscheidung darüber sowie über die Zeit der Beurlaubung der Mönche seinem Prior, Pater Altfried, überlassen. Zu dem Zeitpunkt gründete Norbert von Xanten den *Prämonstratenserorden*. Irgendwo im Südwesten, entsann sich Thietmar, ach ja, in Speyer, vollendete sich der gewaltige Dom, der wie ein unauslöschliches himmlisches Siegel für die Anwesenheit Gottes auf Erden war, und nicht weit vom Pfälzischen entfernt machte eine Nonne, Hildegard mit Namen, auf dem Disibodenberg durch ihre mystischen Erfahrungen von sich reden.

Vielleicht hat Thietmar die Nachricht vom Erscheinen der *Historia regum Britanniae* noch erhalten, die Gottfried von

Monmouth zu einer Art nationaler Mythologie gestaltete, die den Rohstoff für Sagen wie die von König Lear und Arthur, Merlin, Lancelot, Tristan, Parzival und den Heiligen Gral abgab? Vielleicht hat ihn dieser Stoff mehr interessiert als die *Gesta Francorum*, die einen verhältnismäßig zutreffenden Bericht vom ersten Kreuzzug erstatteten? Jedenfalls begegnete er den französischen Chronisten voller Misstrauen, die beispielsweise ohne Weiteres die Meinung vertraten, Frankreich sei von adeligen Trojanern besiedelt worden, Karl der Große habe Spanien erobert und Jerusalem eingenommen. Lag es an dem grauenhaften Latein, das die klösterlichen Chronisten schrieben und das zu mancher Fehleinschätzung führte? Thietmar wusste es nicht. Er hielt es den Skriptoren zugute, dass sie in erster Linie darauf bedacht waren, das Wachstum und die Geschichte ihrer Häuser aufzuzeichnen. Sie hielten Neu- und Umbauten in Wort und Schrift fest, kümmerten sich um Wahlen und Wundertaten, sie vervollständigten die Sterbeurkunden der Äbte und die Chroniken der Klöster, selbst die Streitigkeiten der Mönche fanden ihr Gehör. Sie machten Bemerkungen über Sonnenfinsternisse und Dürrezeiten, über Hungersnöte und Jahre üppigen Wohlstands, sie registrierten Epidemien und Krankheitsverläufe, manchmal auch politische Versäumnisse, die die Menschen ringsum an den Rand der nächsten kriegerischen Katastrophe brachten. Die wirklich großen Geschehnisse nahmen sie in einer Mischung aus Unverständnis und Fehlinterpretation wahr. Internationale Ereignisse geschahen in der Verantwortung fremder Menschen und damit weit weg, jedenfalls viele Steinwürfe außerhalb der Klostermauern, und waren ein weltlich Ding. Sie akribisch aufzulisten war Sache der Professoren, der gelehrten Herren. Daher unterwarfen die Skriptoren ihre Quelle auch keiner kritischen Sichtung, sie untersuchten weder die Ursachen noch gaben sie eine Bewertung ab. Sie fügten unbekümmert die eine oder andere Zahl oder Bemerkung hinzu und überließen die Analyse den Lesern. Eine unglaubliche Leichtgläubigkeit bestimmte die Einschätzung der Wirklichkeit; kein Wunder, dass die Grenze zwischen Realität und Fiktion fließend verlief.

Doch es gab auch akribisch genaue Historiker, an denen sich die vagen Geschichtsdeuter nicht vorbeimogeln konnten. Sie vollführten gleichsam den Sprung vom Chronistentum zur wahren Geschichtsforschung. In Thietmars Amtszeit fiel das Wirken von Wilhelm von Malmesbury. Der Stoff in seiner *Gesta Pontificum Anglorum* und *Gesta Regum Anglorum* war immerhin so angeordnet, dass eine zusammenhängende und lebendige Geschichte der britischen hohen Geistlichkeit und der Könige entstand, ohne das falsche Beiwerk schmeichelnder Attribute. Ordericus Vitalis aus Shrewsbury, der im selben Jahr wie Wilhelm von Malmesbury, nämlich 1143, starb, kam bereits im Alter von zehn Jahren als Klosterkind in die normannische Abtei St. Evroul und blieb dort achtundfünfzig Jahre bis ans Ende seines Lebens, ohne seine Eltern je wiederzusehen. In achtzehn Jahren unermüdlicher Forschungs- und Schreibarbeit entstanden die fünf Bände seiner *Historia ecclesiastica*. Pausen legte er nur während der kältesten Wintertage ein, wenn die Feder den steifen Fingern entglitt. Ordericus Vitalis stand zwar nur der enge Raum der Zelle für die Ausflüge seines Geistes und für seine literarische Arbeit zur Verfügung, doch mit welcher Genauigkeit wusste er die verschiedenen weltlichen und geistlichen Dinge zu bewerten und einzuschätzen und zudem noch ein treffendes Urteil über Sitten und Gebräuche des Lebens im Alltag abzugeben.

Als der unermüdliche Abt von Helmarshausen starb, schickte sich Bischof Otto von Freising gerade an, die Geschichte der Religion und der irdischen Welt von Adam an aufzuschreiben; er nannte sein Werk *De duabus civitatibus* – Über die zwei

Staaten. Während er sich mit dem Plan trug, eine stolze Biografie über seinen noch lebenden Neffen Friedrich Barbarossas zu schreiben, ereilte ihn der Tod.

Die Bekanntschaft mit den größten Historikern jener Zeit blieb Thietmar versagt. Es waren zwei Franzosen, die wie die Troubadours und Trouveres statt in Latein in ihrer eigenen Sprache schrieben und das Französische gleichsam zur Sprache der Literatur aufwerteten: Gottfried von Villehardouin, ein Edelmann und Krieger, sowie Jean Sire de Joinville, Seneschall der Champagne. Von ihrem Sinn für Geschichte und der Art, sie zu betrachten, hätte Thietmar profitiert; sie folgten den Denkstrukturen, die der Abt von Helmarshausen immer geschätzt, für die er jedoch kein Echo gefunden hatte. Viele Jahrhunderte, bevor der Begriff der Romantik überhaupt geprägt worden war, besaß er eine eigentümliche Vorstellung von ihrer Bedeutung: In ihr lebten die mythischen Geschöpfe aus Europas Märchenschatz auf, das christliche Epos erstrahlte in der ganzen Schönheit und Dunkelheit seiner visionären Kraft. Liebe und Krieg, Hass und Tod, Heldentum und Untergang nahmen Formen der Kunst und der Religion an, die durch welterschütternde Ereignisse wie den Beginn der Kreuzzüge ein reales Bild erhielten. In sie flossen unbekannte Sagen und Wundererzählungen aus dem Orient ein, ergänzt durch eine Fülle von Liebes- und Abenteuergeschichten von unerklärlichem Reiz.

Mit der Zunahme des Wohlstandes, mit der Entfaltung der Muße, mit dem Anwachsen der Bildung für Laien, mit dem Aufblühen der Städte und des Mittelstandes, der Gründung von Universitäten, der Hochschätzung der Frau in Literatur und Rittertum wuchsen die Bildungsmöglichkeiten über die Grenzen des Klosters hinaus. Klosterschulen waren nun nicht länger die alleinigen Bildungsvermittler, und die Schüler gehörten nicht mehr ausschließlich dem Klerikerstand an. Übrigens begann man in jenen Tagen, die Leiter der Klosterschulen *magister* oder *scholasticus* zu nennen. Thietmar hat die Blüte der sich nun entfaltenden Literatur nicht mehr erlebt. Cicero, Vergil, Horaz, Ovid, Livius, Sallust, Lucan, Seneca, Statius, Juvenal, Quintilian, Sueton, Apuleius, Sidonius – und wie die Namen alle hießen – waren den intelligenten Klosterschülern zwar keine Fremdlinge, doch forderten sie nun ihr Recht, über den begrenzten Zirkel des Bekanntheitsgrades hinaus Allgemeingut zu werden. Dieser Anspruch machte nicht einmal vor mancher Burgkemenate halt. Hätte Thietmar diese Zeit und ihren evolutionären Aufbruch noch erfahren dürfen, wäre ihm manche schlaflose Nacht voller dunkler Zukunftsvisionen erspart geblieben. Vielleicht hätte die Vorwegnahme dieser Entwicklung die beschwerlichen Mühen um eine Akzeptanz der Abtei in der Öffentlichkeit eingeschränkt und die *Translatio* des hl. Modoald sogar überflüssig gemacht? Was heute durch Bildung, durch Aufklärung, durch die rationalen Kräfte des Bewusstseins möglich ist, musste gestern durch Wunderglauben, durch die Bereitschaft der Seele für das Irrationale und Unerklärliche erzielt werden. Aber stimmte denn nicht, dass es dem Menschen der Vergangenheit im Grunde nicht wichtig war, woher er die Gewissheit des rechten und richtigen Handelns bezog – Hauptsache, er erreichte das Paradies?

Ein Jahr vor seinem Tod, im Jahre 1126, schrieb der Paderborner Bischof Heinrich II.: *Itaque deliberato consilio feci ecclesiam in honore Sei Johannis baptiste in monte qui eminet Helwardensi coenobio* – Daher habe ich nach reiflicher Überlegung eine Kirche zur Ehre Sankt Johannes des Täufers auf dem Berge errichtet, der das Kloster Helmarshausen überragt. Es war ein Bau, der seine Erhabenheit aus seiner Schlichtheit bezog, der jeden architektonischen Schmuck entbehrte und dadurch ein karolingisches Merkmal verriet. Die Einweihung der Externstein-Kapelle hatte der Bischof 1115 noch persönlich vornehmen können, auf dem Krukenberg musste er sich wegen seiner angeschlagenen Gesundheit vom Mindener Bischof Sigewart vertreten lassen.

Es gab keinen Zweifel, dass der neue Herr der Abtei, der hl. Modoald, für die Seinen mit himmlischen wie irdischen Gaben sorgte. Der Paderborner Bischof vermachte dem Kloster beträchtliche Ländereien. Das Kloster besaß in seiner Glanzzeit 600 *Hufen* bestelltes Ackerland, Wald- und Wiesenflächen, Weinberge am Rhein, Jagden und Fischereirechte – Bischof Poppo hatte vom Kloster Helmarshausen die Fischerei in der Weser bei Herstelle erworben und dem Abt dafür die Aufgaben eines Archidiakons über die Kirchen in Helmarshausen, Beverungen, Herstelle, Wahmbeck, Deisel und Sielen übertragen.

Der Ruf der Abtei wuchs nicht zuletzt dank der hervorragenden Leistungen seiner Kunstwerkstätten und der ausgereiften und vollendeten, von Kennern hoch geschätzten Arbeiten der Mönche Rogerus, Rothardus und Herimann über die Ländergrenzen hinaus. Die Kunst der Buchmalerei gipfelte in dem viel gerühmten Prachtexemplar des Evangeliars Heinrichs des Löwen, zweifellos das bekannteste, nicht aber unbedingt das bedeutendste Werk aus der Helmarshäuser Buchproduktion, denn die Evangeliare von Malibu und Uppsala standen in höherem künstlerischen Rang.

Doch dann vertiefte der Machtanspruch des Paderborner Bischofs Bernhard I., Edelherr von Ösede, ein Freund des heiligen Bernhard von Clairvaux, die Gegensätze zwischen Bistum und Abtei, was zu dauerhaften Streitigkeiten führen sollte. Aber was heißt Streitigkeiten? Die spätere Geschichte der Abtei an der Diemel war nicht frei von Querelen um ihre Selbstständigkeit. Je nach Lage und Laune verbündeten sich die Äbte mit den Bischöfen von Köln, Mainz oder Paderborn, sie wiesen gefälschte Urkunden vor, um beim Papst ihren Status als *exempte* Niederlassung wiederzuerlangen, wie er zur Zeit des Gründers Ekkehard einmal bestanden hatte. Nur der Heilige Vater sollte die Oberaufsicht über die Reichsabtei führen. Thietmar hat diesen lang anhaltenden schmerzlichen Prozess nicht mehr erlebt. Dass einer seiner Nachfolger, Konrad II., und seine Mönche mit gefälschten Papieren Vorteile erschleichen und Konkurrenten austricksen wollten, hätte er nie für möglich gehalten, geschweige geduldet. Allein der Gedanke daran hätte außerhalb seiner Vorstellungswelt gelegen. Es hätte ihn auch mehr als schmerzlich berührt, dass gerade dem Mönch Herimann, der so großartig Bücher konzipieren und illuminieren konnte, die Beteiligung an den Urkundenfälschungen nachgesagt würde. Manche skizzenhaft umrissenen Ideen und nicht ausgeführten Baupläne musste Thietmar seinem Nachfolger, Abt Reimbold I., überlassen, dem es beispielsweise oblag, den großen Klosterumbau in Angriff zu nehmen.

Die Wirren der späteren Jahre sind dem frommen und eifrigen Thietmar erspart geblieben. Er hätte es nicht verstanden und auch nicht verwunden, dass Abt Adolf II. von Padberg während seiner ganzen Amtszeit ohne Weihe blieb, weil er sich vom Paderborner Bischof nicht hatte bestätigen und weihen lassen wollen, sondern den Zuschlag vom Papst erwartete, der aber gerade mit seinem Umzug nach Südfrankreich beschäftigt war. Reimbold von Markesen bemühte sich erst gar nicht um die Bestätigung von Wahl und Weihe. Nicht nur er war mit dem Konvent zerstritten, einige seiner Nachfolger wurden abgesetzt, wieder eingesetzt, versetzt – kurz, es ging zeitweise drunter und drüber, und die Zeichen des Niedergangs waren nach kurzen Phasen der scheinbaren Erholung und Einigung mit den kirchlichen und weltlichen Mächten offensichtlich. Die alte Reichsabtei, bei der Gründung im Herzogtum Sachsen im Engerngau auf dem Gelände der Grafschaft des Dodico von Warburg gelegen, später dem kurkölnischen Herzogtum Westfalen und anschließend dem Fürstentum Corvey zugehörig, fiel nach Reformationswirren, Bauernaufständen, politischem Ränkespiel und dem Verzicht der Paderborner Bischöfe 1597 endgültig an Hessen, nachdem 1536 die letzten Mönche das Kloster verlassen hatten.

Von den einstigen Gebäuden ist nicht viel übrig geblieben. Sie verfielen und dienten zeitweise sogar als Steinbruch. Viele Schriftstücke gingen im Laufe der Jahre verloren, darunter auch eine Aufzeichnung über die Rückkehr des einstigen Postulanten Hildebrand, der nach entbehrungsreichen Jahren der Wallfahrt und der mühseligen Existenzgründung im Heiligen Land noch einmal nach Helmarshausen zurückgekehrt war, allerdings nicht, um abermals um Aufnahme in die Reihen der Mönche zu bitten, sondern um stracks nach Gandersheim weiterzureiten, wo er Imma unmittelbar vor der feierlichen Profess antraf und sie gleichsam vom Altar weg ihrem göttlichen Bräutigam entzog, um sie selbst als seine zukünftige Frau heimzuführen.

Vieles ging in jenen Zeiten unter. In einem Visitationsbericht von 1556 heißt es, man wisse nicht, wohin Ausstattungsstücke wie Leuchter und Kreuze in Helmarshausen verschwunden seien. Den Reliquienschrein des heiligen Modoald habe man verkauft, den Erlös zur Besoldung der Kirchendiener verwendet …

KLEINES ROMAN-LEXIKON

Abdinghotkloster – 1016 von Bischof Meinwerk gegründet und mit Mönchen aus Cluny besetzt, heute ev. Kirche.

Abt (von biblisch-aramäisch = aba: griechisch und lateinisch = abbas = Vater) – Bezeichnung und Titel des Klostervorstehers einer Mönchsgemeinschaft nach den Regeln des hl. Benedikt.

Advocatus (ecclesiae) (lat. = Fürsprecher, Vertreter, Anwalt) – Laie mit Handlungsvollmachten für den weltlichen Bereich des Klosters; Schützer geistlicher Personen und Einrichtungen, besonders vor Gericht.

Alme – Fluss, der bei Paderborn – Schloss Neuhaus in die Lippe mündet.

Aquitanien – Landschaft in Südwestfrankreich.

Archidiakon – Würdenträger in einflussreicher Stellung, vornehmster Gehilfe/Stellvertreter des Bischofs in der Diözesanregierung, später durch den Namen Dompropst abgelöst. Seit dem 10. und 11. Jahrhundert gab es in ländlichen Gebieten einflussreiche Archidiakone mit eigenem abgegrenzten Sprengel.

Astrolabium (griech. = Sternfässer) – astronomisches Instrument der Alten zur Bestimmung von Länge und Breite der Gestirne.

Augusta Treverorum – Trier.

Babenberger – gemeint ist Heinrich II., Nachfolger Ottos III.

Bad Karlshafen (siehe auch Sieburg) – 1699 durch Landgraf Carl zu Hessen in schlichtem bürgerlichen Barock erbaute Hugenotten-Stadt mit malerischem Hafen, erste Solequelle 1730 entdeckt, Sitz des „Deutschen Hugenotten-Museums".

Bodenhansen – heute Ehlen Gern. Habichtswald. Gut Bodenhausen, ehem. wasserumwehrter Hof des Benediktinerklosters Hasungen.

Boke – 1101 wurde ein Benediktinerkloster an der Pfarrkirche St. Landolinus, der Mutterkirche des Delbrücker Landes, gegründet, das schon im selben Jahr nach Flechtorf in Waldeck verlegt wurde.

Book of Kells – das bekannteste Buch Irlands; es befindet sich in der Bibliothek des Trinity College in Dublin, eines der kostbarsten frühchristlichen Dokumente; Entstehungszeit zwischen dem 7. und 9. Jahrhundert.

Bursfelde – ehem. Benediktiner-Abtei, eine Stiftung des Grafen Heinrich des Dicken (des Reichen) von Northeim am rechten Oberlauf der Weser, 1093 von Corveyer Mönchen besiedelt.

Busdorfkirche/Busdorfstift – geht auf Bischof Meinwerk von Paderborn zurück. Der Gründungsbau der heutigen Kirche fußt auf Plänen, die Abt Wino von Helmarshausen aus dem Hl. Land mitbrachte. 1036 geweiht.

Cluny – vom burgundischen Kloster Cluny ging eine große Reformbewegung des Mönchtums aus, die im 11. Jh. in der ganzen abendländischen Christenheit – in Deutschland über die Hirsauer Reform – größten Einfluss gewann.

Codices – siehe unter Kodex.

Colonia Agrippina – Köln.

Confratres – lat. = Mitbrüder.

Consuetudines – lat. = Gewohnheiten, Ausführungsbestimmungen zu den Ordensregeln, der jeweiligen Zeit und den Umständen angepasst.

Corvey – ehem. berühmte Benediktiner-Abtei im Weserraum bei Höxter, 815/822 durch die Brüder Adalhard d. Ä. und Wala, zwei Vettern Karls des Großen, als Vorposten der Sachsenmission gegründet; berühmt durch Kunst und Wissenschaft; Ausgang der nordeuropäischen Mission (St. Ansgar).

Dedikationsbilder – Widmungsbilder.

Deisel – einst zum Kloster Helmarshausen gehörendes Dorf mit sehenswerter Kirche, die ein kleines Gotteshaus aus dem 11. Jh. ersetzte; der heutige Bau aus der Zeit um 1512/16 enthält sehenswerte Fresken u. a. mit dem „schwangeren“ Adam, der auf Gottes Schoß Eva gebärt.

Diemel – linksseitiger Nebenfluss der Weser; entspringt im Sauerland (Upland) und mündet in Bad Karlshafen in die Weser; an ihrem Unterlauf entstand die Abtei Helmarshausen.

Dispens – Aufhebung einer Verpflichtung, Befreiung. Dormitorium (lat. = dormire = schlafen) – gemeinsamer Schlafsaal im mittelalterlichen Kloster.

Dotation (lat. = dotare = ausstatten, schenken) – Geschenk, Abgabe, Mitgift.

Eremiten – Einsiedler, Anachoreten, Klausner.

Evangelistar – im Mittelalter liturgisches Buch mit Auszügem aus den Evangelien (Perikopen), wie die Evangeliare prächtig geschmückt.

exempt – befreit von der Jurisdiktion des übergeordneten Kirchenoberen (Bischof), direkt dem Heiligen Stuhl unterstellt.

Folia – von italienisch Folio, Papierformat 21 x 33 cm; Foliant = ein Buch in Folioformat, allgemein auch großformatiges Buch.

Fürstentag in Leitzkau – die Verwandten des Grafen Ekkehard (auch Eckhard) versuchten 1017 das Testament anzufechten, um in den Besitz des Vermögens (Helmarshausen) zu kommen.

Gandersheim – Bad Gandersheim; 852 durch den sächsischen Grafen und späteren Herzog Liudolf gegründetes Damenstift; große Blüte zur Zeit der sächsischen Kaiser; auch unter den Saliern enge Verbindung zwischen Äbtissin und Kaiserhaus.

Gottsbüren – ehemals Buria, Gunnesburin, Hundesburen, besitzt ein Gotteshaus aus den 30er-Jahren des 14. Jahrhunderts, das auf eine Wallfahrtstradition zur Heilig–Blut-Hostie bzw. zur Auffindung des Leichnams Christi zurückgeht.

Gorze – lothringisches Reformkloster.

Gregorianischer Choral – nach Papst Gregor I. benannter einstimmiger, offizieller, liturgischer Gesang der katholischen (lateinischen) Kirche, vorwiegend von Ordensgemeinschaften gepflegt.

Grundherrschaft – eine Art von Immunität, d. h. ein Bezirk, in welchem der Herrscher (König, Herzog) keine Gewalt ausübt, ein Bereich, in dem die herrscherlichen Funktionen vom Grundherrn (hier vom Abt) wahrgenommen werden, der dafür z. B. von den Bauern die entsprechenden Abgaben und Dienstleistungen empfängt; der Grundherr war auch Richter.

Habit/Kutte (lat. = habitus = Aussehen, Haltung, Kleidung) – Ordenskleidung.

Heinrich II. (1084 bzw. 1090 – um 1127) – Graf von Werl, Bischof der Diözese Paderborn, die er 1084 in Rom von König Heinrich IV. übertragen bekam; Bestätigung vom Gegenpapst; verdrängte den rechtmäßigen Bischof 1090; söhnte sich 1105/06 mit dem Papst aus; die Abdinghofer Tochtergründung Boke (1101) kam mit den Reliquien des hl. Landolinus nach Flechtdorf (Waldeck).

Helmarshausen – heute Stadtteil von Bad Karlshafen, 944 als „Helmerateshusa" erstmals erwähnt, als Otto I. den Königshof der edlen Frau Helmburg schenkte, gegen Ende des 10. Jh. Gründung der Reichsabtei mit eigenem Münz-, Zoll- und Marktrecht; um 1230 ging aus der Klostersiedlung eine Stadt hervor; 1215 bis 1220 baute Erzbischof Engelbert von Köln hoch über Helmarshausen die Krukenburg zum Schutz der Abtei, Ruinen von imposanter Größe sind erhalten.

Herimannus – auch als Herimann bekannt; hervorragender Buchproduzent; Leiter des Skriptoriums in Helmarshausen nach Thietmars Tod.

Herstelle (Weser) – Gründung Karls des Großen 797/798; möglicherweise ursprünglich statt Paderborn als Bischofssitz vorgesehen; heute bekannte Benediktinerinnen-Abtei vom Heiligen Kreuz.

Hibernia – römisch/lateinische Bezeichnung für Irland.

hillige – heilige.

Hilwartshausen – ehem. Kanonissenstift, 960 von König Otto I. gegründet, im 13. Jh. in ein Augustinerinnenkloster umgewandelt, heute Domäne.

Hirsau – ehem. Kloster bei Calw im nördlichen Schwarzwald, das sich, ausgehend vom lothringischen Gorze, zunächst der Lothringer Reformbewegung der Benediktiner angeschlossen hatte, sich dann aber die Hirsauer Reform zu eigen machte; d. h. u. a. äußere Unabhängigkeit von Bischöfen und Landesherren und direkte Unterstellung unter den Schutz des Papstes.

Horen (lat. = hora = die Stunde) – Stundengebete wie Matutin, Laudes, Prim, Terz, Sext, Non, Vesper, Komplet.

Höriger (auch Liten) – unfreie, hier vom Kloster abhängige Bauern.

Hufe – althochdeutsch von huoba = Stück Land von gewisser Größe. Ursprünglich kein äußeres Maß, sondern Anteil der Gemeindemitglieder an Haus und Hof, Ackerflur und Allmende. Helmarshausen besaß 600 Hufen, das sind ca. 9 000 Hektar.

Hundesburen – siehe Gottsbüren.

Idensen – Wunstorf–Idensen; bedeutender sakraler Kleinbau des 12. Jh., zwischen 1120 und 1129 als Eigenkirche, Grablege des Mindener Bischofs Sigwart errichtet; berühmte Wandmalereien aus der Zeit um 1130 in Kalksecco-Technik; Helmarshäuser Kunstkreis mit byzantinischen und französischen Anregungen in Ikonografie und Stil.

Infirmerie – Krankenstation im Kloster.

Investiturstreit – in der zweiten Hälfte des 11. Jh. erwachsener Streit zwischen weltlicher und geistlicher Gewalt; 1075 begann der Kampf um die Besetzung der Bistümer; Heinrich IV. setzte 1076 Papst Gregor VII. ab, der Papst bannte den König zweimal; Konflikt im Wormser Konkordat 1122 beigelegt.

Jakobsberg – einst Haddenberg, Kirche aus dem 11./15. Jahrhundert, St.-Jakobus-Kult in Verbindung mit Santiago de Compostela (siehe auch mons Haddenbarch).

Kalefaktorium – Wärme-, Heizraum.

Kapitel (lat. = caput = Kopf; capitulum = Abschnitt) – ursprünglich ein Textabschnitt der Bibel, der Lesung, des Breviers, bei den Mönchen auch der Ordensregel oder Konstitutionen, mit denen die Zusammenkunft im Kapitelsaal eingeleitet wurde; geistige Körperschaft (von Mönchen).

Klausur (lat. = claudere, schließen, verschließen, clausura = Verschluss) – der nur den Ordensangehörigen vorbehaltene Wohnbereich.

Klerikermönche – Priestermönche, die die Gottesdienste feierten und das Chorgebet verrichteten, während die Laienmönche eher die praktischen Arbeiten im Kloster übernahmen; heute ist die Unterscheidung weitgehend aufgehoben.

Kodex/Kodizes – Codex/Codices = wertvolle Handschriftensammlung.

kontemplativ – beschaulich.

Konvent – Gemeinschaft von Mönchen/Nonnen.

Konventuale – Mitglieder eines Konvents, eines Klosters.

Labarium – kaiserliche Heeresfahne mit dem Christuszeichen PX.

Langenthal – Trendelburg–Langenthal, Dorf unweit von Helmarshausen.

liber lapidum – Buch, das die vielen Arten der Steine beschreibt.

liber vitae – Buch des Lebens, Verbrüderungsbuch der Abtei Corvey mit den Namen der Konvente, die mit Corvey in einer Gebetsbruderschaft standen.

Lippoldsberg – ehem. Benediktinerinnenkloster St. Maria und Georg, um 1095 durch Erzbischof Ruthard von Mainz als Nonnenkloster nach Hirsauer Regel gegründet.

mea culpa – meine Schuld.

Meinwerk – Bischof von Paderborn (1009–1036), zweiter Baumeister der Stadt Paderborn; 1017 ließ er die Bartholomäuskapelle errichten, er baute den neuen Dom, gründete das Abdinghofkloster und das Kollegiatstift Busdorf.

Miniaturist – Schöpfer kleiner Bilder und Illustrationen.

Ministerialen – mittelalterliche Dienstmannen, eigener Stand im Dienst großer Klöster, Kurien und Fürsten, der immer mächtiger wurde.

Modoald – auch Moduald – 25. Erzbischof von Trier; Schutzherr von Helmarshausen seit 1107. Es steht nicht fest, in welchem Jahr Modoald die Regierung im Bistum Trier übernommen hat, es dürfte in der Zeit zwischen 614 und 627 gewesen sein. Modoald wird erstmals 627 auf der Bischofsversammlung von Clichy bei Paris als Bischof von Trier genannt. Er regierte noch 647, starb jedoch einige Jahre darauf. Um 650 ist sein Nachfolger Numerianus im Amt. Modoald gründete wahrscheinlich die Trierer Frauenabtei St. Symphorian, deren Leitung er seiner Schwester Severa übertrug. Die Normannen zerstörten das Kloster 882, Güter und Besitzungen fielen zum Teil der Benediktiner-Abtei St. Martin und dem Trierer Kollegiatstift St. Paulin zu. Zur Sicherung der Seelsorge in großen Landbezirken gründete der Bischof in Münstermaifeld eine Gemeinschaft von Geistlichen, aus der sich später ein Kollegiatstift mit einem Propst an der Spitze entwickelte. Gemeinschaften dieser Art bildeten religiöse und kulturelle Zentren. Auch die Priestergemeinschaft von Tholey (heute eine bedeutende Benediktiner-Abtei) nahm unter Modoald ihren Anfang. Während der Amtszeit Bischof Modoalds schenkte König Dagobert I. der Trierer Abtei St. Maximin und der Trierer Kirche St. Paulin Güter. St. Modoald wurde in St. Symphorian am Moselufer bestattet. 1049 kamen die Gebeine von Modoald, Bonosus und Abrunculus unter Erzbischof Eberhard aus der zerstörten Frauenabtei St. Symphorian in die Kirche von St. Paulin.

Monasterium – Kloster, Klosterkirche, Münster.

monastisch – klösterlich.

Mons Haddenbarch = Jakobsberg – Der Ort wurde erstmals um 978 in den „Traditiones Corbeiensis“ als Haddenberg erwähnt; ursprünglich wahrscheinlich Sitz eines germanischen Heiligtums.

Mons Helmerateshusa – siehe Helmarshausen.

Novize (lat. = novicius = Neuling) – Bewerber(in) zur Vorbereitung und Erprobung des Ordenslebens.

Novizenmeister (lat. = magister noviciorum) – Lehrer für die Novizen zur Vorbereitung auf den Ordenseintritt.

Noviziat (lat. novicius = Neuling) – eine wenigstens ein Jahr dauernde Probezeit, die der Ablegung der Gelübde vorausgehen muss.

Oblate/Oblation (lat. von offerre = darbringen) – in der frühen und mittelalterlichen Kirche die Bezeichnung für Kinder, die von ihren Eltern Gott bzw. dem Kloster „dargebracht“ wurden und somit dem klösterlichen Leben zeitlebens verbunden waren.

Officiales – leitende Mitarbeiter des Abtes, an ihrer Spitze stand der Prior.

Offizien (lat. = officium = Pflicht, Amtspflicht, Amt) – Breviergebet, Stundengebete.

Ökonomus – Leiter des (land-)wirtschaftlichen Bereichs im Kloster.

Parochie – Pfarrei, Amtsbezirk eines Geistlichen.

Perikope(nbuch) (griechisch) – zur gottesdienstlichen Verlesung vorgeschriebener Bibelabschnitt.

piae memoriae – frommen gottgefälligen Andenkens.

Postulant (lat. = Bewerber/in) – die in einen Orden neu Eingetretenen während der Probezeit (Postulat) vor dem Noviziat.

Pönitentialien (lat. = poena = die Strafe) – die irischen Bußbücher gelangten im 8. und 9. Jh. auf den Kontinent und wurden stark beachtet. Die irische Bußpraxis führte dazu, dass die private Beichte – im Gegensatz zur vorher gebräuchlichen öffentlichen Beichte – eingeführt wurde.

Prämonstratenserorden (O. Praem.) – 1120 von Norbert von Xanten in Premontre gegründet, versuchte das Mönchtum mit priesterlicher Seelsorge zu verbinden.

Prior/Priorin (lat. = prior = der Erstere, der Obere) – der zweite Obere einer Abtei, zugleich Stellvertreter des Abtes; der erste Obere eines selbstständigen Klosters, das nicht Abtei ist, sondern Priorat.

Priorat – meist von einer Abtei abhängiges (kleineres) Kloster.

Profess (lat. = professio = Bekenntnis) – öffentliche Ablegung der Gelübde; durch die Profess bindet sich das Ordensmitglied für eine bestimmte Zeit oder für immer an die Gemeinschaft.

Psalter – Buch der Psalmen; Psalterium = Psalmenzusammenstellung und -bearbeitung für das kath. Stundengebet im Brevier.

pueri oblati – „Kindermönche". Viele Mönche wurden schon im Kindesalter in die Obhut und Erziehung der Klöster gegeben.

Purgatorium sancti Patricii – Fegefeuer des heiligen Patrick; darauf geht der noch heute bekannte Bußort im Lough Derg (nahe der Grenze zu Nordirland) zurück.

Refektorium – Speisesaal im Kloster.

Reinhausen – ehem. Chorherrenstift St. Christophorus von 1085, Gründung der Grafen von R.; Anfang des 12. Jh. in eine Benediktiner-Abtei umgewandelt.

Reinhardswald – großes Waldgebiet am linken Oberlauf der Weser zwischen Hann.-Münden und Helmarshausen mit der Sababurg (einst Zappenburg am mainzischen Botenweg ins Eichsfeld).

Rekreation (lat. = Erfrischung, Erholung) – Erholungszeit im Kloster nach Gebet und Arbeit.

Responsorien – liturgische Wechselgesänge.

Sacrarium/ Sakrarium (lat. = Aufbewahrungsort für heilige Sachen) – kleine Senkgrube innerhalb der Kirche, in die Taufwasser, Asche verbrannter geweihter Sachen usw. zum Schutz vor Entweihung deponiert wurden; früher auch Bezeichnung für Altarraum, Tabernakel und Sakristei.

Sankt Gallen – das 613 vom irischen Mönch Gallus gegründete Kloster war bis ins 11. Jh. Kulturzentrum von abendländischer Bedeutung.

Sarazenen – seit den Kreuzzügen im christlichen Abendland Bezeichnung für alle Araber und Muslimen, später auch für die Türken, für alle „Ungläubigen".

scrinium – Schrein, Kapsel, Truhe, Kiste.

Sevenbaum – von savina, ein Immergrün.

Sieburg – auch Siburg, sächsische Fliehburg östlich der heutigen Stadt Bad Karlshafen.

Silentium – Schweigezeit (im Kloster).

Simonie – der Handel mit geistlichen Rechten und kirchlichen Ämtern; nach Simon Magus, der laut Apostelgeschichte den Jüngern den Hl. Geist für Geld abkaufen wollte.

Skapulier – Teil des Ordenskleides; breiter, von den Schultern bis zu den Füßen herabfallender Tuchstreifen, der über dem Talar getragen wird; ursprünglich Arbeitsschürze der benediktinischen Mönche.

Skriptor – Schreiber, Kopierer.

Skriptorium – mittelalterliche klösterliche Schreibwerkstatt.

Solling – urwaldartiges Waldgebiet rechts der Oberweser zwischen Uslar und Holzminden.

Stundengebet – Breviergebet der Mönche und Kleriker; Gebetszeiten: Matutin, Laudes, Prim, Terz, Sext, Non, Vesper, Komplet.

Sturmius – Sohn eines bayerischen Edlen, Schüler des hl. Bonifatius und des hl. Abtes Wigbert, Gründer und erster Abt von Fulda.

Tedeum – feierlicher Lobgesang zur Ehre Gottes.

Thebais – altgriechische Bezeichnung für die ägyptische Stadt Theben; auch einsamer Ort, wo die ersten Wüstenväter und Eremiten lebten.

Thebäer (Thebaier) – vorwiegend aus Christen bestehende Legion, die aus dem oberen Ägypten über die Alpen nach Gallien geschickt worden war, um eine Revolte zu unterdrücken. Der Anführer der Thebäischen Legion, Mauritius, weigerte sich, unschuldige Menschen anzugreifen, er wurde mit zahlreichen Gefährten hingerichtet, die Legion „dezimiert".

Thietmar (Abt von 1080–1115/20) – der sechste Abt von Helmarshausen wird in der älteren Literatur als Thietmar I. geführt, ist aber in Wirklichkeit der zweite dieses Namens. Der eigentliche Thietmar I. ist auch unter dem Namen Tammo bekannt.

Translatio Sancti Modoaldi – Übertragung (der Gebeine) des heiligen Modoald.

Translationes – Übertragungen von Reliquien der Heiligen.

Tunika – altrömisches Gewand.

Urban – Papst Urban II. (um 1035–1099), Prior in Cluny, Kardinal-Bischof von Ostia, kämpfte gegen Heinrich IV., Initiator des I. Kreuzzuges.

Vigilien – betend durchwachte Nächte.

Vogt/Klostervogt – urspr. seit dem Fränkischen Reich der Beamte bei Kirchen und Klöstern, der deren Immunität schützte und die niedere Gerichtsbarkeit innerhalb der Immunität ausübte.

Wülmersen – Trendelburg-Wülmersen, Hofgut, fiel 1108 an Kloster Helmarshausen.

Zeno – heiliger, achter Bischof von Verona, kämpfte gegen die Irrlehre des Arius, wegen seiner großen Sorge für das Volk auch „Vater des Vaterlandes“ genannt; die Bronzetüren aus dem 11. Jh. an der Basilika San Zeno Maggiore in Verona sind berühmt.

LITERATUR

St. Modoald – Schutzpatron der Reichsabtei Helmarshausen. Die Überführung der Reliquien des Heiligen von Trier nach Helmarshausen – Translatio Sancti Modoaldi. Beiträge zur Geschichte der Stadt Karlshafen und des Weser-Diemel-Gebietes, Band 9. Ins Deutsche übertragen von Hans Joachim Spemal, kommentiert und herausgegeben von Ernst-H. Garkisch †. Verlag des Antiquariats Bernhard Schäfer, Bad Karlshafen, 1999. Auf dieses Werk stützen sich der in dem Roman verarbeitete Ablauf der Translatio sowie die Wunderberichte.

Helmarshausen – Beiträge zur Geschichte der Stadt, der Reichsabtei und der Kunstwerkstätten Helmarshausen. Von Hermann Schmidt, Lippoldsberg 1971.

Klosterkirchen im Mittelalter. Die Baukunst der Reformorden. Von Ernst Badstübner. 2. verbesserte Auflage. Verlag C. H. Beck, München.

Sehen und Verstehen. Stilkunde der deutschen Kunst bis zur Gegenwart. Von Bernhard Ruhmer. Konrad Lemmer Verlag, Berlin, bisher Rembrandt-Verlag.

Erzdiözese Paderborn. Realschematismus, Westfälischer Anteil. Herausgegeben und verlegt vom Erzbischöflichen Generalvikariat Paderborn, 1961.

Gold gehört zur Palette. Von Dr. Anni Wagner. Verlag Karl Thiemig, München, 1976. Zur Baugeschichte des Benediktinerklosters Bursfelde. Von Hermann Schmidt. Sonderschrift der Northeimer Heimatblätter, Verlag Buchdruckerei Paul Hahnwald, 1961.

Georg Dehio: Handbuch der deutschen Kunstdenkmäler. Westfalen. Bearbeitet von Dorothea Kluge und Wilfried Hansmann. Deutscher Kunstverlag, 1986.

Georg Dehio: Handbuch der deutschen Kunstdenkmäler. Hessen. Bearbeitet von Magnus Backes. Deutscher Kunstverlag, 1982.

Georg Dehio: Handbuch der deutschen Kunstdenkmäler. Bremen/Niedersachsen. Bearbeitet von Gottfried Kiesow, Hans Christoph Hoffmann, Roswitha Poppe, Hans Reuther, Walter Wulf und anderen Fachkollegen. Deutscher Kunstverlag, 1977.

Durant: Das hohe Mittelalter und die Frührenaissance. Kulturgeschichte der Menschheit. Von Will Durant. Südwest Verlag, München, 1978.

E. Werner/M. Erbstößer: Kleriker, Mönche, Ketzer. Das religiöse Leben im Hochmittelalter. Herder-Spektrum, 1994.

Regine Pernoud: Die Heiligen im Mittelalter. Frauen und Männer, die ein Jahrtausend prägten. Deutscher Taschenbuch Verlag (dtv), 1994.

Großer Dank gebührt dem stellv. Leiter der Erzbischöflichen Akademischen Bibliothek Paderborn, Dr. Hermann-Josef Schmalor, für die Überlassung seines unveröffentlichten Manuskriptes über das Kloster Helmarshausen.

Diether Pöppel: Benediktinisches Leben im Hochstift Paderborn. Die Paderborner Bischöfe als Gründer und Förderer der Klöster nach der Regel des hl. Benedikt. Ein Beitrag zur Frühgeschichte des Bistums Paderborn. Bonifatius Verlag, Paderborn, 1999.

Christopher Brocke: Die große Zeit der Klöster. 1000–1300. Verlag Herder Freiburg-Basel-Wien, 1976.

Georg Schwaiger (Hg): Mönchtum – Orden – Klöster. Von den Anfängen bis zur Gegenwart. Ein Lexikon. Verlag C. H. Beck, München, 1993.

Edith Ennen: Frauen im Mittelalter. C. H. Beck Verlag, München, 1985.

Die Legenda aurea des Jacobus de Voragine. Aus dem Lateinischen übers. von Richard Benz. Verlag Lambert Schneider, Heidelberg, 1984.

Jacques Le Goff: Die Geburt des Fegefeuers. Vom Wandel des Weltbildes im Mittelalter. Deutscher Taschenbuchverlag, München, 1990.

Streifzüge durch die Jahrhunderte. Ein historisches Lesebuch. Herausgegeben von Rainer Beck. Beck'sche Reihe. Verlag C. H. Beck, München, 1987.

Regine Pernoud: Die Kreuzzüge in Augenzeugenberichten. Karl Rauch Verlag, Düsseldorf, 1961.

Michael Richter: Irland im Mittelalter. Kultur und Geschichte. Verlag W. Kohlhammer, Stuttgart, 1983.

Franz Ronig: Ein romanisches Evangeliar aus Helmarshausen im Trierer Domschatz. Paulinus Verlag, Trier, 1999.

Ferdinand Pauly: Aus der Geschichte des Bistums Trier. 1. Teil. Von der spätrömischen Zeit bis zum 12. Jahrhundert. Herausgegeben von Bistumsarchivar Prof. Dr. Alois Thomas. Selbstverlag des Bistumsarchivs Trier, 1968.

Curtis in Villa Helmerateshusa. 1050 Jahre Helmarshausen 1994. Festschrift und Programm. Herausgeber: Heimatverein Helmarshausen von 1951 e. V.